读客® 知识小说文库

读小说，学知识

侯大利 刑侦笔记

一部集侦查学、痕迹学、社会学、尸体解剖学、犯罪心理学之大成的教科书式破案小说

6
天眼追凶

小桥老树 著

《侯卫东官场笔记》作者

河南文艺出版社
·郑州·

图书在版编目（CIP）数据

侯大利刑侦笔记 . 6, 天眼追凶 / 小桥老树著 . —

郑州 : 河南文艺出版社 , 2021.8（2022.8 重印）

（读客知识小说文库）

ISBN 978-7-5559-1194-4

Ⅰ . ①侯… Ⅱ . ①小… Ⅲ . ①长篇小说 – 中国 – 当代

Ⅳ . ① I247.5

中国版本图书馆 CIP 数据核字 (2021) 第 147333 号

著　　者	小桥老树
责任编辑	崔晓旭
责任校对	丁　香
特邀编辑	李亚茹
策　　划	读客文化
版　　权	读客文化
插画设计	刘小梅
封面设计	章婉蓓
出版发行	河南文艺出版社
印　　刷	三河市龙大印装有限公司
开　　本	680mm×990mm 1/16
印　　张	18.5
字　　数	265 千
版　　次	2021 年 8 月第 1 版　2022 年 8 月第 3 次印刷
定　　价	45.00 元

如有印刷、装订质量问题，请致电 010-87681002（免费更换，邮寄到付）

目 录

第一章
咖啡馆惊天一爆

2010年5月24日，山南省，江州市。

西城派出所副所长陈浩荡正在办公室同西城刑警大队大队长梁刚、法医朱勇谈案子，市刑警支队重案大队大队长滕鹏飞、重案大队一组组长侯大利等人走了进来。

"梁大队，什么情况？"滕鹏飞坐下来，用力搓了搓脸颊，脸上的每颗麻子都扭动一番。

梁刚头发花白，脸上很多皱纹，是典型的老侦查员相貌。他翻开笔记本，道："死者刘琼，三十一岁。今天早上7点31分，刘琼妈妈给刘琼打电话，电话始终无人接听。她来到女儿家，打开房门时，室内有很大的天然气味道。刘琼倒在地上，已经死亡。经过现场勘查，门窗完好，除了刘琼妈妈，屋内没有其他人进入。刘琼脸上和四肢都有青肿伤痕，脖子上有扼痕。尸斑呈樱桃红色，这和满屋天然气味道符合。尸检报告显示，殴打形成的伤痕不致命，刘琼的死因是一氧化碳中毒。据刘琼妈妈讲，刘琼和她丈夫高兵感情不好，经常打架，昨天下午两人还吵了一架。"

滕鹏飞道："高兵在哪里？"

梁刚道："我们和西城所到达现场后第一时间就寻找高兵，找来找去，没有找到。正准备全城搜索，西城所高所长提醒说西城所关了几个嫖客，里面闹得最凶的那个人就姓高。"

提起这事，副所长陈浩荡有些不好意思，道："我在所里管办案，另一个副所长管治安。昨天晚上我们所里端掉了一个藏在大楼里的卖淫窝点，有一个人喝了酒，在现场和所里民警发生冲突，被拘留了。那个人就是高兵。"

得知高兵嫖娼被抓，侯大利若有所思地道："高兵以前有过嫖娼史吗？近期来过这个卖淫窝点没有？"

滕鹏飞、梁刚等人望向陈浩荡。

陈浩荡从山南政法学院刑侦系毕业后，一直在市局政治处工作，没有直接办案，不熟悉一线工作，对案子的反应比滕鹏飞和梁大队等人要慢一拍，没有明白侯大利问话的真正意思，道："他是第一次被拘留。近期是否去过卖淫窝点，我不是太清楚。"

梁刚久闻一组组长侯大利的神探之名，但是在具体工作上还没有打过交道，今天算是第一次正面接触，道："刘琼妈妈认为是高兵杀了她女儿，理由是夫妻感情破裂，她女儿要离婚，高兵不同意，还多次殴打她。高兵承认昨天殴打了妻子刘琼，但否认杀人。他自称打架后心情糟糕，这才去嫖娼。妻子有外遇，他觉得嫖娼理所当然。经过调查，昨天晚上刘琼的情人不在江州。案情本身简单，难点在于线索少。今天请滕大队和侯组长把关，首先要确定案件的性质，是他杀，还是自杀。"

办案侦查员把卷宗情况在投影幕布上进行了展示。

看罢投影，滕鹏飞又用力搓脸上的麻子，道："神探，你怎么看？"

侯大利道："刘琼脖子上的痕迹是典型的虎口扼痕，这是他人造成的，而且是在死前形成的。虽然有虎口扼痕，但仍然存在两种可能性：一种是刘琼没有窒息，这种情况下，自杀的可能性大；另一种是刘琼窒息，他杀的可能性大。我们还得从尸检上再细查原因，看有没有遗漏。"

滕鹏飞道："十次谋杀九次起于奸情，这是历代办案人的经验总结，这起案子也多半如此。这是我的直觉，但还有待尸检结论验证。"

梁刚道："我们也认为高兵有重大嫌疑，可是尸检结论又是一氧化碳中毒。所以才请几位高手过来。"

正在谈话时，刑警支队法医室李建伟和一个年轻女子来到办公室。

滕鹏飞道："老李，你来得正是时候，先看卷宗。"

李建伟接过卷宗，直接翻开尸检报告。

滕鹏飞对年轻女子道："张小舒，初任培训结束了？"

张小舒站得笔直，道："报告滕大队，结束了。"

"现在不是正式会场，用不着这么正规。重案大队和法医室联系密切，每次出现场都在一起，希望我们能够合作愉快。你虽然有临床医学背景，终究不是法医学专业，要多跟着李主任学习，尽快进入角色。"

滕鹏飞最初得知新考来的法医是一名年轻女子时，很是不满，多次发牢骚："江州法医室在全省都是奇葩，接连出了三个女法医。我们需要能够稳定工作的法医，来了又走，走了又来，影响我们办案。"不过正式见面之后，他还是从正面鼓励了几句。

张小舒刚刚完成初任培训，回到单位第一天就遇到案子。此刻她还没有真正进入法医角色，按照大学里的套路回应道："我会认真学习。"

滕鹏飞道："我们招来法医就要能用，你的结论会影响办案结果，学习的目的不是为了写论文，而是用于工作，这一点和大学不同。"

法医李建伟仔细看着尸检报告，很快发现了疑点。他把卷宗递给张小舒，道："你再看一看尸检报告，觉得有什么异常？"

张小舒是第一次看到正式的尸检报告，接过来翻看了一会儿，神情专注，眉头紧锁。

李建伟对朱勇道："你没有看出问题？"

"尸斑呈现樱桃红色，这是一氧化碳中毒的典型特征。"西城刑警大队的法医朱勇明显有些紧张，道，"李主任，你发现了什么问题？"

李建伟没有答话，转头看着张小舒。

张小舒明白这是李建伟在考校自己的水平，初任培训结束第一天报到就遇到此案，在几分钟之内找到西城老法医都没有发现的问题，难度不是一般高。她精神高度集中，细读法医报告，又把侯大利和滕鹏飞刚才说过的话在脑中过了一遍，寻找法医报告中可能出错的地方。读完一遍后，她的眼光停在了血红蛋白含量上，道："血红蛋白含量高得异常。在我的记忆中，一氧化碳的中毒程度以血中的碳氧血红蛋白（COHb）含量为判断依据，达到百分之五十以上即可致死。死者的心血COHb含量是百分之九十一，似乎过高。"

李建伟露出笑容，道："张小舒没有办案经验，就能看出问题，不错。"

表扬张小舒的时候，李建伟的目光扫过朱勇。朱勇被扫得不好意思，回避了李主任的眼光，略微低下头。

李建伟继续问："张小舒，你想如何解决问题？"

"我建议做一个模拟实验。"

"具体一些。"

"用兔子做实验。"

"家兔和人体差异大，实验可靠性怎么样？"

"虽然家兔和人体有较大差异，但是实验能够反映基本事实，我们在医学院就经常用家兔做实验。"

李建伟同意了张小舒的建议。经过讨论，决定用三组家兔做实验：第一组，用钝器击打家兔头部，并且扼颈，然后将其置于开启天然气的环境中；第二组，用钝器击打家兔头部，并且扼颈，在正常环境中，用天然气管直接对准其呼吸道，使其天然气中毒；第三组，直接将家兔置于开启天然气的环境中。

实验在三个半小时后结束。

第一组家兔在四十七分钟时死亡，心血COHb含量为百分之三十二；第二组家兔在四十九秒时死亡，心血COHb含量为百分之九十三；第三组家兔活了三小时三十一分钟，心血COHb含量为百分之十七。

实验结果出乎意料地明确，心血COHb含量要达到百分之九十以上，得把天然气对准口鼻。刘琼尸体位置在客厅，如果是自杀，那就得先打开天然气，自己凑到天然气孔旁边，吸上几十秒后，再回到客厅死亡。这种自杀方式明显不符合自杀者的行为特征。所以，刘琼不是自杀，而是他杀。

拿到侦查实验结果后，西城刑警大队再次讯问高兵。

高兵的心理防线在警方步步紧逼下终于崩溃，交代了犯罪经过："我在单位做销售，拼死拼活拉业务，陪客户喝到胃出血，还不是为了这个家。刘琼是个烂婊子，我在外面赚钱，她在家里养野男人，被我发现过一次。她当时赌咒发誓，说是再也不和野男人来往了。昨天晚上，她想要外出旅行。我原本不想让她出去，后来心软了，还是同意了。我无意间看到了她的手机，里面有一条短信，是那个野男人发过来的。我这才知道刘琼要和那个野男人一起出去。刘琼撕破脸，吵着和我离婚，要明目张胆和那个野男人过日子。随后我们就打了起来，刘琼冲过来抓我的脸。以前在家里，我都让着她，她就真以为能打得过我。如今她不想和我过日子了，我为什么还要让着她。我在车间工作过，搬过铁块，力气大。我扼住她的脖子，几拳就把她打晕了。我当时被猪油蒙了心，鬼使神差地把她拖到厨房，打开天然气，直接让她吸。等到刘琼断气后，我也被吓清醒了。我破罐子破摔，直接跑去找以前认识的楼凤。在警察冲进来抓嫖时，为了麻痹警察，我还故意和他们较劲儿。"

西城侦查员道："你找以前认识的楼凤，很熟悉嘛，是不是经常嫖娼？"

高兵哭丧着脸道："全怪那个烂婊子，刘琼做得了初一，我就能做十五。"

梁刚、陈浩荡、滕鹏飞、侯大利、李建伟和张小舒都在监控室看审讯。张小舒是第一次近似面对面听凶手叙述杀人过程。前一段时间，她敬爱的汪爷爷杀了许海，不过汪爷爷杀人的情况与高兵完全不同，高兵是杀害自己的妻子，汪爷爷却是除掉了一个少年恶魔。在看审讯时，她暗自握紧拳头，充满了对眼前懦弱男人的鄙视和愤怒。

其他侦查员在看审讯时都异常轻松，不时闲聊几句。

审讯结束后，陈浩荡道："案子破了，今天我们西城所办招待。"

梁刚笑道："陈所，这是在我们的地盘，哪里能由西城所办招待。再说，滕大队、侯组长、李主任都是我邀请的。张法医是什么时候来的？"

李建伟乐呵呵地道："张小舒是山南大学医学院高才生，硕士研究生毕业，考到刑警支队，今天初任培训刚结束。"

梁刚竖起大拇指，道："张小舒有水平，很棒。"

李建伟心情更佳，道："法医和侦查员一样，在真相未明之前，也有一个猜谜的过程，猜谜不仅要有过硬的业务知识，也需要有天分。天分有很多种，比如悟性，比如细致，都算是天分。凭我这些年看人的经验，张小舒会是个优秀的法医。"他原本想将张小舒和西城刑警大队的法医朱勇做一个对比，话到嘴边，又收了回去。

法医室汤柳调离后，缺兵少将。市局最初想要从区县选调一名法医，选来选去，没有合适人选。市公安局便按照流程公招了一名法医，谁知考进来的居然又是一名女法医。田甜牺牲，汤柳调走，李建伟实在不想再要女法医，为此郁闷了好些天。今天他试了试这个临床医学专业硕士研究生的水平，谁知张小舒这个菜鸟法医居然看出了老法医朱勇都没有看出来的破绽，不禁让其喜出望外。

法医在公安机关大致分三个大的专业：法医临床、法医病理、法医物证。

法医临床是人体损伤程度鉴定，鉴定结论是公安机关办案的重要依据。法医病理是尸体检验，判断死亡性质、确定死亡原因、推断死亡时间、致伤工具等。法医物证就是DNA检验，现在是案件侦破的重要手段，很多案件都是通过DNA检验的手段最终侦破的。除此之外，还有法医毒物分析等专业。

在市刑警支队科室设置中，法医物证由DNA室张晨负责，法医毒物分析由理化检验室吴炯负责，李建伟和汤柳负责法医临床和法医病理。不管是人体损伤程度鉴定还是尸体检验，每次签字都要负法律责任，下笔千钧。不怕神一样的对手，就怕猪一样的队友。如果来一个水平差的法医，李建伟必然苦不堪言。

今天，张小舒参加了一次小考，高分通过。

案子办完，侯大利和陈浩荡这两位大学同学才凑在一起说了几句话。

陈浩荡一脸苦相，自嘲道："我以前在政治处的时候，总觉得派出所民警这不行那不行，完成任务拖泥带水，还经常提条件。如今到了派出所，才晓得派出所才是全公安局最难的部门，上面千条线，下面一根针。你一直在刑侦，没有在派出所待过，我建议你也来工作几年。我如今好歹是副所长，原本以为在派出所还有些权威，谁知道这个副所长真不是人干的。我当了副所长，另一个副所长毫不迟疑地以身体有病为由，坚决辞职了。如今管执法办案队，我才发现以前在政法学院的东西大部分还给老师了，在办案队几个牛烘烘的老民警面前，说话必须客客气气，否则别人真不买账。"

侯大利道："基层老民警和机关民警不一样。侦查员面对犯罪分子，必须得有那么股劲儿，否则办不了案。"

陈浩荡沮丧道："这一点我如今深有体会，在机关工作时讲究待人接物要显得有素质，如今所里刑侦这块每年要完成五十几件案子和三十几个人头。每件案子、每个人头都要耗费无数人力、物力和精力，受案、立案、传唤、拘留、延长拘留时间、逮捕、起诉，每一个环节都在网上和纸质同时进行，层层审批，不能出纰漏。我们就是一个巨大机器上可有可无的小螺丝钉，没有任何自主权，做得越多错得越多，但又不可能不做。每个案子都要装成证据卷、诉讼卷、侦查卷，特别是证据卷，一个普通的小案子一般都是两三厘米厚。长时间忙得团团转，谁还会特别在意警容是否整洁、待人接物是否和蔼可亲。我在执法办案队开会的时候，瞧着几个侦查员不服我管的模样，总要想起你。重案一组是真正的精兵强将，你年龄最小，能让这帮骄兵悍将服气，真有本事。"

侯大利笑道："看来派出所确实锻炼人，短短几天时间，你就能明白基层民警和机关民警不是一回事。以后你回到机关的时候，制定政策必须接地气。"

陈浩荡苦笑道："我在政治处工作时，经过我手制定的政策有三个，当时要求必须上墙，现在看起来就是扯淡。"

张小舒走了过来，表情严肃。

陈浩荡笑着打了招呼，道："张小舒，世界真小，没有想到你也和我们成了同事。"

张小舒眉头紧锁，道："一日夫妻百日恩，高兵可以离婚，还有很多解决问题的办法，这些办法都比杀人要好，他为什么要杀人？"

"高兵的处理方法在命案中有一定相似性，很多老侦查员来到命案现场，第一思路就是调查死者身边熟人，丈夫或妻子往往是第一嫌疑人。你是第一次深入接触命案，很快就会适应。"侯大利工作这两年，见过各式各样的命案，感触很深。

张小舒道："还有另一个问题，如果我们没有注意到心血COHb含量异常偏高，那么高兵就有可能不会被当作凶手，就逃脱法网了。从某种意义上来讲，我们知识水平的高低，决定了凶手和被害人的命运。"

侯大利道："确实如此。一线侦查员和刑事技术人员是典型的位低权重，这个权重的意义在于决定当事人的命运，所以来不得半点虚假。浩荡以前在机关，做事偏左一点或者偏右一点都没有太大关系，一线侦查员在办案时只能服从真相，因为每一个案子都事关他人的命运。"

每天吃过晚饭到天黑这一段时间是侯大利最无所事事的时候，单位人去楼空，饭店里人来人往却和他无关。在西城吃过晚饭后，侯大利开车来到刑警老楼，在三楼资料室整理杨帆案的线索。

他在白板上写下了杨帆案发生的时间顺序和主要事实：

2001年10月18日，当天下午暴雨倾盆。数日后发现遗体，杨帆溺亡。由于没有目击者和其他线索，江州市刑警支队认为杨帆是意外落水，未立案。

2008年10月，江州市公安局成立专门侦破命案积案的105专案组。

2009年3月19日，石秋阳供述，杨帆是被人推入河中的。警方这才正式立案。

2009年5月，王永强落网，不承认自己杀害杨帆。省刑侦总队第六支队心理测试室张小天对王永强进行了心理测试和审讯，王永强交代，一个高中生将杨帆推入河中。高中生并非江州一中学生，骑江州牌摩托车，年龄十五六岁。

2010年1月5日，侯大利无意中从昔日好友李秋处得知有人冒充自己邀请李秋、大屁股和烂人来到江州。至此，105专案组开始追查富二代圈子里的杨永福。

2010年4月7日，侯大利、老姜局长、朱林、王华在外调查四天后，拿到杨永福本人的字迹。

写完了最后一行字，侯大利站在白板前，凝视着来之不易的线索。

从杨帆落水到如今，转眼过去近九年，侯大利、朱林、老姜局长等人不懈追踪，杨帆案艰难地向前推进，这才有了初步成果。但是，要破案，现有的成果还远远不够。随着时间推移，获取线索的难度越来越大，破案的希望仍然很渺茫。侯大利此时能够体会到丁晨光当年那种无能为力的悲伤，空有别人难以企及的财富，却不能为逝去的亲人复仇。

洗手后，侯大利打开投影仪。

投影仪上出现了一张彩色照片，这是金传统偷拍的杨帆的照片。照片中，杨帆骑在自行车上，身体微微前倾，头发被风吹起，飘向耳后。照片凝固了岁月，杨帆依然青春飞扬，美得让人窒息。他闭上眼睛，刹那间进入时光隧道，杨帆骑在自行车上的身影从照片中复活，她略显严肃的神情，优美的侧脸轮廓，修长的脖颈，栩栩如生，仿佛能够触摸。

侯大利痛恨自己变态的记忆力，能够遗忘是件幸福的事情，悲伤不能遗忘就意味着会在内心累积，迟早会有一天在体内爆炸。

忽然，侯大利睁开眼睛，意识到自己有可能忽略了一处重要的线索来源地。他抓起手机，打通金传统的电话，问道："那本拍杨帆的相册还在不在？"

"你别没事找事，早扔掉了。"金传统暗恋杨帆是极其隐秘的事情，因杜永丽案而大白于天下，让其非常没有面子，不愿意提起。

侯大利道："我跟你说正事，相册在哪里，我马上过来。"

金传统道："我原本想扔掉，想了几次，没舍得。你来吧，我们哥俩喝杯小酒。"

车至金山别墅,大门缓缓打开,侯大利正要下车,两条大狗冲了过来。大狗身高体壮,趴在车窗前,瞪着圆眼睛与侯大利对视。金传统招呼了几声,两条大狗悻悻然离开越野车。

金传统的隐疾被治愈后,张晓和金传统从此过上公主和王子般的幸福生活。张晓也就不再在意金传统曾经暗恋过杨帆,拿出两本相册,摆在桌上,泡上茶,热情又周到。

"你想查什么?"金传统这段时间迅速发胖,出现了幸福的双下巴。

侯大利道:"看路人。"

金传统道:"这个想法有点夸张。"

侯大利没有再说话,轻轻抚摸旧相册,郑重翻开。金传统的旧相册有如时光宝盒,明明时光已经向前流动许久,却被相册暂扣住了。金传统拍摄的照片有很多是杨帆的舞台照,另有一小部分是跟踪杨帆时所拍。

看到第七张照片时,侯大利呼吸急促起来。照片中,杨帆骑着自行车在等红灯,右腿撑在地面,在其身边有一个骑江州牌摩托车的年轻人。年轻人身体单薄,面部没有表情,眼睛如阴险的毒蛇紧紧盯着杨帆。他的鼻型很有特点,前鼻椎应该有一个明显的向上突起,让其鼻型成为最典型的上扬鼻。这是老葛介绍过的知识,侯大利记忆深刻。看到少年人鼻型,他没来由地在脑中剥去了其脸中肌肉组织,直达前鼻椎。

杨永福的相貌、身材和神情早已如刀刻般印在了侯大利脑海中,眼前的骑摩托车少年正是记忆中的杨永福。杨帆骑着自行车,面带微笑,根本没有意识到身边的这个人在不久之后就会夺去自己的生命。

如果说在这之前,侯大利只是认为杨永福的嫌疑最大。到了现在,意外找到这张照片,侯大利在内心深处已经认定杨永福就是凶手。

当前,最大的遗憾就是杨永福失踪,失踪意味着有两种可能:一种是活着,另一种是死亡。侯大利希望杨永福还活着。只要活着,不管在天涯海角,不管是上天入地,他都会亲自将其捉拿归案。

"这张照片有什么问题?凶手在这照片之中吗?"金传统从侯大利

的脸色和神情中意识到这张照片的重要性。

"你别问,我不会说。"侯大利用单反翻拍下了照片,道,"明天我还要来一次,正式调取这张照片,还得做询问笔录。"

金传统道:"这本相册送给你了,物归原主。"

"老公,你可以留几张,算是纪念。"张晓陪伴金传统走过最痛苦的时期,有足够多的付出,所以能够理直气壮地享受成果,又因为能够享受成果,心胸变得格外开阔。

金传统道:"用不着了,全部送给侯大利。"

半小时后,越野车开出金传统的家,迎面遇到一辆豪车。豪车与越野车错身而过,拐进了黄大磊的别墅。黄大磊被炸死后,黄大森代表黄家与以朱琪为代表的后宫派争夺家产,黄大森涉毒跑路后,朱琪派占据了上风。朱琪有明显的知识短板,不擅长经营企业,全靠吴新生在背后出谋划策,这才能够勉强控制长盛矿业集团。

豪车驾驶员吴新生在越野车从旁边驶过的时候,朝越野车看了一眼。朱琪有个习惯,公司驾驶员开车时一定坐在后座,以显示长盛大老板的威严。吴新生开车的时候,她才坐在副驾驶位置。

"这不是金传统的车。谁的车?以前没有见过。"朱琪熟悉金传统乘坐的那辆车,见到一辆陌生的车,随口问道。

吴新生道:"别墅区进进出出的车多,这是阳州牌照,估计是外地车。这一次在老机矿厂地块上,我们和金家有合作,他们拿下了利益最为丰厚的广场项目,我们算是吃了根排骨。什么时候约金传统喝喝酒,人熟好办事。"

朱琪道:"我和金传统不太熟,和张晓在一起玩过。到时候请他们夫妻过来吃饭。"

吴新生道:"老机矿厂修配车间那块地,面积不大,现在分成东西两段,谁都赚不了大钱,没有意思。最好能想办法把江州二建那块地弄过来,这是我们新琪公司的第一笔地产业务,一定要开门红。我有个想法,长盛矿业在新区有一块地,我们把那块地转卖给大树集团,江州二建把修配车间这块地转卖给新琪，进行资产置换。我们可以不断用这种方法把长盛矿业的财产悄悄转移到新琪公司，彻底变成我们的财产。"

吴新生的办法就是挖长盛矿业的墙脚来壮大新琪公司，朱琪对此心知肚明，道："大树集团的业务主要由张佳洪负责，张大树退居幕后，只管大事。我抽时间与张佳洪说一说此事，但是不一定能行。"

吴新生伸手拍了拍朱琪大腿，道："办法总比困难多，我来想办法。"

回到别墅，喝过阿姨煮的银耳汤，朱琪和吴新生来到二楼。朱琪娇声道："玩了一天，腰酸背痛，你帮我按摩。"吴新生揽住朱琪的细腰，上下抚摸，道："那我可要吃豆腐了。"朱琪道："你吃老娘的豆腐，那是责任；你若是吃其他女人的豆腐，那老娘就下剪刀。"说到"剪刀"两个字，她捂着嘴笑起来。

下剪刀来源于一则20世纪80年代初的真实故事。在朱琪居住的小场镇，有一个男人出轨，被妻子用剪刀剪断命根。男人睡梦中痛醒后，一丝不挂，在小场镇狂奔，鲜血洒在小镇的石板路上。朱琪当时尚小，却牢牢记住了这个恐怖情节。在和吴新生第一次亲热后，便讲了这个故事。这个故事后来便成为两人之间的哏。

吴新生做过不少工作，会按摩，技术很棒。来到二楼专设的浴室后，他先为朱琪洗浴，再将柔软女人抱到干净温暖的按摩床上。结束后，两人横躺于床，闲聊。

朱琪脸上红晕未消，道："你刚才说的办法是什么？我警告你，不要和黑社会有关联。黄大磊被炸死，我真的怕了。我们已经这么有钱了，用不着和那些人拼命。"

吴新生翻过身，抱紧朱琪，道："我已经做了安排，这是男人的事，女人就别管了。你放心，我没有那么傻。做工程必然会遇到麻烦事，不养几个社会人，很多事情摆不平。你以后把精力放在官面上，与社会上的头头脑脑发展关系，社会上的烂事就由我负责。"

朱琪随即又抱怨道："警察平时牛皮烘烘，怎么抓不到黄大森？黄家人就数黄大森最有头脑，也最野蛮，不抓到他，我总觉得不安宁。"

吴新生道："黄大森吸毒贩毒，是过街老鼠人人喊打，根本不敢露面。"

等到朱琪沉睡后，吴新生从床上起来，穿上运动短裤，到健身房锻炼。十年间，他每天坚持锻炼，没有例外。长期的锻炼让其拥有了远远优于寻常人的身体，不管是力量还是敏捷性，在健身教练群体中都是佼佼者。

练完力量，吴新生来到沙袋前，深吸一口气，脑海中闪现出一个个仇敌的面容，狠狠地挥出了自己的拳头。

黄大森跑路以前，朱琪的办公室冷冷清清，很少有人来谈事。黄大森涉毒跑路后，来到朱琪办公室的各矿大佬络绎不绝。今天朱琪稍稍晚来一会儿，隔壁等候室就等着好些人。她连轴转了一上午，谈得唇焦口燥，吩咐秘书道："今天太累了，下午3点后再安排事，中午我要到对面喝咖啡。"

矿业大厦正对面有一家装修高档的咖啡馆，环境幽雅，味道纯正。朱琪中午喜欢在此消磨时光，吴新生偶尔也过来坐一坐。咖啡馆的一号包房是朱琪专用，每年由矿业大厦拨付一笔钱给咖啡馆。

朱琪独自走出矿业大厦，一个时髦的年轻女子从停在路边的红色汽车中走了出来。两人肩并肩，有说有笑地走进咖啡馆。

来到二楼临窗包房，朱琪脱下外套，挂在一旁，正要坐下，放在桌上的手机响了起来，是吴新生的电话。朱琪朝年轻女子笑了笑，拿起手机走出包房，道："亲爱的，我还在老地方喝咖啡，小何陪我。"

话音未落，包房内便惊天动地响了起来，朱琪感觉身体被猛击一下，随即不省人事。

爆炸后，警笛声不断，最先到达的派出所民警拉起警戒线，刑警支队重案大队的刑警以及技术室人员也很快到达，接管了现场。

副支队长老谭、小林、小杨、DNA室张晨、法医李建伟等人陆续赶到现场。滕鹏飞、苗伟和侯大利并排站在咖啡馆门口，暂时没有进入。咖啡馆有一个五六十平方米的大厅，桌椅已经被爆炸产生的冲击波移了位，一些玻璃装饰被炸碎，嵌在墙上。地上有大片血迹，还有被炸烂的肉块。

一个服务员被带了过来。她惊吓过度，滕鹏飞问了好几声，才回过神来。

滕鹏飞道："谁被炸了？"

服务员身体仍然在发抖，道："对面矿业大厦的朱老板和她的朋友何老板。"

这时传来法医李建伟的喊声："还有一人受伤，赶紧打120。"

滕鹏飞和侯大利赶紧走向法医李建伟发现伤者的地方。现场混乱，地上有不少血肉碎块，两人经过时都小心翼翼。来到房间时，门口有一只手，还有一个破碎的头颅。头颅的半边脸被炸飞，另半边脸很奇异地没有伤口，仍然白皙如初。

一号包房外还躺着一个女子，额头有血，双眼紧闭，正是黄大磊的妻子朱琪。

侯大利在经办杜强案时，对梅山黄家进行过细致研究，看罢现场，他立刻联想到黄大森。他轻轻碰了碰滕鹏飞的手臂，滕鹏飞会意，二人走到屋外。

侯大利道："黄大森和朱琪矛盾很深，至今仍在外逃。我怀疑他早已潜回江州，设了这个局。梅山那边矿山特别多，很多人都有爆破经验，黄大森年轻时曾经是矿山爆破员，有重大作案嫌疑。"

"先不要急于下结论，勘查完现场再来讨论。"滕鹏飞走回现场，蹲在面目全非的尸体残骸前，仔细观察。他抓起一块衣服碎片，闻了闻，道："你来闻闻，这是什么炸药，威力很大。"

侯大利参加排爆训练时狂补过炸药知识，闻了闻衣服碎片，道："应该是黑索金类炸药，性能稳定，需要用雷管起爆。"

苗伟接过衣服碎片，放在鼻尖，有点惊讶于侯大利的判断。

滕鹏飞按了按太阳穴，道："江州以前有一个生产钝化黑索金炸药的工厂，建造于1950年，1983年停产。现在搞到这类炸药很难，我们要查以前的旧仓库。"

"让我进去，我是朱琪的男朋友。"二楼楼梯处传来男子的喊声。

在里屋的朱琪听到喊声，突然睁开眼，一边哭一边喊："新生，新生！他是我的男朋友，让他过来。"

侯大利来到楼梯处，看到一个年轻英俊的男子正在跟民警争辩，神情焦急。他走到年轻男子面前，道："朱琪没事，受了伤，120马上就到。你不能进去，在这里等着。"

听闻朱琪没事，吴新生拍了拍胸口，长舒了一口气，道："警官，朱琪伤得严重吗？"

"朱琪不在爆炸点，受了伤，没有生命危险。医生马上就到，你就在外面等着。"侯大利说话不紧不慢，有一种不容置疑的语气。

吴新生不再试图闯进去，伸长脖子朝里张望。

局长关鹏、副局长宫建民以及新任刑警支队长陈阳来到现场。关鹏面沉如水，道："在市区响起爆炸声，全省罕见。立刻对全市进行彻底排查，车站、码头由公安、武警负责，各单位、各街道都要进行自查，绝对不能再有爆炸声响起。宫建民，你牵头组织专案组，挑选精兵强将，一定要将凶手给我揪出来。"

宫建民脸色凝重，道："这个专案组我当组长，陈阳当副组长，由重案大队主办。"

关鹏看罢现场，急匆匆前往市委汇报爆炸案。宫建民没有说话，随手摸出烟，想到这是爆炸案现场，又将香烟放了回去。他将在现场的几名得力干将召集到身边，道："有什么发现？"

"咖啡馆前面有监控，咖啡馆里面也有监控，几处监控都完好，应该可以锁定放置炸药的人。"滕鹏飞又道，"神探认为是黄大森作案。我觉得有道理，黄大森曾经当过爆破员，与朱琪有仇，还熟悉咖啡馆的情况。禁毒支队一直在查他，这个狗日的胆子大，潜逃这么久，还真有可能杀一个回马枪。"

宫建民看了看手表，道："现场勘查和尸检结束后，开案情分析会，增加禁毒支队姜支队为副组长。"

滕鹏飞又回到现场，把二组组长苗伟叫到身边，道："一组正在完成碎尸案和投毒案的收尾工作，三组陷在报复杀人案之中，爆炸案交给你们二组。你们要发挥侦办纵火案的那股劲头，啃下这块硬骨头。侯大利的看法有道理，黄大森具有重大作案嫌疑。"

病房里，吴新生坐在病床前，握着朱琪的手。屋里没有光线，偶尔开门时露出的光线，都让朱琪感到惊恐，立刻尖声叫嚷。

三天后，朱琪才回到家中。

从医院回家后，朱琪惊魂未定，不愿意出去工作。吴新生陪着她到外面散心，又请心理医生为其做辅导，竭尽所能地安慰心灵受伤的她。

重案二组取得重要进展，锁定了爆炸案的嫌疑犯黄大森。

黄大森在去年潜逃后，失去踪迹。禁毒支队最初发现海洛因时，以为突然间冒出了一条大鱼。经过细致调查，发现本地区毒贩网络和黄大森没有任何关系，黄大森仅仅是偶尔抽支大麻。这就意味着有人使用海洛因陷害黄大森。谁能拿到数量如此之大的海洛因，是一个必须弄清的大问题。禁毒支队把目光集中到了矿业集团内部，与黄大森有利害冲突者皆在调查范围之内，到目前为止，还没有突破。

经调查，黄大森在爆炸案当天上午来到咖啡馆，在二楼临窗一号包房喝咖啡，直到中午1点才离开。从黄大森离开到朱琪进屋，没有其他人进入过这个包房。黄大森进屋时提着一个包，临走时还提着这个包，从视频分析，进屋时，包里有重物，离开时，提包轻飘飘的，包里没有重物。

二组通过走访和视频侦查，锁定了黄大森离开咖啡馆后的行踪。黄大森确实是胆大包天，从咖啡馆离开后，径直来到对面小吃厅吃午餐。坐在小吃厅临窗卡座上，恰好能够清晰地看到从长盛矿业大厦到对面咖啡馆的全过程，还能看见二楼临窗位置。但是，由于视角原因以及临窗玻璃外明内暗，卡座上的人只能看见二楼临窗位置是否有人，无法看清楚面容。

刑警支队视频大队以咖啡馆视频为起点，反查黄大森的行动轨迹。

黄大森骑摩托车入城，入城前被交警的监控探头拍到。根据摩托车，侦查员一路追踪到了巴岳山，终于在巴岳山深处一处属于湖州市的山区场镇中找到黄大森的藏身之地。在此地发现了少量炸药，正是黑索金类炸药。

遗憾的是黄大森制造爆炸案后就放弃了这个窝点，再次消失。

闹市区出现爆炸案，性质恶劣，社会影响极坏。爆炸案成为江州市公安局第一大案，所有能调集的力量全部上了此案。

重案一组分成了三个小组，分别在黄大森位于梅山的老家、黄大森在长盛矿业的别墅和长青县西山公园小区的家这三个地方进行蹲守。

三个蹲守点中，最重要的是长青县西山公园小区监控点。

禁毒支队经过秘密调查，发现黄大森和他的情人刘梅生有一个七岁小男孩。黄大森和刘梅的关系处于保密状态，知道的人很少。禁毒支队是在"横向到边、纵向到底"的调查走访中，无意中得到这条线索的。得到线索后，禁毒支队一直没有动这条线索，而是长期经营，放长线钓大鱼。

如果黄大森要潜回江州，最有可能到此处落脚。长青县西山公园小区被列为最重要的监控点，由神眼探长江克扬率探组监控。在半个多月内，没有可疑人员进入稍显偏僻的西山公园小区。刘梅生活正常，仿佛根本不知道江州城内发生的爆炸案与黄大森有关。正是由于刘梅生活太正常，警方反而更加怀疑刘梅与黄大森通过某种方式进行联系，除了使用技术手段外，还派出江克扬探组守在此地。

5月26日下午，市公安局会议结束后，侯大利驱车来到长青县，按蹲点守候要求将车停在西山公园两公里外。停车后，他沿着公园小道进入公园，来到暂停使用的公园管理所管理房，替换了伍强。

管理房是平房，位于半山坡，与对面楼房在同一条水平线上，能看到刘梅房内情况，还能观察到刘梅那幢小楼的进出通道。支队在靠近刘梅所住楼的隐蔽处安装了高清摄像头，只要有人进出，在管理房就能用电脑看清楚。

管理房有门有窗有窗帘，还有简单的家具，算是条件不错的监控点。侯大利坐在窗口，观察对面的楼房。

江克扬坐在屋角，缩着脖子，紧盯电脑屏幕。短信提示音响起后，他看了一眼手机短信，手不停挥舞，烦躁地道："这个鬼地方，刚刚入夏，就这么多蚊子。"

侯大利道："这是公园，草密，蚊子肯定多。"

管理房和小区有一定距离，声音传不过去，白天用不着控制声音，在夜晚时则需要控制音量和灯光。所以管理房没有用蚊香，而是用了两个灭蚊器。密林里的蚊子很生猛，视灭蚊器如无物，在房里横冲直撞，嗡嗡乱叫。

江克扬道："黄大森到底有没有贩毒？"

侯大利道："禁毒支队反复查了，黄大森偶尔抽大麻，和江州毒贩没有联系。从目前情况分析，黄大森是被人陷害的。陷害他的人是大手笔啊，但也露出些狐狸尾巴。能弄到如此多的海洛因，不是一般人能做到的。这人花大价钱陷害黄大森，意味着冒险搞掉黄大森后有很大的利益。现在看来，朱琪获利最大。黄大森肯定也认为搞他的人是朱琪，所以才弄出爆炸案。"

江克扬在山上蹲守多日，很是疲惫，不停打哈欠，道："这是最符合逻辑的推理。很遗憾的是没有收获。"

侯大利来到窗边，用望远镜看对面卧室，暗道："如果对黄仁毅的审讯力度再大一些，真有可能让其把黄大森供出来吗？供出了黄大森，那么爆炸案就有可能不会发生。说到底，是我的工作还不够扎实，审讯水平不够高。"

这些天来，侯大利经常思考这事，审视自己的不足。如果不是这起爆炸案，二道拐黑骨案已经成为过去式。爆炸案发生后，引出旧案，侯大利内心有一种混杂着沮丧、后悔和不服的复杂感受。从警以来，他一直顺风顺水，回顾此案，却产生了些许挫败感。

两人缩在管理房，聊了一会儿案子，随后沉默下来，交替在窗边观察。天渐渐黑了，城市灯光逐渐亮起，无数辛劳的人结束一天工作，回到家里享受与家人团聚的时光。侯大利用望远镜看着别人家的窗口，高倍数望远镜拉近了他与其他人家的距离，能看到餐桌上热腾腾的饭菜，能看到桌边人们的表情。有的家庭在晚饭时谈笑风生，气氛和谐。有的家庭在晚饭时几乎没有交流，一家人互不理睬，屋里冷得如一团冰。

侯大利又想起曾经温暖的家。每当办案晚归，站在院内总能看到卧室里温馨的灯光。田甜坐在床边，专心阅读，等待爱人归来。幸福的生活被一声枪响彻底夺去，田甜走得如此仓促，让他很久都不能适应。和平年代，多数警察的牺牲都会让家人猝不及防。他们早上还生龙活虎，有着各种人生计划。往往是一起突发事件让家人阴阳永隔，这是警察家属最难以接受的事。

黄大森的情人刘梅出现在望远镜里。

刘梅三十岁左右，模样俊俏，身边坐着一个七八岁的小男孩。黄大森一直没有公开与刘梅的关系，但是在用钱上很大方，刘梅目前的存款有两百多万元，名下还有房产和车。刘梅和小男孩并排而坐，有说有笑。吃罢饭，男孩看电视，刘梅做家务。如果男主人不是黄大森，这就是个极为普通的温馨家庭：女主人在家带孩子，男主人还在外面工作或者应酬，尚未归家。

江克扬手机发出振动声。

江克扬轻声道："什么事？我还在工作。"

电话是江克扬妻子张静打过来的，她火气十足，道："你什么时候回来？儿子的小学搞定了没有？江克扬，你一天天的不回家，根本不管家里的事。我儿子不比别人差，凭什么要读最差的铁路小学。要么读朝阳西城小学，要么读学院附小。"

侦查员只要上了案子，根本顾不上家，因此，重案大队多数侦查员都有些怕老婆，怕不是畏惧，而是心怀内疚。江克扬低声道："老婆，我觉得铁路小学挺好的。"

张静赌气道："那是老皇历了，读不了重点小学，输在起跑线上了，娃儿一辈子都要吃亏。反正娃儿是姓江，又不跟着我姓，你爱管不管。"

江克扬低声下气，好说歹说，这才勉强将妻子应付过去。暂时应付了妻子，儿子读书问题仍然没有解决。他将所有关系户都在脑中过了一遍，还真没有能够搞定朝阳西城小学或者学院附小的朋友，禁不住一阵心焦。一只山蚊子飞来，被他一巴掌拍飞。

侯大利站在窗前观察，听到了江克扬和妻子张静的对话。

深夜，对面楼房的灯陆续关了。夜里11点，刘梅卧室灯光熄灭。

侯大利和江克扬轮流睡觉，始终有一人盯紧刘梅的窗。侯大利睡在简易竹板床上，耳边全是嗡嗡的声音，不时感觉蚊子碰到脸上。他不胜其烦，坐起来，喝了半瓶矿泉水，干脆陪着江克扬。

"这一次蹲守条件还不错，至少有一间管理房，可以遮风避雨，还可以睡一会儿。若是在车上蹲守，一天还凑合，时间久了，就和坐牢差不多，那真是痛不欲生。野外蹲守，日晒雨淋，蚊虫叮咬，那日子也是死鱼的尾巴——不摆了。我才工作的时候，在车站派出所当民警，曾经为了一起盗窃案，蹲守了整整四十五天，后来总算成功破获。蹲守完成后，我脸上身上被咬了一百多个大包，肿成了胖子。回家的时候，我妈都不认识我了。"

江克扬对曾经的艰苦蹲守生活记忆犹新，再次对侯大利谈起。

侯大利道："老克看人有本事，抽时间教点绝招给我。"

"如今搞起天网，监控探头越来越多，我这点小本事也就废掉了。我们那时候天天在车站里巡逻，见的人多了，谁是坏人，在我们眼里太清楚了。其实也没有什么绝招，就是卖油翁，惟手熟尔。贼的眼神和正常旅客不同，贼入人群，眼球转来转去，会不停扫视四周，看周边是否有便衣或者有其他旅客注意，他们的目光也总偷偷落在别人的衣兜和行李上，有些惯偷不经意间还会把手贴近旅客的衣裤兜，身体侧缩，试图阻挡别人的视线。出现在车站的犯罪嫌疑人有一种特殊眼光，我们称之为乒乓球眼光，只要出现，那就大概率有问题。一般旅客看到警察，不会有特别反应，犯罪嫌疑人做贼心虚，看到警察后，会迅速移开目光，随即会忍不住再看一眼，就如打乒乓球一样。凡是遇到这种情况，多半有问题。"

侯大利掏出笔记本，在黑暗中摸索着记下这一条经验，道："这条经验是千锤百炼出来的，光有理论也不行，还得实践。"

凌晨3点，侯大利和江克扬交班。江克扬裹紧衣服睡觉，脸上盖了一条毛巾，只露出鼻子。侯大利沉浸在黑暗中，望着沉睡中的大楼。大楼旁边的路灯下面是一条小道，路灯下的小道有着惨白的颜色，从接班起，无人经过。

天亮后，袁来安和马小兵接班，侯大利和江克扬这才打着哈欠离开监控点。公园里蚊子凶猛，两人脸上、手上全是红色疙瘩，犹如长满青春痘的少年。

回程时，侯大利驾驶的越野车与东城派出所的警车擦身而过。江克扬望了一眼对面的车，招了招手。钱刚副所长坐在副驾驶座，面带笑容，挥手致意。

5月27日上午11点26分，钱刚正在东城派出所值班，接到110报警电话，得知老机矿厂片区有人打群架，便带着一名民警和两名协警前往老机矿厂片区。

老机矿厂片区近期因为拆迁问题多有打架扯皮之事，拆迁问题不由派出所处理，但是打架问题就与派出所有关。对派出所民警来说，这是一次极为正常的出警。出警时，谁都没有料到一次简单的出警会朝着不可控制的方向演变。

老机矿厂是破产企业，厂区被散乱破旧的家属区包围。建厂时，老机矿厂的位置还属于市郊，经过几十年发展，其所在位置由市郊变成了市区，极具开发价值。

虽然老机矿厂有开发价值，但是这些年却一直闲置，市、区政府没有改造这一地块的计划，大机构也无意投入重金开发这一地块。这种情况在山南省并非罕见，主要原因是拆迁艰难，拆迁工作稍稍没有做好，就会弄出大事。绝大多数的地方政府宁愿建设新区，在一张白纸上画出最美的图画，也不愿意动老城区。在这种策略下，新城很漂亮，老城日渐衰败，新城和老城犹如两个时代的城市。

居住在老城的人大代表和政协委员每年都会提议案和建议、批评、意见，主题是改善老城居住环境，振兴老城商业。在此背景下，江州市政府准备全面改造老机矿厂，在老机矿厂片区修市政广场，广场周边搞商业配套。

家属区周边配套破旧不堪，基础设施严重老化，曾经红火的工厂成为被社会遗忘的地方，多数居民苦不堪言。盼了十来年，眼见着西城越来越现代化，老城区越发破败，许多人家等不到拆迁，纷纷在西城买了房，留在老家属区的居民是经济条件最差的那一批。修配车间不是老机矿厂主业，四幢老楼的居民在老机矿厂是最"弱"的一部分，绝大多数人都没有搬走，与拆迁方搞起拉锯战。

修配车间家属老楼地理位置很特殊。望城山在此处有一段弧形，前面是江州河，山体与河水之间有一块平坝，整体面积约有百亩，非常独立。在计划经济时代，这块地是鸡肋，食之无味，弃之可惜。老机矿厂就将修配车间放在此处，专门修理旧机器。修配车间家属院则很奇异地修在小桥桥头，堵在整块平坝的核心位置。在市场经济时代，这块地是修建高档住宅的绝佳之地，引来无数人觊觎。

新琪公司凭着长盛矿业积累的人脉，拿到了修配车间所在地块的东区，东区不仅包括平坝，还包括望城山到平坝的起伏部分。修配车间所在地块的西区由大树集团旗下的江州二建开发，包括平坝的另一半以及面积超大的浅丘。修配厂家属楼不拆迁，这块风水宝地就无法开发。

钱刚副所长提起修配厂家属楼就头痛，在这段时间里，因为此楼的拆迁纠纷出了七八次警。过了河，来到修配车间家属楼，民警张勇望着楼门前围的黑压压一群人，抱怨道："政府给的条件一样，其他楼都拆完了，修配厂就是不拆，贪心不足蛇吞象，难怪是老机矿厂最穷的人，哀其不幸，怒其不争。"

钱刚多次出警，了解整个情况，道："我们也要理解他们，他们的房子破是破点，好歹在市中心，出门方便，算是最好的地段。拆迁后不是原地安置，搬到城郊，虽然小区配套挺好，可是毕竟不在市中心了，读书、就医都很麻烦。"

下了车，钱刚等人分开围观的人群，来到人群最中间。四个男子鼻青脸肿，衣服被撕破，坐在地上，狼狈不堪。他们见到警察，喜出望外，大喊救命。

钱刚问道："谁报的警？"

一个坐在地上的文身男子举起手，喊道："警官，是我报的警。"

钱刚道："为什么报警？"

文身男子道："我们是龙泰公司的工作人员，到这边宣传拆迁政策。这些人不问青红皂白就动手打人。"

一个壮实的中年人骂道："你们这些兔崽子，昨天用弹弓打碎了我们的玻璃，有一颗石头打在老张的脸上，鼻梁骨都被打断了。"

文身男子耸了耸肩，道："我不知道你在说什么。"

中年人骂道："你们做了坏事还不承认。"

文身男子道："你要拿出证据，否则就是污蔑。"

另一个男人道："这些人都是黑社会，坏得流脓。前几天，就是他们在我们楼门口泼大粪。逃跑的时候，就是你在开车，我们看得清清楚楚，哼，别以为我们眼瞎。"

文身男子用最无辜的表情望着钱刚，道："警官，他们胡说八道，没有证据怎么说是我开的车。你说是就是吗，你谁啊？我们今天受公司委派来这里宣传政策，这些人无缘无故打人。我们没有还手，一根手指头都没有动。还手就会被认为是斗殴，这个道理我们还是懂的，警官要公正处理此事。我们确实是来宣传公司政策的，有人在录像，我们挨打的过程都被录下来了。"

钱刚长期工作在第一线，见多识广，听到几句对话，便明白修配车间的老工人被龙泰公司算计了。如果老工人真的打了人，还有视频证据，对方不调解的话，至少得被治安拘留。

"警官，这是我们的录像，我们确实没有还手，脸上身上都有伤。"藏在远处的一名男子拿着摄像机过来，调出录像让钱刚观看。

从视频来看，确实是老工人在殴打这四个男子。文身男子年轻力壮，骂骂咧咧，却没有还手。

带头的文身男子指着周围的几个工人，道："就是他们打人，下手真他妈的狠。我新买的衣服，五百多块，被扯坏了，要赔钱。我的鼻梁被打断了，哎哟。"

围观的人越来越多，有人开始大骂警察和黑社会是一伙的。钱刚出警经验丰富，眼见着形势不对，当机立断，准备将四个男子和参与打架的老工人叫到派出所处理。

钱刚是工厂子弟，从内心深处同情这些老工人，在招呼双方到派出所时，暗自琢磨着如何做好调解工作，让打人的老工人不至于被拘留。他明白这些老工人往往性子倔，家里又穷，如果不同意付医药费，调解肯定不会成功。按流程走，动手打人的老工人真得被拘留。他曾经见过龙泰公司负责人，准备回去打电话，想通过龙泰公司来压一压这几个男子。

一个老工人举起手臂，愤怒地道："黑社会欺负人，凭什么我们要到派出所。他们砸我们玻璃，你们不来。他们在楼下泼粪水，你们不来。他们在学校门口威胁小孩子，扇小孩子耳光，你们不来。他们拿弹弓把老张鼻梁打断，你们不来。他们刚刚被我们打了几拳，你们就来了，还要带我们回派出所。"

眼前这几个男子砸玻璃、泼粪水、打小孩，使用了很龌龊的手段，但是这些人长期与公安打交道，具有躲避打击的经验，手段龌龊，却很难处理他们。这些老工人是被欺负的一方，如今又落入社会流氓布下的陷阱之中。

钱刚心如明镜，却只能依法行事，耐心解释道："打架是双方的事情，两边都要到派出所去。你们不到派出所，怎么解决问题？"

文身男子在旁边煽风点火，吼道："我们没有还手，这可不算互殴。我们是受害者，警察一定要主持公道。"

文身男子是龙泰公司的小头目，好几次与退休工人发生冲突都在场，是退休工人们最憎恨的人之一。他在旁边吼叫就如火上浇油，退休工人们更不愿意前往派出所，愤怒地推搡几个男子，场面混乱起来。

突然间，两名带着酒气的老工人冲了过来，其中一个老工人鼻子包着绷带，提着铁锹，另一个拿着菜刀。

鼻子受伤的老工人扬起铁锹，道："他妈的不想活了，我打死你们。"

另一个汉子挥动菜刀，道："你们派出所都是和这些黑社会勾结在一起的，想骗我们到派出所，没门。"

钱刚想要制止这两个老工人，却被人群挡住。他用力扒拉开挡在身前的人，大声道："放下东西，我是东城派出所的。"

说话间，鼻子受伤的老工人挥起铁锹，朝那名文身男子拍了过去，只听得咔嚓一声，文身男子发出惊天动地的号叫声，挽起衣服袖子，手臂鼓起一个大包，眼见着是骨折了。

钱刚赶紧来到鼻子受伤的老工人面前，声音严厉地道："立刻放下铁锹，否则我会对你采取强制措施。"

另一名民警和两个辅警看见老工人带着武器，都紧张起来，取出警棍。

鼻子受伤的老工人双眼喷火，不管不顾，铁锹带着风声朝钱刚迎面砸了过来。另一个拿着菜刀的汉子，也朝钱刚扑过来。

跟随钱刚来的民警从侧面扑过去，将拿菜刀的汉子扑翻在地。那汉子顺手一刀砍在民警手臂上，鲜血瞬间就迸了出来。两个辅警一拥而上，压住拿菜刀的汉子。

钱刚被铁锹逼迫，不断后退，大声警告。

退到一处菜园时，钱刚被栅栏挡住。他在翻过栅栏时，后背被铁锹拍中，跳到菜地后，痛得直咧嘴。钱刚面对双眼通红的汉子和高高举起的铁锹，意识到了危险，取出随身佩带的手枪，口头警告道："你不要胡来，放下铁锹，我是东城派出所副所长钱刚，你遇到什么事情，可以跟我说。"

拿铁锹的老工人正是鼻梁被弹弓打断的张正虎。当邻居和几个黑社会扯皮的时候，他正在生闷气，和以前同一班组的好兄弟在楼上喝酒。这时，张正虎接到女儿电话，女儿在电话中哭着求救："爸爸，我被人打了。"随即，女儿电话中传来一个略带湖州口音的男声："张正虎，你龟儿子给我听好，你必须签拆迁协议，否则你女儿要挨打，还要被强奸，弄不好，你这辈子都见不到女儿了。不要报警，警察都是我们这一边的。你不信，看看楼下的警察是帮你们说话还是帮我们说话。"

张正虎的外孙声音响起："外公，他们打我。"

湖州口音的男子道："张正虎，你不签字，我就绑了你外孙。"

张正虎还想说话，结果对方挂断了电话。他跑到走道上，正好听到警察要求同楼的邻居到派出所去。电话里的内容和现场发生的事完全吻合，在酒精作用下，生性暴躁的张正虎失去理智，提起一把铁锹奔下楼。

张正虎使用的是老式的山寨老年手机，充话费送的。这种手机声音极大，在一旁喝酒的另一个老工人李强听得明明白白，气愤之下，也拿着菜刀冲了下来。

"不要过来，再过来我开枪了。"钱刚躲过带着风声的铁锹，看着打红了眼的老工人，道，"我警告你，再过来就是袭警。"

张正虎脑中全是女儿哭泣的声音，他失去理智，举起铁锹，又拍了过去。

砰的一声枪响，钱刚退后一步，道："别过来，你这是袭警。"

张正虎仍然举着铁锹拍了过来。砰，又一声枪响，张正虎倒在地上，鲜血涌出，在地上形成了血泊。

两枪后，所有人都惊住了，停下了手上的动作。钱刚脑中一片空白，声音和光线仿佛在空中停了下来，整个世界变成了几十年前的黑白片。他随即清醒过来，握着枪，左手取出手机，打给东城所所长戴克明，道："老工人拿铁锹追打我，我开了枪，击中一人。"

所长戴克明道："死了没有？"

钱刚道："胸口在出血，应该打中要害了。"

戴克明道："左胸还是右胸？"

钱刚道："左胸。"

戴克明倒吸一口凉气，道："让其他人留在现场，你赶紧撤回来，按照程序交枪，说明情况，等待调查。"

放下电话后，钱刚稳了稳心神，把拿微型摄像机的人叫了过来，道："你刚才录像没有？"

那人看着钱刚右手的枪，讨好地道："打架的速度太快，我刚从包里拿出摄像机，还没有来得及开录，你们就打完了。我没有来得及录，绝对没有录，钱所长放心。"

"正该录像的时候，你狗日的做什么去了？"钱刚希望年轻人能录下自己开枪的过程，有视频，一切明摆着，不用过多解释。老机矿厂这边是破旧小区，监控探头极少，要解释为什么开枪，还得靠证人证言和现场勘查。

那人道："真不怪我，那两人冲下来的时候，我已经收了机器。"

枪声响起后，现场围观群众越来越多，情绪越来越激动。

民警张勇被菜刀砍伤，皮开肉绽，血流如注。他顾不得包扎伤口，来到钱刚身边，低声道："钱所，你先走。"钱刚摇了摇头，道："人太多，走不了。我现在离开，反而惹麻烦。"

用菜刀砍人的老工人傻傻地坐在张正虎身前，不哭，也不说话。

机矿厂的老厂长以及居委会干部得知出事后，迅速赶过来维持秩序，安抚围观群众的情绪。

警车陆续到达，拉起警戒线，保护枪击现场。救护车随后也赶了过来，确认张正虎已经死亡。一名年轻女子哭喊着冲进现场，被人带上了救护车。

钱刚从警二十来年，还是第一次开枪打死人，乘车准备离开时，他心乱如麻。他仔细回想整个出警过程，认为开枪符合规范，慢慢定下心来。回到单位，他交出枪支封存，准备接受审查。

回到家中，钱刚泡了个热水澡。浴盆是在妻子坚持下安装的，钱刚平时基本不用。今天开枪打死了一名老工人，他闭上眼总能看见对方那张喷着怒火的面容，这个面容就是隔壁"王叔、张叔、李叔、陈伯、刘伯"的面容，是工人阶层的一员，而非社会上的地痞流氓。如今熟悉的面容倒在血泊之中，尽管他反复说服自己开枪符合规范，是正常的执法行为，但内心仍然处于煎熬状态。特别是回到派出所交出配枪时，他握枪的手不停地哆嗦。泡在热水里，他抬起右手，水面跟随着右手轻微颤抖。

"如果我撤离现场，那就不会开枪。对方喝了酒，一时冲动才来打人，等酒醒了后，自然不会冲动。"钱刚不停地回想现场情况，自责和内疚之情从内心深处的角落钻了出来，慢慢成为主要情绪。他情绪低落，有恐惧，有焦虑，也有抑郁。

在浴盆里泡了一个多小时，钱刚正要起身时，屋外传来妻子江晓英焦灼的呼喊声。他从浴盆里站了起来，道："别喊了，我在泡澡。"

江晓英说话结结巴巴，道："你开枪打死人了？"

钱刚惊了一跳，道："你怎么知道？"

江晓英说话时几乎要哭出来，道："老机矿厂的工人有好几百，扯起横幅，写的就是派出所副所长钱刚开枪打死老工人张正虎，现在正在堵大街。钱刚，你真的打死人了？"

钱刚双腿发软，坐在浴盆边沿，道："我不是打死人，我是执法。我是派出所副所长，接到110电话后出警，这是执法行为。他们是朝哪个方向走的，我上楼去看看。"

楼上天台视野开阔，恰好能看到前往市委方向的大道。江晓英见丈夫情绪异常，怕其出事，便陪着他上了天台。站在天台，能够清楚看到数百人堵在前往市委的主路上，周边围观群众数量更多，里三层外三层，彻底堵住了前往市委的大道。

钱刚脸色发青，握紧妻子的手，道："那个老工人拿着铁锹，已经拍打了一个人，那人胳膊肯定断了。我鸣了枪，他还在往上冲。如果我不开枪，被他用铁锹打伤，丢了枪，事情更大。"

江晓英道："这件事情后，你就不要当副所长了，辞职当个小民警，安安稳稳过日子。"

钱刚感觉身心俱疲，道："我辞职，今天就写辞职申请。"

夫妻俩还未下楼，一个电话打了过来。

"我是老崔，听说你上午开了枪。你在哪里，下午我来接你，过来谈话。"

"下午2点，我在家等你。"

江晓英道："谁来找你？"

钱刚道："老崔，你认识的。他在市警察心理服务中心，凡是开了枪，都要到他那里去谈话。"

江晓英气愤地道："你开枪是为了公事，承担了这么大的压力，难道还要受审？"

钱刚自言自语道："我是严格按照程序开枪，没有问题。到心理服务中心是接受服务，他们担心我心理出问题。"

江晓英拍了拍胸口，道："吓死我了。再吓几次，我绝对要得心脏病。"

第二章
枪击案的三个疑点

5月27日下午2点，老崔开车接钱刚到心理服务中心，由心理服务中心古警官和钱刚一对一谈话。古警官是山南师范大学心理学硕士，业务能力很强。他在谈话时要观察钱刚：一是观察钱刚说话内容的逻辑联系，表述过程当中的情绪反应；二是观察钱刚是否有紧张、口渴、出汗等状况。通过综合考察，古警官将判断钱刚能不能够继续履职。如果认为有必要，还要进行诊断，或者到专业医院进行临床鉴定。

到了下午3点，谈话结束，钱刚擦了汗水，与古警官握手告别。刚走出服务中心，法制支队副支队长杨红伟走了过来，道："钱所，我们要了解情况。还得耽误你一些时间，希望你能理解。"钱刚知道必须过这一关，苦笑道："如果不是被逼无奈，孙子才会开枪。"杨红伟道："那就到我办公室，尽量简化程序。"

按照《山南省公安机关公务用枪管理规定》，刑事侦查部门负责鉴定枪弹痕迹，建立和管理枪弹痕迹检验档案。法制部门参与研究制定公务用枪管理、使用规范性文件，参与违反公务用枪管理规定、枪支佩带使用规范事件的调查研究，提出法律意见和建议。

开枪打死的是原机矿厂老工人，又是拆迁户，导致数百人堵了大街，这是捅了天大的娄子，内部调查肯定会马上启动。钱刚回过神后，已经明白了自己的艰难处境。一线民警执法时，一枪后，有可能成为英雄，也有可能成为阶下囚。在舆论必然大起的情况下，这一枪很难让钱刚成为英雄，反而更有可能被处分。此刻，钱刚还意识不到将有更大的风暴在等着他。

法制支队办公室，杨红伟和另一名面容严肃的警官展开调查。等到钱刚谈完开枪经过之后，杨红伟道："你们去了两名民警和两名辅警，为什么只有你一个人面对张正虎？"

钱刚道："后来我看过录像，龙泰公司四人确实没有动手，动手的是修配厂老工人。我们正准备把四个龙泰公司的人和参与打架的老工人一起带回派出所，死者和另一人就持械冲过来。张勇被菜刀砍了一刀，两名辅警和张勇就一起去夺菜刀，所以我一人面对死者。当时情况危急，死者情绪失控，用铁锹打伤了龙泰公司一名员工，那人胳膊被打断了。我被逼到菜地后，先口头警告，再鸣枪示警，死者还是冲了过来，这符合开枪规定。如果他没用铁锹，我肯定不会开枪。"

杨红伟俯视钱刚，追问道："你在现场，是不是除了开枪别无他法？"

钱刚对这种说法有些抵触，道："死者喝了酒，失去理智，已经打断了龙泰公司员工的胳膊，我的后背也被砸了。我们一线民警也是血肉之躯，铁锹敲一下，那就得伤筋动骨。"

杨红伟道："你在开枪前有什么动作？"

钱刚道："口头警告，鸣枪示警，该做的都做了。"

杨红伟道："当时现场有很多人，有没有考虑到可能会误伤他人？"

钱刚道："我是被铁锹逼迫进入菜地，菜地被篱笆围着，没有人进来，我开了两枪，一枪是朝天鸣枪，另一枪是想打他的腿。我比他高，从上往下打，子弹会射向菜地。菜地土软，不会形成跳弹。我是工厂子弟，对工人有感情，和死者无冤无仇，如果不是迫不得已，真不想开枪。双方都在快速移动，我的枪法又一般，没有打到腿，打中了要害。我是真不想打死他的，一点都不想。"

杨红伟道："你确定曾经鸣枪示警？"

钱刚道："百分之百确定。死者不是歹徒，我开枪还是很谨慎的，肯定会鸣枪示警。"

杨红伟静静地看着钱刚，过了片刻，道："你是老公安，明白办事程序。市检察院已经介入此案，希望你能配合市检察院调查。"

机矿厂工人们堵了大道后，钱刚就知道此事闹大了，绝对无法轻易结束，市检察院多半会介入。他有了思想准备，也就没有过于在意，点了点头，道："不管谁来调查，我都是严格按程序开枪的。"

杨红伟递了一支烟给钱刚，自己也抽了一支。轻烟袅袅升起，他眼神复杂，神情凝重。

市检察院针对此次枪击事件展开了调查。

按照钱刚的说法，面对张正虎的袭击，他先是口头警告，再鸣枪示警，最后迫不得已才开枪。由于枪击过程不过数秒，每个人所处位置又不同，枪击现场的群众对整个枪击过程众说不一：有人说第一枪是朝天上打的，第二枪才打向张正虎；有人说没有鸣枪示警，两枪都打在张正虎身上；有人说听见枪响后就看见张正虎倒在地上。

市检察院法医根据尸检情况，采信了第二种说法：没有鸣枪示警，两枪都打在张正虎身上。

张正虎左前臂中了一枪，左胸中了一枪。左胸所中那一枪导致外伤血气胸，张正虎失血性休克死亡。鉴定现场提取送检的弹头、弹壳，均系民警钱刚所持手枪发射。另外，在死者左臂上部还有一处条状皮肤擦伤，为钝器伤，判断是打斗过程中形成。

市检察院根据尸检结论认为钱刚在面对张正虎的袭击时没有开枪示警，两枪都打在张正虎身上，不符合开枪规范。

如此一来，开枪的后果就很严重，钱刚因为涉嫌犯罪被刑事拘留，羁押审查。

一石激起千层浪，此事在江州市公安局引起轩然大波。

关鹏局长听取汇报后立刻召集东城派出所、刑警支队、法制支队、监察等部门开会，讨论案件。

关鹏平常在办公区域很少抽烟，今天在开会前接连抽了两支，摁灭第二支烟后，道："此事非同小可，解决不好，不仅钱刚同志会身陷囹圄，还会大大影响公安队伍的士气。但是，我们是执法机关，绝对不能违法办事。这就是我给钱刚开枪之事定下的调子。建民，你来主持会议吧。"

宫建民道："戴所，你先讲。"

东城所所长戴克明道："事发当天，钱刚值班，接警后前往机矿厂，因为是处置打群架，同行的有一个民警张勇和两名辅警，钱刚佩枪。从接警到出警，所有程序都合法，没有任何违纪违规之处。"

宫建民道："这些情况都清楚，关键是开枪前后的事，随行三人依次进来，我们要听他们讲。"

被菜刀砍伤的民警张勇走到会议室，坐下。

宫建民道："你讲一讲事情经过，必须讲实话，知道就知道，不知道就不知道。"

民警张勇的手臂被菜刀砍伤，缝了十几针，想起当天的事情，仍然心气难平，道："当时现场人很多，我们准备把打架的双方都带到派出所，没说处理谁，就是带到派出所。突然冲出来两个酒鬼，一个拿菜刀，一个提铁锹，一言不发就开打。我手臂被砍了。我、王涛和李小勇对付拿菜刀的那人，把他按在地上，下了他的菜刀。"

宫建民道："你看到钱刚开枪没有？讲实话。"

张勇道："我当时被砍了一刀，拼尽全力控制拿菜刀的那人。他情绪非常激动，力气很大。我真没有看到钱所长是如何开枪的。但是，我听到钱所长一直在口头警告，随后就听到枪响。"

辅警王涛进来讲述当天的经过，和前一位民警张勇一样，只听到钱刚口头警告，没有顾得上抬头。

辅警李小勇道："我正在控制拿菜刀的那人，听到枪响，下意识抬头看了一眼，钱所长当时手举在空中，还没有收下来。拿菜刀的那人听到枪响，反抗得更厉害，我赶紧压住他，没有看到第二枪的情形。"

宫建民道："那到白板前，画出你看到的情况。"

李小勇来到白板前，画了一幅图。他画图水平很低，只是一些简笔画。画中钱刚右手握枪，斜举向天空。

等到最后一名辅警讲完，关鹏环顾班子成员，眼光停在东城派出所所长戴克明身上，道："戴克明和钱刚在一起工作了好几年吧，你说说钱刚平时工作怎么样，为人处世怎么样。要说实话，不要夸大，也不要掩饰。"

戴克明清了清嗓子，道："我和钱刚在东城所一起工作了五年半，很了解钱刚。钱刚是老刑警，调到派出所后分管刑侦工作，工作任劳任怨，业务能力突出，破获的刑事案件数在东城区派出所多年都是第一。"

关鹏局长打断他的话，道："钱刚这人可不可靠？会不会说谎？"

戴克明用非常肯定的语气道："钱刚是老党员，多年在一线摸爬滚打，执法水平高，心理素质好。我相信他不会在这事上说谎。我多次问过和他一起出警的民警和两位辅警，他们都听到了钱刚的口头警告，而且不止一次。至于是否鸣枪示警，三人正在制伏那名拿菜刀的老工人，确实没有看到鸣枪示警的整个过程，但是李小勇看到了钱刚开枪后的身体姿势——手臂保持在半空中。关局、各位领导，我以党性担保，钱刚不会说谎，以他的经验和水平，肯定会鸣枪，不会犯这种低级错误。"

关鹏局长道："铁锹即将砍到脑袋上时，钱刚是否有可能没有鸣枪，直接朝张正虎射击？"

戴克明道："钱刚是多次口头警告后，退到了菜地，有鸣枪时间。只可惜，周边没有监控设备。"

关鹏又拿起一支烟，想点燃，随后又放下，示意宫建民继续主持会议。

宫建民道："老李，你是什么看法？"

法医室主任李建伟打开尸检报告，道："钱所自述开了两枪，现场有两枚弹壳，且证实是钱所长的那支枪发出来的，其他证人也能证实开了两枪。所以，开两枪是确定的。钱刚自述是鸣枪示警后才朝死者打了一枪，但是，从尸检报告来看，死者身体上有两个弹入点，一个弹出点，在死者身体上取出一颗弹头。尸检是市检察院法医周亮做的，他给出的结论是死者中了两枪：一枪打在左手腕，另一枪打在左胸。周亮法医的水平还是不错的，这个人死倔，自视甚高，凡是他签了字的报告，一个字都不肯改。"

宫建民道："陈支，你们的调查情况？"

刑警支队陈阳道："现场有很多原机矿厂的职工和一些围观群众，经过调查走访，有一部分群众证实钱刚有鸣枪示警的动作。我们调查走访了七十四人，有二十三人明确说钱刚曾经朝天上开了一枪；有二十八人明确说钱刚没有开枪示警，直接对着死者开了两枪；其他人表示记不清楚了。"

宫建民道："众说纷纭，难以得出结论。开了两枪，死者身中两枪，这个事很被动啊。"

关鹏沉脸，皱眉，陷入思考。

宫建民又问道："张正虎和李强原本没有参加与龙泰公司的纠纷，在楼上喝酒，为什么这样冲动？"

陈阳道："据李强讲，他们在喝酒的时候，张正虎接到一个电话，双方威胁说是不同意拆迁，他女儿就要挨打，还要被强奸。张正虎接到这个电话才暴跳如雷。我们调查过龙泰公司，没有人承认打过这个电话。我们查了张正虎的通话记录，最后一个电话的机主是江州二建的办公室主任杨为民，不是龙泰公司的人。杨为民在前晚喝醉了酒，民警找到他的时候，刚刚起床。我们找到张英核实情况，张英因为父亲之死对我们有很强的抵触情绪，破口大骂，极不配合。"

宫建民是老刑警，立刻意识到其中有不对劲的地方，道："最后打电话的人为什么是江州二建的办公室主任，拆迁是龙泰公司的事，和二建没有直接关系。"

问题归问题，当前大家关注的焦点还是市检察院的鉴定结论：钱刚没有开枪示警，两枪都直接打在张正虎身体上。

只要这个鉴定结论不改变，钱刚就要惹上大麻烦。

法制支队洪支队长随后发言，道："即使真的直接朝死者开枪，我觉得也没有太严重的问题。根据《中华人民共和国人民警察使用警械和武器条例》规定，开枪之前要'警告'，而且在'来不及警告或者警告后可能导致更为严重危害后果'时可以直接使用武器。同志们要理解这一点，警告不一定就是鸣枪示警，也可以是口头警告。"

"现在我们如何看不重要，关键是检法两家如何看待这个问题。我们有些内部规定不仅把自己的手脚绑得死死的，还成为检法处理民警的理由。"这个问题涉及面很广，私下可以谈谈，在正式场合不宜多说，宫建民只是含糊地说了两句，没有深说。

会议室门被推开，一个女人和一个穿校服的少年出现在门口。女人站在门口，大声道："关局长、宫局长，各位领导好，我是钱刚的爱人江晓英。钱刚是派出所的副所长，他是正常执法，怎么还被抓了？"

戴克明所长霍地站了起来，道："江晓英，你怎么来了？"

江晓英哭道："钱刚已经被抓了，听说还要判刑。我丈夫当了二十年公安，受过五次伤，两次差点把命都搭上了。这次他是正常工作，和对方无冤无仇，不会平白无故打死人。你们是公安局的领导，怎么不能保护你们的干警。我家上有老下有小，钱刚出了事，我们怎么活？"

女人和孩子跪在了会议室门口。

戴克明紧走几步，扶起女人和孩子，道："江晓英，别这样，领导们很关心钱刚，正在开会研究这事。我们出去说，别给领导留下坏印象。"

关鹏道："江晓英到隔壁去等一会儿，等开完会，到我办公室来。"

江晓英和其儿子被带到另一间办公室，交由女民警安抚情绪。

等到江晓英离开，关鹏缓缓地吐了一口气，道："这件事情处理不好，我们会很被动。我谈一谈我的想法。枪击现场绝大多数都是修配厂的退休工人以及家属，还有机矿厂其他车间的退休工人和家属，他们从感情上自然会偏向修配厂的张正虎，但是仍然有二十三人证实钱刚有鸣枪示警的动作。如果只有一两人证实，那么还有可能说是记忆错误，整整二十三人都看见钱刚鸣枪，那么就不能说是记忆错误。我相信这二十三人说的是实话。检察院羁押钱刚最大的理由就是没有鸣枪示警，直接开枪。尸检鉴定结论否掉了二十三人的证言，在鉴定结论和证人证言中，必然存在我们没有掌握的真相。"

说到这里，他话锋一转，道："我知道大家都有情绪，情绪不能压过理智，检察机关对执法机关的执法行为有监督权，这是法定的监督权，我们绝对不能干扰检察机关调查，而且要全面配合。我们要学会等待，等待一个合适的时机。"

至于什么是合适的时机，关鹏没有深说，说到这里就戛然而止。散会后，关鹏局长打通了市委政法委书记的电话，然后匆匆前往政法委，汇报钱刚枪击案。

一起工作的同事因为出警而身陷囹圄，公安机关明明有精兵强将却只能干瞪眼，命运交由别人掌握的滋味让东城所戴克明所长以及所有参会同志的五脏六腑都受伤，满腔怨气无法排遣。

派出所民警都在议论此事，发了些诸如"以后出警不带枪""遇到打群架站在一边招呼就行了，别拼命"等牢骚。但牢骚归牢骚，真要遇上事，派出所民警还是将委屈、不满等情绪放到一边，一如既往地出警。

审查一个月后，6月27日，市检察院以钱刚涉嫌故意杀人为由，将此案移交到市公安局侦查。市公安局高度重视此案，立刻召开局长办公会，专题研究此事。

关鹏局长平时在开会前喜欢与班子成员开几句玩笑，活跃气氛。今天他在会前没有开玩笑，道："市检察院把案子移交给我们侦查，这是符合规定的。今天开办公会，专题研究此案。同志们，我们要调派最精锐力量，把事情彻底搞清楚，不能是一笔糊涂账。专案组由宫局牵头，具体办案人员要选好。"

宫建民早有预案，道："就让侯大利负责此案。他一直在参加命案积案的侦办工作，在这方面很有经验。重案一组三个探组在爆炸案中都有艰巨任务，建议只抽一个探组回来，法医和现场勘查两方面力量无条件配合。"

他之所以选择侯大利来负责此案，一方面，苗伟正在全力侦办爆炸案，李明仍然陷在报复杀人案中，重案一组暂时没有重大案件；另一方面，侯大利是山南政法刑侦系出身，在几位核心骨干中算是典型的学院派，在运用刑事技术上最为出色。钱刚枪击案案情简单，核心还是要从技术上打开局面。

关鹏点了点头，道："嗯，可以由侯大利负责。我只要结果，细节由宫局全面把握。"

专案组成立后，侯大利和江克扬探组办完工作交接，回到久违的刑警新楼。

爆炸案后，重案一组都在关键位置进行蹲守。尽管黄大森制造的爆炸案影响极为恶劣，但是大量警力被抽调过来参加抓捕，时间长了，日常工作受到严重影响，抓捕工作到了此时难以为继，只是还没有到最后撤回警力的时候。侯大利和江克扬探组是第一批撤回来的刑警。

在宫建民办公室接受任务后，侯大利和江克扬探组集中到小会议室，准备看投影，了解案卷细节。

看视频之前，还没有了解到钱刚枪击案细节的侦查员神情轻松，彼此散烟，有说有笑。伍强摸着自己的长头发道："组长，蹲点守了这么久，我们的头发都长到肩膀了，再隔几天就要长跳蚤了。我建议今天整理个人卫生，磨刀不误砍柴工。等到满血复活后，效果更好。"

在大量警力抓捕黄大森的关键时刻，调侯大利和一个探组侦办此案，自然不会是简单的事。江克扬头脑非常清醒，道："大家不要高兴得太早，在办公室看投影未必比蹲守轻松。"

侯大利了解案件全貌，更不敢有丝毫懈怠，道："首先了解案情，然后大家休整一个晚上。休整不是玩，是让身体和神经放松，明天把精力集中到案件上。"

马小兵打了一个大哈欠，道："休整一晚，太少了吧。至少给一天时间，还得回家看一看爸妈，和女朋友见个面。再不和女友见面，她会甩脸色的。二组的彪哥创造了一项纪录，每出一次大任务后都要被女友甩掉，前后六次。我可不想夺了彪哥的名头。"

侯大利没有再说话，用遥控器调出案卷。

看到案卷封面的罪名，伍强顿时就炸了，道："钱所长最多就是执法程序不对，怎么弄成故意杀人，搞错没有？"

侯大利道："没有搞错。这就是调我们重案一组来侦办此案的原因。"

马小兵猛地拍了一下桌子，道："他妈的，这些人在办公室吹空调，根本不能体会到我们面对穷凶极恶的杀人犯时的感觉。生死就在一刹那，等到开枪示警，刀子已经捅进肚子里面了。钱所长处置突发事件的经验丰富，不至于在慌乱中没有警告就开枪。如果正常执法会导致故意杀人的后果，我们以后执法都不必带枪了。"

钱刚在派出所分管刑侦，经常与重案一组侦查员一起出现场。眼见着一个战壕的战友正常出警后沦为阶下囚，还有可能面临"故意杀人"的重罪，参会的侦查员们在愤怒之余，皆有灰心丧气之感。

伍强感慨道："我们拼死拼活为哪般，只要稍稍犯点错，甚至这不是犯错，自己人整起自己人毫不手软。只有警察才能白白牺牲，除了警察之外，谁都不能白死。"

侯大利非常冷静地道："案子回到公安局，事情还没有坏到不可收拾的地步，我们当前要做的事情不是愤怒，愤怒解决不了任何问题，而是要格外冷静地还原整个事情经过。我们不要有主观看法，要纯粹站在客观立场来思考这起案子。"

看到罪名之前，刚从蹲守点撤回的侦查员都有些松懈。看到罪名，侦查员们毛发倒竖，没有人再开玩笑，绷着脸，紧盯一页页卷宗材料。

材料在幕布上显示的时候，侯大利逐字逐句读出来。他读得很慢，字、词、句如子弹一样射到在场的每一个侦查员头脑中，在不同大脑中产生了不同的化学反应。最初急着回家的侦查员们早就没有了回家的想法，坐在小会议室里闷头想案件，不时讨论两句。

案件本身很简单，钱刚在执法过程中总共开了两枪，在地上找到两枚弹壳，死者有两个弹入点。是否鸣枪示警存在争议，两个弹入点则清清楚楚，无可争议。市检察院法医周亮的鉴定结论清楚明白，如一座大山，压在所有人心上。

他们意识到：市检察院法医的鉴定结论很难推翻，钱刚这次惹上了大麻烦。

侦查员们从不同角度谈想法，聊了一个多小时，才各自回家。

侯大利与朱林联系后，来到刑警老楼。旺财牺牲后，市公安局警犬中心多次婉拒朱林再次领养退役警犬的请求。随着朱林退休，刑警老楼失去了警犬低沉的吼声，以前的犬舍空空荡荡。

王华听到汽车声音，来到走道，挥手打招呼。

来到门口，浓烈的烟味、老姜局长的笑声和朱林的说话声同时飘了出来。听到笑声和说话声，沉浸在杀人案中的侯大利从冰冷世界中抽身而出，感到些许温暖。

"你接手了钱刚那案子？"朱林作为局聘刑侦专家，消息很灵通。

老姜局长不等侯大利回答，怒道："士兵在前线打仗，流汗又流血，总有人在后面扯后腿。我们民警被菜刀砍，被铁锹拍，没人关心，反而是对犯罪嫌疑人关怀备至。我可能老了，不合潮流了，始终想不明白这个问题。"

侯大利道："不管是什么罪名，案子转回市局，就有了机会。"

朱林告诫道："不要和检法两家争论法律问题，这是他们最擅长的领域，我们在这方面缺少话语权。我们只能从事实上翻盘。"

老姜局长仍然发怒，道："什么是事实？没有解释权就没有事实。"

朱林给老姜局长又递了一支烟，道："关局征求过我们几个的意见，我们觉得钱刚说的是实话。证明钱刚说的是实话，这就是关键。只要证据确凿，那就是抢到了解释权。"

朱林所言，正是侯大利的办案思路，几乎一模一样，没有偏差。

聊了一会儿钱刚枪击案，老姜局长道："我们这几天一直在做杨永福的个人简历，找到好几个以前在杨国雄企业里工作的人，其中一人与杨国雄有点亲戚关系。他说杨永福小时候有很长一段时间住在外婆家里，当时杨国雄正在创业，没时间管儿子。我、老朱和王华准备到湖州挖一挖杨永福小时候的材料。这小子平白无故玩失踪，背后肯定有料。"

灯光下，老姜局长的白发和皱纹格外刺眼。

杨帆案的线索追到这里，更多靠的是逻辑推理，很难找到能够组卷的证据材料。这种调查不适合一线侦查单位，老姜局长、朱林和王华则是追踪此案的绝佳组合。

"我这段时间都在琢磨杨帆的案子。当年有人借用了你的声音招来省城的三人，使用了调虎离山之计。他是那种狡猾如狐狸、凶狠如毒蛇的人，不会轻易死亡，好人命不长，祸害活千年。如果杨帆是替大利受过，我有一种预感，那么他迟早还要来找大利。你平时也得小心一些。"

朱林退休后，往日刑警支队长的锋锐之气慢慢消退，说话时多了些笑意，神情变得温润。

侯大利压根儿没有考虑自身安危，道："凶手如果从杨帆案后洗手不做，那么案件侦办就难于上青天。如果真要找我的麻烦，那就意味着埋得很深的线索就要暴露出来，这是我求之不得的事情。谢谢姜局，谢谢师父，谢谢华哥。"

"大利就别跟我们客气了，我跟随两位前辈搞调查，一心只为案子，这种纯粹做事的状态让人很舒服。"王华习惯性地拍了拍已经明显瘪下去的肚子，又道，"战刚局长让我调整了一次专案组成员，汤柳换成了张小舒。昨天李建伟还找了战刚局长，提出既然张小舒是专案组成员之一，能不能在刑警老楼找一间宿舍。"

"张小舒平时一直住在汪建国家里。亲戚毕竟是亲戚，以前张小舒到江州是客人身份，住在汪家没有问题。如今张小舒在江州工作，又从事法医工作，继续住在汪家总是不太方便。我让王华找人收拾房间，张小舒随时可以搬过来住。李建伟在电话里说起张小舒就赞不绝口，说张小舒很有当法医的天赋。"

朱林担任刑警支队长时，主要精力放在案侦工作上，队伍管理和思想工作由政委洪金明负责。卸任后，他的做事风格变化极大，有些婆婆妈妈，对105专案组的同志关爱有加。

四人闲聊了一会儿，话题又转到杨帆案。时隔九年，侯大利屡经磨难，已经能够平静地讨论杨帆案的细节，仿佛面对普通的刑事案件。他拉来白板，依着时间顺序一条一条地梳理所有能够找到的信息，逐条写在白板上面。按照信息推进，从逻辑上最终都会走到杨永福这条线上。

吃过饭，喝了些酒，侯大利把越野车停在刑警老楼，步行回江州大酒店。他在刑警老楼有宿舍，原本可以住在刑警老楼，只不过这一次蹲点时间长，内外衣服脏得不行，头发也如草丛一般，所以回江州大酒店，准备好好做一次个人卫生，然后在明天投入钱刚枪击案中。

初夏，年轻女子迫不及待地换上了轻衫，露出小腿和手臂。晚上10点，街上行人仍然熙熙攘攘，情侣在树荫间漫步，年轻人在街头打闹，中年人聚在一起喝啤酒。侯大利在人群中穿行，情绪一点点低沉。刚才面对杨帆案诸多线索时的冷静不翼而飞，此刻的他如失群的孤雁，孤独地飞行在天地间。

拐了一个弯，侯大利来到河边。

黑暗中的河水发出哗哗的声音，倒映在水面上的灯光被波浪轻轻摇晃。他勇敢地盯紧了河水，很快眩晕起来，直至肠胃翻江倒海，在草丛中呕吐。衣袋里的手机不停地响，与呕吐声此起彼伏。

一对情侣从侯大利身边走过。

女子低声道："你以后少喝酒，在这里吐得一塌糊涂，不讲公德。"

男子道："我喝醉了就上床睡觉，不会到处走。"

女子回头又看了侯大利一眼，道："这人挺可怜，到河边来吐，肯定没有女朋友。在河边呕吐很危险，我打110。"

男子拉住女子的手，道："你是咸吃萝卜淡操心，别管闲事。"

侯大利吐完之后，擦掉嘴角残留物，慢慢离开河道，重新走回热闹的大街。杨帆遇害，他还有抓住凶手的执念，这个执念让他不至于颓废。田甜牺牲得非常突然，凶手也被当场击毙。他时常在早晨醒来之时，伸手摸向另一侧，以前总能摸到柔软温暖的身体，如今伸手只能摸到冷冰冰的空枕头。无法再为田甜做些什么，这是另一种深沉的痛苦。

走进江州大酒店的时候，侯大利除了长时间蹲守带来的邋遢以外，情绪表现得很正常，甚至还带着一丝微笑。

江州大酒店总经理顾英一直站在门口，见侯大利进门，立刻截住了他，道："有人找你，在茶室里。"

侯大利道："谁啊？"

顾英道："她本来想要直接上顶楼找你，也不知道她怎么知道你住在楼上。这人情绪不对，神神道道的。"

侯大利立刻想到此人是谁，问道："她是不是叫江晓英？"

顾英道："她没有说名字，只是说丈夫是东城派出所的。如果不是警察家属，我肯定不会让她留在茶室。李总过来了，我给你打电话，你没接。"

侯大利道："到二楼找一个清静的房间，我要先和江晓英聊一聊。"

丈夫出事仅仅一个多月，江晓英已经到了崩溃边缘，憔悴得无法看。她跟随顾英来到二楼，推开房门，见到一个年轻男子，气质和警察丈夫非常接近，情绪立刻失控，掩面哭泣，哭得几乎无法呼吸。

听到压抑到极点的哭泣声，侯大利递了纸巾过去，道："哭解决不了问题。"

江晓英用纸巾擦了眼泪，道："我是钱刚的老婆江晓英。侯组长负责专案，一定要为我们主持公道。钱刚是家里的顶梁柱，上有老，下有小，他出了事，我们一家人怎么活啊。钱刚是接到110指令出警，这是公事，凭什么出了事，单位不承担责任，把责任全部推给个人。听说还要判刑，这是什么事啊。"

侯大利不知道如何安慰这个悲伤的女人。此刻，任何安慰之语对江晓英都没有用处，除非能听到丈夫没有违法的结论。但是，他作为案件侦办者，目前还无法得出这样的结论。

"嫂子，你放心，我们一定会实事求是。"

"钱刚没有犯罪，这就是事实。"

"嫂子，钱刚是我们的战友，我们一定会还原事实真相。"

"钱刚以前回家，经常提起侯组长，说你是神探。钱刚是被冤枉的，你们胳膊肘要向内拐，不能让钱刚流血流汗还要坐牢。"

说了几句后，江晓英不再多说，只是坐在侯大利面前哭泣。

一个多小时后，侯大利才劝走江晓英。江晓英没有得到想要的承诺，内心极度失望，走到酒店门口时，望着公路上的车流，刹那间有了不想活的冲动。顾英和保安站在江晓英身边，一左一右搀扶着她，等到酒店司机将车开到门口才松手。

送走江晓英，侯大利回到江州大酒店，坐电梯上楼时，用力挤了挤脸颊，这才挤出些笑容。

"你怎么回事，这么瘦，头发都盖住耳朵了。"李永梅看见儿子神情憔悴，蓬头垢面，心疼得紧。

侯大利抓了两把头发，道："江州出了一起爆炸案，我们这段时间在蹲点守候，没有休息好。"

侯大利虽然瘦削，却瘦而不弱，目光炯炯。宁凌挺喜欢这种体形和气质，多看了几眼后，道："我安排了理发师，还等在下面。别推辞了，理发师没有回家，就是在等你。"

侯大利如今最能体会一线工作人员的苦衷，得知理发师还在等自己，没有啰唆，直接到楼下理发。

李永梅站在门口，道："等会儿弄几个开胃小菜，你陪老妈吃夜宵。"

父亲有外遇后，母亲表面风轻云淡，内心却是备受折磨，侯大利对此心知肚明，回头假装开心地比了一个胜利的手势。剪短头发，沐浴，换上干净衣服，侯大利再次出现在母亲房间时重新变成了阳光帅气的大男孩，唯一暴露真实生活状态的是鬓间白发。

房间里摆了地图、效果图和图纸，李永梅和宁凌站在桌前对着一张图纸评头论足。

"你们怎么半夜研究起图纸，说好的夜宵呢？"侯大利拍了拍母亲的肩膀。拍母亲肩膀时他内心深处咯噔了一下，以前母亲有着中年女人的丰腴，摸起来肉嘟嘟的。这一次摸到母亲，母亲的肩膀几乎没有肉感，骨头硬硬的。这两三年来，他所有注意力都集中在案子上，留给父母的注意力极少。在他心目中，父亲和母亲正值盛年，暂时用不着自己关心。母亲消瘦的肩膀给了他完全不同的感受，让他透过重重迷雾感受到母亲的痛苦。

李永梅压根儿没有想到儿子内心突然间复杂起来，道："儿子，你看我们这个规划怎么样？"

图纸的标题是"湖州国龙广场规划图"，效果图是常见的商业综合体模式。侯大利没有太在意，道："我没有其他意见，这种商业综合体非常普遍，唯一的意见就是别弄些外国人在街上，这是典型的崇洋媚外。"

侯大利有意让气氛轻松起来，在母亲面前侃侃而谈。他将目光转向地图时，见到在离国龙广场的规划地很近的地方有一个正在修建的湖州广场，开玩笑道："湖州城区人口在两百万左右，被长江和湖山分成四个中心位置，你们把新广场修在湖州广场旁边，距离很近，这是抢生意啊，小心遭别人仇恨。"

李永梅竖起大拇指，道："难怪别人说你是神探，相当敏锐，你不回国龙集团，还真是可惜了。"

侯大利道："你们还真是去搞竞争？"

"我们是去整垮湖州广场，让湖州广场成为烂尾楼，这就是我主导这次投资的目的。"李永梅在国龙集团是实权派，但是已经很久不抓具体项目了。这次推出湖州国龙广场项目，高层没有人提出异议，一来这个项目符合国龙集团的投资要求，另一个更重要的原因是这是李永梅提出来的。

侯大利看了一眼宁凌，道："是为了宁凌？"

李永梅给了儿子一个白眼，道："你这人特别没劲，什么事情都一眼看穿，这样会失去很多乐趣的。宁凌，你的事情可以跟你哥说，他这人挺没劲，可是心胸还是挺宽广的。"

宁凌坐在侯大利斜对面，慢慢地道："有一件事情改变了我的人生。那一天我从图书馆出来，夏总出现在我的面前，手里拿着杨帆的照片。从照片来看，我和杨帆在五官上有几分相似，身高也相近。当然，她比我漂亮得多，也比我有才华。"

侯大利道："晓宇哥怎么会突然去找你？"

李永梅坦然承认，道："这件事情是我安排的。当时怕你不喜欢女人，我想了一个办法，让晓宇派人拿照片到各大学寻找与杨帆长得相似的女学生。我当时只不过是异想天开，随口一说。晓宇的执行力很强，派了很多人拿照片到省内各个大学寻找，结果找到了宁凌。"

"最初夏总找到我时，我还认为他是骗子。夏总干脆把我带到了国龙集团总部大楼的一间办公室，给我看了杨帆姐的照片，讲了她的事。我同意扮成杨帆来到江州后，夏总才带我与干妈见了面。我之所以同意扮成杨帆，和我们正在策划的事情有关系。我以前也算是小小的富二代，我爸当时在湖州开了一家餐馆，上下三层楼，生意很好。后来我爸生意失败，失败的原因是多方面的，有自己决策的因素，更重要的是被他的结拜兄弟勾结外人做了局，让我爸贷款、借高利贷投资，随后又在背后捅刀子……这期间发生了很多事情，最终结果就是我爸因为偷税漏税被判了三年。他的那位结拜兄弟接管了我家的餐馆、宾馆，还把我爸投资的烂尾楼也接了过去，如今成为湖州排得上号的老板，搞了一个湖州广场。当年夏总带我到国龙总部时，我就意识到这是一个翻盘的机会，也就同意打扮成杨帆的模样，出现在你的面前。"

宁凌虽然扮成了杨帆的模样，可是终究做不到什么都不顾，能成为李永梅的干女儿，这已经是最好的结局了。

听宁凌讲她自己的经历，侯大利总觉得很耳熟，随即想到宁凌和肖霄的经历十分相似。

从改革开放到现在，崛起了很多企业，也有很多企业最终失败。大家记住了成功企业的名字和事迹，失败企业则被扫进了历史的垃圾堆，在人们记忆中淡忘直至消失，很少有人会关心失败企业的创业者以及他们家人的命运。失败者本人和家人仍然生活在社会中，往日的辉煌成为他们的负担和前进的动力。肖霄想要用自己的方法回到原来的生活，宁凌则机缘巧合用了另一个方法，走了一条别人难以用到的捷径。如果杀害杨帆的凶手真是杨永福，他就是用更激烈的方法来面对父亲失败带来的灭顶之灾。从这个角度来看，杨永福报复社会的可能性还真是不小。

侯大利想起肖霄的疯狂举动，看着宁凌的眼神柔和起来，道："如果晓宇哥没有出现，你会选择什么样的生活？"

宁凌道："如果晓宇哥没有出现，我估计要去读研，毕业后彻底离开湖州，在阳州或者其他大城市找一份不错的工作，结婚生子，忘记在湖州发生的一切。晓宇哥出现后，我明白自己有了复仇的机会，这是以前从来没有想过的事情。我刻意打扮成杨帆的模样，希望引起你的注意。大利哥，对不起了。"

李永梅大大咧咧地道："这是缘分，没有必要说对不起。我从总部挑选一名高手在前方坐镇，我和宁凌在后面指挥。大利，你肯定会觉得我们无聊。其实，到了我这个年龄，很多事情都想通透了，既然有条件，那何必委屈自己，任性地玩一把，把那个姓高的玩死。"

宁凌解释道："湖州国龙广场原本就是集团正在论证的项目之一，干妈拍板，最后才定下来。这个项目经过多方论证，可行性上没有问题。"

侯大利对商业争斗没有兴趣，从刑警角度提出了几点建议："你们一定要记住，商业竞争归商业竞争，绝对不能采用任何违法犯罪的手段，这是其一；其二，从地图来看，湖州广场规模不小，对方实力也不弱，要千万小心把对方逼到绝境后，对方可能会采取犯罪手段。如果因为这事把自己搭进去，那就不值得。"

宁凌耐心解释道："大利哥，我们选择的是纯粹商业竞争方法，绝不会违法，我们有完整的计划，最终结局是让高龙的资金链条断裂，彻底出局。国龙学院深入研究国内外经济大形势的同时，也会对省内重点企业进行分析。据国龙学院的研究，高龙的摊子铺得太大，涉及的行业过于复杂，资金链已经危如累卵，为了修湖州广场用光了所有资金，甚至开始非法集资，我们过去只不过给他加上一根稻草。等到湖州广场成了烂尾楼，就会成为国龙广场的囊中之物，成为副广场。两个广场将连在一起，成为湖州最大的商业综合体。到目前，湖州当地都认为两个大型商业体在一起将构成湖州最好的商业中心，包括高龙也是这样的认识。"

李永梅道："我们不会出现在前台，安全没有问题。更重要的一点，儿子你虽然很聪明，可是毕竟没有进入商场，对国龙集团的实力没有清醒的认识，也对国龙集团的能量没有认识。我不反对你成为神探，但你放弃了掌握这些实力的机会，很可惜。"

丈夫有外遇且有私生子，对李永梅是一个极为沉重的打击。若是在以前，她绝对不会为了给宁凌"报仇"而促使湖州国龙集团广场上马，就算项目要上马，也是为了项目本身而非为了宁凌。如今，她在大方向不错的情况下，开始用她的方式来"游戏人生"，为了自己而活着。

侯大利母亲最后几句话实则是一个由来已久的问题，侯大利以前是断然拒绝回到国龙集团的。母亲再次谈到这个问题时，他突然间稍稍动了动心。

动心不过是刹那间的事情，侯大利回到寝室后，思路立刻就转到枪击案上，拿出笔记本，逐条分析江克扬等人提出的问题，结合自己的看法，提出了三个疑点。

6月28日上午9点20分，陈阳、老谭、侯大利、江克扬探组、法医李建伟、勘查室小林和小杨陆续来到重案大队会议室。

张小舒刚刚打扫完办公室便接到开会通知。她来到重案大队会议室，在门口遇到拿着刑事侦查卷宗的侯大利。

在侦破西城天然气杀人案时，张小舒在诸多老侦查员面前来了一次精彩亮相，给侯大利留下了深刻印象。遇到张小舒，他停下脚步，打招呼道："对钱刚枪击案有什么看法？这事最终还得从尸检上着手。"

张小舒道："师父说，周亮法医的尸检结论没有大问题，这事有点难。"

侯大利道："开过枪吗？"

张小舒道："在培训期间开过枪。"

"对法医来说，枪伤算是常见伤，多接触几次就能够了解。我不赞成尸检结论没有大问题这个说法，现在不能下结论，否则我们成立专案组就没有意义。"侯大利一边说一边走进会议室。坐下后，他意识到自己挺看重张小舒，这与她初次亮相后获得李建伟高度评价有关。

张小舒听出侯大利的话中之话，内心并不服气：尸检结论是客观的，难道再次检查就会推翻以前的结论？

作为一名新兵，张小舒没有在公共场合与侯大利争论，跟在侯大利身后，走入会议室。

回市局报到时，她为穿什么衣服犹豫了很久，最终还是放弃了色彩鲜艳的衣服，穿上在培训期间穿的作训服。

陈阳此刻已经由刑警支队常务副支队长升为支队长，升职后遇到的第一件案子便是这件棘手案，若是处理不好，钱刚真被判了刑，不仅自己颜面无光，还会大大影响士气。他望了望参会的同志，脸色沉重地道："我来开会前，关局和宫局把我叫到办公室，特意谈了这件案子。案子办不好，以后不好带队伍。但是，我们又必须依法办案，不能因为是自己人而徇私枉法，这是办理此案最难的地方，考验办案人员的水平。重案一组能打硬仗，技术大队屡立大功，法医室火眼金睛。我希望大家群策群力，办好此案。"

说到这里，他停顿一会儿，道："钱刚同志做过多年刑警，在派出所工作期间分管刑侦工作，每次有大案要案，只要在他的辖区，他总是以最快速度前往案发地点，保护现场，控制犯罪嫌疑人，调查走访群众，为我们破案奠定良好基础。在城区三个派出所中，钱刚同志在这方面做得最为出色。我讲这么多，归结为一句话，我们要让钱刚得到公正对待，具体工作由侯大利布置。"

陈阳作为支队长，只能说到这种程度。

所有人的目光转向屡破大案的年轻侦查员身上。

侯大利迎接着诸人目光，非常沉稳地道："我们当前要做的事情就是还原事实真相，让我们的战友不至于流血又流泪，陈支已经将意义讲得很清楚，我就不多说了。阅读了案卷之后，我和老克探组反复讨论，发现三个疑点，具体工作布置都要根据这三个疑点开展。

"第一个疑点，当时在场的群众除了龙泰公司职工以及我们的民警，其他目击者全部都是老机矿厂的职工，不仅有修配厂职工，还有老机矿厂其他车间的职工。在调查走访时，很多职工表示看到了钱所长鸣枪示警。从常理上来讲，张正虎中枪身亡，老机矿厂职工从情理上会站在张正虎这一边。在这种情况下，仍然有相当数量的职工证实钱所长确实有开枪示警的动作。不是一个，而是一批。从这一点来看，我倾向于钱所长确实有开枪示警的动作，关局长也注意到了这一点。我们要做的第一件事是深入调查走访，老克带领全组同志，调查走访所有的目击证人，一个都不能遗漏。我们现在还不知道会出现什么线索，现场在变动，不同人的观察角度不同，会回忆起不同的场景，这些场景汇集在一起，或许就会出现我们以前忽视的证据。另外，还要调查当日和张正虎通电话的人，没有这通电话，张正虎不至于拿着铁锹追打钱所。

"第二个疑点是为什么只找到一个弹头。鸣枪示警后，子弹飞向天空，找不到弹头很正常。如今检察院法医认为张正虎身中两枪，其中一枪的弹头留在了死者身体内，另一枪贯穿了死者左手腕，管状创口是由上往下倾斜。根据弹道推断，子弹应该射在菜地里，但是，菜地里没有找到弹头，这不正常。我们沿着子弹从上往下的射击方向，一寸一寸寻找，要把菜地全部挖起来，用筛子筛查。同时考虑子弹方向改变的情况，也要查找菜地周边。这事很关键，现场勘查的同志要细致，要有耐心。

"第三个疑点是死者身上的钝器伤从何而来。证人证言中，没有一人提到死者和钱所长有打斗。当时的情况是死者提着铁锹向前，钱所长一直后退到菜地才开枪。两人之间没有身体接触，钝器伤从何而来？法医室的任务是重新尸检。市检察院认定钱刚故意杀人的依据是市检察院法医的鉴定结论，重新验证检察院法医的鉴定结论是最为核心的工作。"

侯大利讲完后，现场格外安静，呼吸声清晰可闻。

法医室主任李建伟道："市检察院法医周亮水平高，性格偏，不好说话。没有很充分的理由，无法修正他的鉴定结论。我仔细研究过尸检报告，两个弹入点，这是客观事实。从弹入点的角度以及菜地的环境，不可能是跳弹造成的。我个人认为，很难修正。"

侯大利道："周亮法医的鉴定结论，解释不了第一和第二两个疑点，解释不了钝器伤的由来。"

李建伟道："不管能否解释前两个疑点，尸检得出的结论仍然是客观事实。第一、第二个疑点都可以有多种解释，唯独尸检鉴定结论只能有一种解释。至于钝器伤，不一定就是现场留下的，有可能是枪击事件前就有。我和大家一样，也想让钱所长的责任降到最低，可是没有新发现，修正不了鉴定结论，那么一切白费。"

侯大利与张小舒交谈之后便一直在思考李建伟观点中存在的破绽，此刻已经想得很清楚，道："尸体上的枪伤是客观的，如何解释造成这些损伤的原因却是主观的，这一点非常重要。前两个疑点不能改变尸体上存在的伤痕，但是可以改变对损伤原因的解释。"

李建伟没有怀疑市检察院提供的尸检报告，因此悲观。此刻听到侯大利从侦查员角度提出的思路，愣了愣，道："大利说得没错，我有些先入为主了。在尸检的时候，对相同的伤痕往往有不同的解释。如果要想在此案上有所突破，只能从这方面入手。"

张小舒听得格外认真，飞快地记录双方观点。堂姐张小天多次在她面前夸奖侯大利，她以前没有真实感受，今天参加案情分析会，觉得侯大利句句话都说在点子上，思维能力很强。自己的顶头上司李建伟是老资格法医，水平高，能在会场上接受侯大利的观点，很有气度。

侯大利道："我们要想推翻此案结论，一定要和市检察院沟通，建议市检察院法医参与调查。"

此观点提出后，所有参会人员都吃了一惊。李建伟更是没有料到侯大利会提出让市检察院法医参加复查，提醒道："周亮不好相处，为人很自负，让他参加复查，有可能成为复查阻力。"

支队长陈阳站的位置更高，道："我同意侯大利的想法。市检察院法医不改变看法，此案就进了死胡同。与其以后被动和他们扯皮，不如在复查的时候主动邀请市检察院法医参加，这也是他们的职责。提前让他们介入，更有利于沟通。只要我们一切按原则办事，我相信周亮会拿出实事求是的态度。"

李建伟太熟悉周亮，想起他一个钉子一个眼儿的臭脾气，有些发怵。他灵机一动，提议道："我建议请总队法医室主任杨浩到江州技术支援，同时联合省检察院的法医成立专家组，这次复查就以专家组为主。杨主任在法医界有名望，由他主持鉴定，省检察院那边应该会配合。只要省公安厅和省检察院的专家组给出一致意见，周亮有意见也得保留。"

陈阳当即拍板道："这是好建议。成立这种级别的专家组，必须得市局出面，支队力度太小。散会后，我去向宫局汇报。"

副支队长老谭提议道："除了请杨主任以外，还得请求总队支援一位验枪专家。以前我们技术室的老龙是全省有名的验枪专家，他脑溢血后，江州验枪方面的力量就薄弱了，现在我们的DNA室和现场勘查在全省还有点名气，其他几样就存在比较严重的短板。法医室多年就靠老李一个人顶着，田甜原本很成熟，唉。"

听到田甜的名字，张小舒偷偷看了侯大利一眼。

侯大利面无表情，专心听讲。

陈阳望着侯大利道："侯大利，请来省里专家把关，这就是一锤定音的买卖，再也无法更改。你对重新解释枪击案有几成把握？"

侯大利道："我的一切解释都来源于下一步的调查，现在说几成把握都是吹牛。"

陈阳迟疑了一下，道："是否请省里的专家，这事还得领导定夺。"

会议结束后，支队长陈阳、副支队长老谭和法医李建伟来到宫建民办公室，汇报了会议的情况。宫建民随即来到局长办公室，向局长关鹏做了汇报。

关鹏近段时间都在考虑钱刚枪击案，此案与寻常刑事案件不同，不仅涉及钱刚的个人命运，也会间接影响士气。他听完汇报，道："侯大利的想法是对的，很好。"

宫建民道："就怕不能说服省里专家，反而弄成死局。"

关鹏道："我上次讲过，保护同志的前提是依法。杨浩主任是全省有名的法医专家，如果我们详细的调查结论不能说服他，那么钱刚同志就要为自己的行为负责，这没有办法，相信科学，依法办事。有了省里专家背书，我们也好给钱刚家属一个明确的说法。如果我们的调查结论能够说服杨浩主任，那么事情就相对简单，不会遇到太大阻力。我希望出现第二种情况。所以，不管出现哪种情况，请省里的专家参与钱刚枪击案的调查都是上策。陈阳和老谭仅仅代表支队，力度确实不够。我和你一起去，直接找费厅汇报，马上出发。"

关鹏和宫建民前往省城时，侯大利和江克扬探组来到老机矿厂。江克扬探组直接前往修配厂，侯大利则独自驾车到机矿厂老厂区转了一圈。

老厂区已经完成了拆迁，工地被围墙包围。信息显示，这是金传统负责的工地。开过江州河，来到修配厂，围墙上的工地信息显示，这一片是新琪公司和江州二建的工地。

侯大利给夏晓宇打了电话，道："晓宇哥，新琪公司什么来头，我想听纸面以外的。"

夏晓宇是江州地头蛇，熟悉江州地面上的大小事情，道："新琪公司不是长盛矿业旗下的公司，是朱琪和吴新生合股的公司。"

侯大利道："吴新生是什么来头？"

夏晓宇道："没什么来头。吴新生以前做咨询公司，长得帅，骗骗有钱的富婆。黄大磊死了后，吴新生和朱琪搞在一起，成双成对。新琪，就是吴新生和朱琪各出了一个字。朱琪靠脸蛋上位，风水轮流转，吴新生同样靠脸蛋上位。"

黄大森在制造爆炸案之前，跑路的原因是在其会所房间搜出了毒品。据禁毒支队深入调查，黄大森与本地毒贩、瘾君子没有交集，搜出来的毒品更接近于被陷害。黄大森跑路后，最大获利者便是朱琪。禁毒支队围绕着朱琪及其身边人做了详细调查，没有发现任何线索，这才作罢。

毒品案、爆炸案这两件事情重合在一起，如今又出现枪击案，侯大利觉得新琪公司有些"邪气"。

转了一圈，侯大利这才来到修配厂家属楼。探组警车停在附近，江克扬等人已经开始对修配厂老职工重新进行调查。

修配车间家属楼前停有四辆货车，摆满了老家具。整个大楼都在搬家，人来人往，没人在意突然多出来的陌生人。

"找得到人，敲得开门，说得起话，办得成事"，这是侦查员的基本功。侯大利经过两年多锻炼，在这方面进步神速。他经过观察，来到一个端着茶杯的胖子身边。搬家的人都是一副苦大仇深的模样，只有这个胖子乐呵呵的。

"还是搬家了？"侯大利站在胖子身边，散了一支烟。

胖子接过香烟，看了一眼侯大利的皮带扣，道："不搬能行吗？张正虎这么猛的人都被警察打死了。"

侯大利道："那天你在现场吗？"

胖子道："我就在现场，看得一清二楚。张正虎坏就坏在他的暴脾气上，那个警察被他追到菜地，不开枪，就得被张正虎用铁锹拍死。我以前就和张正虎在一个班组，我干活不如他，没少被骂。"

侯大利道："警察到底有没有鸣枪示警？"

胖子道："虽然是警察打死了张正虎，但我也不能说假话。那个警察当时用手指着张正虎，让他停下来，随后朝天开了一枪。张正虎性子倔得很，当年就敢和车间主任打架，敢去掀翻副厂长的办公桌，从来没有服过输。警察开了枪，他还要往上扑。你是谁啊？老机矿厂没有见过你。"

"刑警队的。"胖子的叙述与不少证人的证言高度一致，这让侯大利的信心又往上提。

胖子看了眼警徽，又瞧了一眼皮带，在心里骂了一句"贪官"，随后又笑眯眯地道："你一个人敢过来？"

侯大利道："有什么不敢过来的，我们过来就是要把事情弄清楚。"

胖子道："我是做过笔录的，笔录上的话和我刚才说的一模一样。龙泰公司的人都是杂种，为了让大家同意拆迁，搞了好多恶心人的小把戏。"

聊了一会儿，胖子的货车已经被家具装满。互相留了电话，胖子跳上货车，一名老工人爬上副驾驶位置。发动机轰鸣声中，一个个在此地居住多年的家庭离开了修配厂家属院。

侯大利扇了扇脸上的灰尘，来到菜地边。菜地仍然拉着警戒线，泥土里似乎仍然有暗褐色的血迹。从卷宗反映的情况来看，市检察院在菜地里找到了两枚弹壳，没有找到弹头。从菜地的现场情况来看，他们在寻找弹头时只是检查了菜地泥土表面，没有彻底挖开泥土筛查。

正在观察菜地之时，勘查室的同志来到现场。小林和侯大利打了招呼后，准备重新挖开菜地，寻找另一个弹头。

张小舒跟随勘查室的同志而来，看到站在菜地边上的侯大利，走了过来。

侯大利道："你怎么过来了？"

张小舒道："李主任跟着谭支队到阳州去了，我想实地看一看案发现场。"

侯大利脑海中浮现出张小舒在舞台上光彩照人的形象，这个形象与出现在现场的张小舒有巨大差异。他驱赶走脑中的舞台形象，道："这套作训服找谁借的？"

张小舒道："初任培训时发的，挺合身的。"

侯大利看了看张小舒背的小包，道："你带纸没有，能不能画出菜地的现场图？以前画过现场图没有？应该没有。这样，我来说，你来画。画过一次，以后就明白怎么画了。"

张小舒打开小包，取出小笔记本。

重案一组和法医室关系密切，侯大利是真心希望张小舒早些进入角色，非常耐心地指导："现场绘图有方位图、全貌图和局部图三类，你这次先学画局部图。现场局部图的要点是把现场重点部位的物体、痕迹、血迹和细小物品之间的分布位置、相互关系、准确距离以及被侵害客体的状况、犯罪嫌疑人的状况准确地标示出来。如今虽然有了刑事照相技术，但是现场绘图能在整体上反映现场环境、各痕迹物证之间的关系，体现整个作案过程，照片真实度高，却表达不出这些关系。即便有了刑事照相，现场绘图也很必要。"

张小舒道："侯组长，为什么要让我画现场图，这不是法医的事吧？"

侯大利道："画现场图确实不是法医的事，是由现场勘查人员完成的。你的情况特殊，是从临床医学考过来的，基本功不扎实，多练习对你有好处。"

"你说错了。我不是基本功不扎实，我是没有基本功。"张小舒笑了笑，露出洁白细密的牙齿。

侯大利没有回应这个幽默，道："那就画吧，注意各个要点之间的关系。"

张小舒美术功底不错，在侯大利的指导下细心地画完犯罪现场图，她看了看延长的虚线，道："钱刚一米七四，张正虎一米七六左右。从左前臂入口位置来看，子弹是从上往下射击，管状创口是从上往下的斜线。如果按照市检察院法医的鉴定结论，穿过左前胸的弹头在身体里，射穿左前臂的弹头应该就在菜地里。"

"对，这正是第二个疑点。现场勘查室挖泥土，就是要把菜地里的弹头筛出来。筛不出来，那就必须回答弹头到哪里去了。"侯大利看了看手表，道，"老克探组在调查走访，小林在挖土，我们到殡仪馆。你能适应殡仪馆吧？"

"还行吧。"张小舒觉得这个问题很可笑。

侯大利道："那好，我们马上去。"

殡仪馆设有法医中心，算是法医室的另一处办公地点，有专门的冷藏柜，还有解剖室、法医办公室。两人进入法医中心，来到冷藏柜前，按照编号拉出尸体。拉出尸体时，有一股阴森森的冷气扑过来，张小舒下意识地往后面退了一步。由于是临时过来查看尸体，尸体没有解冻，硬硬的。尸体面部封冻了死者离开人世时的愤怒神情，头面部除口鼻腔有血性液体溢出，没有受到其他损伤。

"很多现场的人提到钱刚副所长和死者没有身体接触。从尸体表面来看，除了左上臂的钝器伤外，没有其他打斗留下来的青肿、抓伤等伤痕。所以，这个说法可信度很高。"侯大利指着尸体上的伤痕道，"致命伤在胸腹部，左胸第五肋间有一处椭圆形创口，创口边缘整齐，上面有挫伤带，下沿皮肤内卷，这是典型的枪弹入口。左胸腔有大量积血，膈肌左侧有穿孔，胃壁被穿透，胃容物进入腹腔。在腹腔右壁脏器表面、右第十一肋向下两厘米处，有一条管状创口，在皮肤软组织上能触摸到一个硬块，切开后发现是一粒弹头。"

张小舒最初还有些不适应殡仪馆阴冷的气氛，随着侯大利的解说，轻微的不适应逐渐烟消云散。

侯大利皱眉道："钱所用的是五四手枪，近距离射击，没有打到骨头，也没有射穿，弹头就停在皮肤下面，这有点奇怪。"

张小舒由衷地道："侯组长能把鉴定报告背下来，记忆力真好。"

"这和记忆力没有关系。此案最关键处还在尸检报告，多读几遍，反复推敲，自然就记住了。"侯大利紧接着又指向死者左前臂，道，"左前臂腕部位置有一个创口，同样是子弹创口，创腔呈管状，桡骨粉碎性骨折。左臂前侧近肘窝处有一创口，创缘不齐，创口有软组织翻出，创口略大于射入口创口，可确定为枪弹射出口。我们在菜地寻找的弹头，就应该是从这里射出去的。"

"死者身上所有伤口都在左边，身体右侧没有伤口。他是用身体左侧面对钱所长，而且身体前倾，否则不会形成从上到下的管状创口。这正是挥动铁锹的姿势。"

张小舒一边叙述，一边在笔记本上用简单线条勾勒出了钱刚和张正虎的线条：钱刚身体重心稍稍朝后，右手持枪对准前方，枪口略微朝下。张正虎挥动铁锹，身体向前倾，左手持铁锹前端，右手持后端，整个左侧身体朝向钱刚。

侯大利补充道："钱所长脚下还有两枚弹壳，相隔了一米多。有多名证人证实，两声枪响间隔很短，只有五六秒。"

张小舒又在钱刚脚下添上两枚弹壳。

简笔画线条生动，侯大利微闭眼睛，画中人飞入脑海，由图画变成视频。脑海中出现的第一段视频：钱刚不停向后退，口头示警，死者继续挥动铁锹攻击，钱刚对准死者开了一枪，随即在五六秒内又对准死者开了一枪。

出现第一段视频后，就必然会有一个问题：如果真是这样，另一个弹头必然会出现在菜地。

脑海中出现了第二段视频：钱刚不停向后退，口头示警，并向天空鸣枪示警，死者继续挥动铁锹攻击，钱刚对准死者开了一枪。

出现第二段视频后，他提出另一个问题：如果真是这样，为什么有两个弹入点。

他脑中再次浮现出张小舒的简笔画，忽然间灵光闪现。

这时，张小舒突然提高了声音，兴奋地道："侯组长，我发现了另外一种可能性，相当于一个模型，可以完美解决现在的所有疑点。"

侯大利仍然微闭双眼，对着张小舒摆了摆手，让灵光如一道道闪电击破脑海中所有障碍：张小舒的画给了他重大启示，在挥动铁锹的时候，左前臂的弹入点和弹出点、左胸的弹入点，似乎处于一条直线上，也就是说，子弹钻进了左前臂臂侧接近手腕的位置，导致桡骨粉碎性骨折，然后从左臂前侧近肘窝处钻出。贯通身体后，子弹擦在左前臂臂侧，形成类似钝器击打的伤痕，再钻入心脏。此刻，子弹动能大大衰减，留在了肌肉组织里。

在脑海中推演了两遍，"一枪两孔"是当前最好的解释。侯大利睁开眼睛，恰好看到张小舒略显激动的表情，问道："你是什么想法？"

张小舒两眼亮晶晶的，拿起笔，在刚才的那幅简笔图上增添了一条虚线，道："这条虚线就是子弹飞行路线，穿过左手腕，又径直射进左胸，非常完美的模型。"

张小舒的看法与自己高度一致，侯大利不由得眼前一亮。在天然气中毒案后，法医室李建伟对张小舒赞不绝口，认为张小舒极有做法医的天赋。他的原话是："法医是科学，也是一门手艺活，除了知识以外，还得有天赋，张小舒的天赋极佳。"当时，侯大利对此评价还持保留态度，可是今天张小舒的判断确实体现了"天赋"特质。

"具体谈一谈。"侯大利神情没有变化，淡淡地道。

张小舒道："检察院周亮法医看到尸体时，尸体是不会动的，这是一个平面，是二维的画面。但是，钱刚在现场面对张正虎时，他本人和张正虎都在不停地移动，这是立体的、三维的图像。以平面的结果来检验立体的过程，一定会出现误差。"

这番话符合医学硕士的表达方式，比案情分析会上的汇报隐晦一些，思路却是非常清晰。

侯大利不动声色地道："继续讲。"

张小舒是初生牛犊不怕虎，对侦查工作了解不深，反而顾忌要少很多，道："一颗子弹，先射中左前臂，射穿之后，又射到左前胸。从平面来看，这是不可能的，但是死者在运动时，就有这种可能性。等到尸体软了后，就可以搬动体位，查看一颗子弹是否能够形成两个创道。"

侯大利脸上慢慢浮起笑意，道："我赞成你的想法。死者挥动铁锹，身体左侧向前倾，子弹飞来，一枪两孔。市检察院法医看到的是静态尸体，没有考虑子弹和人体都处于运动之中，误认为是两枪两孔。一枪两孔解释了所有疑点，我们下一步要做的工作就是寻找一枪两孔的证据。所有证据都必须符合一枪两孔的假设，才能让市检察院法医和专家组接受。一项证据不符合，一枪两孔的假设就有可能出错，难度很大，需要我们非常细致，你有没有信心？"

"这个模型非常完美，我很有信心。"张小舒扬起手掌，想要与侯大利击掌，这是当年的大学同学解决难题后的习惯动作。

侯大利仿佛没有看见张小舒扬起的手臂，没有与她击掌，直接弯腰，将尸体推进冷藏柜。

第三章
完美的模型

张小舒有些尴尬地收回了手臂，跟在侯大利身后，走出殡仪馆。她最初和侯大利肩并肩，只是侯大利人高腿长步子大，几步就走到前面。

望着侯大利挺得笔直的背影，张小舒有几分委屈，故意放慢了脚步。侯大利没有停步，继续大步快走，来到越野车旁，拉开车门，直接坐了上去。

张小舒能歌善舞，相貌姣好，性格开朗，从初中开始就不断收到男同学的字条，进入大学后更是成为舞台上耀眼的明星，身边从来不乏追求者。她在舞台上充满活力，内心实则始终处于封闭状态。少年时期母亲离奇失踪成为其心灵枷锁，外人很难突破其心防。篮球队队长秦风是最接近打开她心灵枷锁的人。在与许大光的人发生冲突后，秦风离开了江州。在送他离开的那一刻，张小舒彻底对秦风关闭了内心，不再给他任何机会。

张小舒原本以为自己不会主动敞开心扉，谁知遇到侯大利后，这个鬓间有白发的年轻男子如水中的漩涡一般，深深打动了她，对她产生了极强的吸引力。

第一次与侯大利见面是搭乘其越野车，当时在张小舒眼里，侯大利和江克扬都只是人生的过客，偶然间相遇，从此不会再见面。听堂姐张小天讲述侯大利为了初恋情人而选择当刑警的故事，张小舒内心深处最柔软的心弦不可抑制地跳动起来。母亲失踪以来，她一直在被动等待，幻想母亲突然间推开房门，亲切地叫一声"小舒，我的宝贝"。她无数次幻想这个画面，在幻想中听到了母亲的声音，在幻想中看到了母亲的表情，在幻想中触摸到母亲的身体，在幻想中感受到母亲的体温，在幻想中嗅到了母亲的味道。但是，每一次幻想都只是幻想，没有奇迹发生。

得知侯大利勇敢而主动的选择之后，张小舒看到了人生的另一条路，不再等待，而是主动去寻找奇迹。她学习侯大利的方法，跟随侯大利的脚步，为了寻找母亲而成为一名法医。

真正成为一名法医后，张小舒必然会与田甜的气息相遇。她坐在田甜曾经使用过的椅子上，真切地感受到田甜留下的气息和情感，也深切地体会到侯大利失去未婚妻时的痛苦，无数次为田甜和侯大利叹息。

侯大利压根儿不知道自己的人生选择会深刻影响到张小舒的人生选择，总是稍稍远离这个在舞台上光芒四射的新法医。

张小舒坐在副驾驶座，扣上安全带，问道："案子由我们办，专家到江州是什么目的？"

侯大利发动汽车后，答道："除了枪击案本身的复杂性，此案的另一个关键点是市检察院。有专家参加，形成的结论相对客观，更容易让市检察院接受。"

法医部门与重案一组关系十分密切，侯大利希望没有一线经验的张小舒能快速成长，不至于误事，知无不言，言无不尽，非常耐心。

回到刑警新楼，侯大利和张小舒来到物证室。

两人重新勘查物证，主要目的就是为了验证"一枪两孔"是否成立。只要物证中有一项与"一枪两孔"有冲突，那么"一枪两孔"的模型就存在问题，不能成立。

虽然侯大利是物证室常客，头发花白的老邢还是一点都不马虎，让侯大利和张小舒在入室登记表上签上时间、名字和事由。张小舒签字后，老邢取下老花镜，念道："张小舒，在法医室工作，新来的啊。"

张小舒道："初任培训才结束，到法医室没有几天。"

"江州法医室是全省第一怪，连续来了三个女法医。侯大利以后当了官，不要调女法医到一线了，简直乱球整。"老邢在去年由一线调入物证室，还有四五年就退休。他放下登记本，一瘸一拐地来到里屋物证室，抱过来一个物证筐，筐上写了"钱刚枪击案"几个字以及时间、案发地点等信息。

侯大利在一身是伤的老民警面前总是面带微笑，道："那是，那是。"

老邢道："我和朱支约好了星期六去钓鱼，晚上别安排其他事，过来喝杯酒。"

侯大利道："如果没有推不掉的安排，一定过来。"

老邢打了个哈欠，道："你们慢慢查。"

侯大利戴上手套后，从物证筐里取出死者衣服，拿出放大镜观察一会儿，将衣服和放大镜递给张小舒，叮嘱道："你要习惯随身带放大镜，这是很重要的工具。"

死者身穿过去很流行而如今很少见的腈纶衣服，腈纶纤维端有高温后形成的熔珠。这种质地的衣服让张小舒感到很奇怪，反复打量，道："他怎么还穿这种质地的衣服，再穷也不至于。"

侯大利解释道："老机矿厂破产，工人们都没钱。死者又是那种比较倔的人，脾气怪，穿腈纶衣服也正常。这件腈纶衣服很旧了，说明是老衣服。你注意看，死者左前臂外侧衣袖没有破损，说明射入口是直接射入皮肤，没有衣服阻隔。据现场多人回忆，当时张正虎卷起衣袖，从楼上跑来，提起铁锹就打钱刚。尸检、物证和证言是一致的。左前臂内侧的衣服出现了熔珠现象，腈纶布料在100摄氏度以上就可以形成熔珠，这说明弹出口射过了衣服。"

张小舒查看物证时还有几分紧张，担心发现与"一枪两孔"不一致的证据，观察熔珠后，笑道："子弹穿透了桡骨，在左前臂内侧衣服留下痕迹。这处弹痕没有推翻'一枪两孔'模型。"

胸部外衣和里面的背心也有纤维断裂及熔珠状改变，很明显是弹头高温造成的。张小舒又道："这两处弹痕也没有推翻'一枪两孔'模型。"

侯大利提醒道："你再看左大臂内侧，这是大家提出来的一个疑点。"

"当时你提出的一个疑点是左大臂内侧存在的钝器伤。如果左大臂衣服也有高温痕迹，那么就能判断钝器伤是弹头留下的。"张小舒小心翼翼地找外套的左大臂内侧，只见左大臂内侧的衣服上也有熔珠现象，高兴地道，"到目前为止，模型完全符合事实，左大臂内侧有熔珠现象，冷兵器不可能形成熔珠现象。'一枪两孔'模型，完全成立。"

衣服上留下的伤痕完全符合"一枪两孔"的推论，侯大利脸上也出现了笑意，道："希望弹头上留下的痕迹也能符合模型。"

钱刚在菜地开了两枪，有一枚弹头留在死者身体里，另一枚没有找到。留在身体里的弹头上有明显擦痕，轻微变形。

侯大利知道张小舒不熟悉枪械，介绍道："步枪子弹是尖头的，威力大，在近距离能轻易射穿人体。手枪子弹是圆头或是平头的，如果按照'一枪两孔'模型，弹头先打到桡骨，再穿过身体，被肌肉组织消耗了动能，没有能够贯穿人体，形成了盲管伤。我们要查证一个问题：弹头穿过桡骨时，桡骨的硬度能否使其变形？如果能够，那就更加完美地解释了弹头出现的擦痕和变形的问题。"

张小舒道："这个问题太专业，我真不知道。"

侯大利随即给山南政法刑侦系谢教授打去电话，咨询这个专业问题。约十分钟后，谢教授回了电话，明确答复道："骨骼表面硬度在洛氏49左右，弹头的铜表面硬度为洛氏45，骨骼足以让弹头变形。死者曾经长期从事体力劳动，骨骼还会更粗壮一些。"

物证室里的物证全部符合"一枪两孔"推论，侯大利有了底气，道："我们还要去殡仪馆测量死者的身体尺寸，制作一个相同体型的人体模型，在人体模型上标注入弹口、出弹口、手臂钝器伤的位置。"

张小舒很是不解，问道："为什么要制作人体模型？"

侯大利道："用于做侦查实验，进一步验证'一枪两孔'模型。这是非常重要的一个环节，如果侦查实验不能成功，那推论肯定有问题；

如果侦查实验成功，因为很直观，说服专家组的难度就会明显降低。”

侯大利和张小舒随即前往法医室。走到法医室门口，侯大利脚步迟疑，在张小舒进去一会儿后，才走进以前经常来的这地方。田甜以前的办公桌上放着张小舒的座牌以及杂物，田甜的气息被汤柳替代过，如今又被张小舒所替代，变得很淡，他不禁有些难过。难过归难过，这是办公场所，铁打的营盘流水的兵，田甜的印迹无法永久保存。

田甜牺牲后，他一次都没有回过高森别墅。高森别墅里有太多田甜的气息，保存得很好，每次进入后，他都无法抑制内心的痛苦。思念永远没有回应，这让他非常绝望。

法医室主任李建伟跟随陈阳支队长前往阳州，接到张小舒的电话汇报后，同意解冻尸体，测量数据。

得到肯定答复后，侯大利道：“解冻尸体要几个小时。你先去殡仪馆解冻尸体，晚上8点，我们再一起去测量数据，连夜找人制作人体模型。”

张小舒道：“那我坐出租车到殡仪馆。”

侯大利道：“法医室的车在车库，你开车去啊。”

张小舒有些尴尬地道：“我不会开车。”

对侦查员来说，开车是基本技能，侯大利完全没有想到张小舒不会开车，道：“那我送你过去吧。你得赶紧去拿证，不会开车，很不方便。”

前往殡仪馆比较方便，但是从殡仪馆出来后经常遇不到出租车，张小舒也就没有矫情，乘坐侯大利的越野车前往殡仪馆。坐在副驾驶位置上，张小舒望着窗外快速退后的街景，脑里浮现田甜坐在副驾驶位置的场景，暗想道：“田甜坐在这个位置的时候，肯定会和侯大利谈笑风生。侯大利年纪轻轻，说话一本正经，脸上没有笑意。这人缺乏幽默细胞，难怪生活如此无趣。其实这也不怪他，初恋情人遇害，未婚妻牺牲，不管是谁遇到这两次打击，都肯定是苦大仇深的模样。”

即将到达殡仪馆之时，侯大利自言自语道：“哪个地方可连夜做人体模型？时间太紧，很难。”他习惯性地准备将这项任务交给江州大酒店总经理顾英，谁知手还没有碰到电话，张小舒接口道："我能找到地方。江州美术学院有一个工作室能做服装，我认识工作室的王老师，还比较熟悉，可以请工作室帮忙，应该能行。"

侯大利道："真行吗？"

张小舒道："行。"

侯大利道："那我就把任务交给你。如果有困难，提前跟我说。时间很紧，我们的准备工作要尽量完美。"

行走在殡仪馆，轻微的脚步声在略显阴冷的空气中回荡。张小舒在医学院读书时习惯了停尸房福尔马林的味道，甚至还有胆大的女生在最热的夏天跑到停尸房蹭空调。而殡仪馆自带三分阴冷之怨气，设施设备又冷又硬，大家都避之唯恐不及，无人敢在此蹭冷气。

从冷藏柜中拉出尸体，低温固定了死者的神情，胸口的弹痕比起冷冻前更加醒目。

侯大利沉默地看着死者，道："死者突然暴怒，提起铁锹袭击警察，是接到了一个威胁电话。威胁死者女儿和外孙的这帮人才是真正的凶手，等到钱刚枪击案解决后，我们要顺着这条线索往下查。我们要办好枪击案，也要给死者一个交代。"

张小舒全身心投入枪击案，根本没有去思考"威胁电话"之事，闻言道："你觉得另有隐情？"

侯大利道："肯定有隐情。枪击案办完，要查这条线索。"

张小舒拿出卷尺，测量死者身体数据。侯大利在辅助测量之时，暗自打量围着尸体忙碌的张小舒。他脑中浮现出张小舒在江州学院音乐厅舞台上拉小提琴的身影，舞台上的身影和搬动尸体的身影是同一个人，却很难重合起来。他原本很想问一问张小舒为什么会来当法医，话出口，却变成了另外的事："汪老爷子现在怎么样？"

"什么？"张小舒没有想到侯大利会主动与自己闲聊，道，"汪爷爷癌细胞已经转移了，现在靠打杜冷丁镇痛。他很豁达，看淡了生死，经常说多活一天就是陪儿女，离世就是去陪妻子。"

侯大利道："汪欣桐参加高考没有，她的心理恢复得怎么样？"

张小舒道："高考还行，但是清北无望了，毕竟受到很大影响。"

侯大利想起自己经手的诸多杀人案，道："不幸中的万幸，汪老爷子及时发现了汪欣桐。只要人还活着就好，这比什么都强。"

这是侯大利无心之言，却一下戳中了张小舒内心深处最痛的点，母亲失踪多年，多半已经遇难，她顽固地否认这个"事实"。侯大利的寻常之语如弹头打在她的心窝窝上。几乎在瞬间，她泪如泉涌，泪珠无法压制，从脸颊上滑落。她放下卷尺，低着头，快步走出停尸房，来到法医办公室。

侯大利惊讶地望着张小舒的背影，上前两步，走到门口，又退了回来。汪欣桐目前已经度过了最困难的时期，料想张小舒不是为了表妹痛哭，他思维敏锐，隐隐猜到问题的核心，暗道："张小舒痛哭的原因很有可能就是报考法医的原因，她母亲失踪，痛哭应该是为了母亲。"

等了约十分钟，张小舒重新回来，神情已如常，道："尸体还未解冻，胸围、腹围等几个数值没有办法量，晚上来补吧。"

侯大利道："晚上7点半，我到江州学院接你。"

回到重案一组办公室，侯大利点燃一支烟，慢慢抽。张小舒一直以开朗活泼的形象出现在大家面前，突然间落泪的画面才暴露其真实内心。他先后失去了杨帆和田甜，对失去亲人的痛苦感同身受，明白了张小舒考法医的真实原因。

他用力挥了挥手，挥走张小舒的身影，又摁灭香烟，打开投影仪，调出钱刚枪击案的资料，逐页翻查，寻找"一枪两孔"模型的漏洞。

正在看投影，侯大利的手机响了起来。

支队长陈阳道："费厅长很支持我们的工作，听了关局汇报后，亲自与省检察院协商。两家同意组成由杨浩主任牵头的专家组。"

侯大利道："专家组是什么职责？"

陈阳道："简单来说，你们搞得定的情况下，专家组当裁判；你们搞不定的情况，专家组就要亲自下场。杨主任在法医界很有威望，由他来带领专家组，便于沟通省、市检察院的法医。专家组今天要到江州，现在就在高速路上，你们要做好充分准备。"

侯大利道："今天就来，这么快？"

陈阳道："杨主任和费主任都是大忙人，经手的都是大案要案，每一件案子都牵动各地，马虎不得。我们运气比较好，恰好这两天杨主任和费主任都腾得出时间，所以今天就出发，早点了结这边的事，免得被其他事情耽误。"

侯大利道："他们有什么具体要求？整个流程如何走？"

陈阳道："专家组还没有提，我们比他们早走，在高速路口迎接，到时他们肯定会交代。"

高速路上，一辆考斯特朝江州开来。车上是钱刚枪击案专家组，专家组成员包括省公安厅两位法医、一位验枪专家和省检察院两位法医。杨浩与省检察院法医费主任有过多次合作经历，知根知底，在车上谈起以前共同参加的案子，你一言我一语，气氛融洽。

接近高速路江州下道口时，杨浩这才谈起钱刚枪击案，道："我们五个人组成专家组，四位法医，一位验枪专家，没有人知道案子详情，只知道是一起枪击案。这是好事，我们在一张白纸上作画，不会先入为主，能够客观地看案子，一就是一，二就是二。"

省检察院法医费主任道："什么时候听江州专案组汇报？"

杨浩道："看进度，明天或者后天。"

费主任道："手里一堆事，能快就尽量快。到了江州后，我们得先检验尸体，看一看现场。如果光听汇报，心中没数。"

杨浩笑道："英雄所见略同，等与江州的同志见面之后，我交代这事。晚上，江州市公安局关鹏局长请我们吃饭。"

费主任道："老杨，有句话我得说，饭可以吃，但最后结果该是怎么样就是怎么样，我不会偏向江州市局，也不会偏向市检察院，还是那句老话，以事实为依据，以法律为准绳。"

杨浩要的正是这句话，拱了拱手，道："我相信这又是一次愉快的合作经历。"

车行至江州市高速路下道口，刚从省城回来的江州市公安局副局长宫建民、刑警支队长陈阳、副支队长老谭和法医室李建伟等人已经等候在此。

杨浩与诸人握手后，道："专家们都是大忙人，现在放下手中的活来江州你们要尽量节约时间，加快节奏。今晚起解冻尸体，明天上午就能够尸检。"

"法医张小舒在今天中午已经解冻了尸体，我问一问现在的具体情况。"李建伟随即打通张小舒电话，询问尸体解冻情况。

杨浩得知尸体在中午就开始解冻，夸道："你们工作有预见性，很及时，能为我们节约时间。好！"说最后一个字时，他加重了语气。

陈阳和老谭乘坐汽车在前面带路，副局长宫建民和法医室李建伟坐上考斯特陪同专家组。

李建伟职务比宫建民低，由于职业原因与杨浩主任的关系更为密切。上车后，就由李建伟坐在杨浩主任同排但是隔了一条过道的位置上，这样既可以陪杨浩说话，又不至于离得太近。

杨浩道："你刚才说的是新来的张小舒？汤柳不在江州市局？"

李建伟道："汤柳调到省司法局鉴定中心了。"

杨浩道："调走了，什么原因？"

李建伟道："汤柳本人热爱法医工作，到市局工作两年后，技术提高很快，已经成为江州法医系统年青一代的佼佼者。她调到阳州司法鉴定所工作是向家庭妥协，男方家长明确表示，如果她继续在江州公安局当法医，那就分手。汤柳考虑再三，最后才同意调离。"

杨浩多次遇到类似情况，道："天要下雨，娘要嫁人，走就走吧，工作只是人生的一部分，家庭同样重要。张小舒是新招的女法医？"

李建伟道："面向社会公开招考的新法医，是张小天堂妹。"

杨浩"哟"了一声，道："张小天当年是一枝花，想必张小舒也不差。江州市刑警支队大楼风水不错啊，其他支队很少有女法医，唯独你们支队接连有三个女法医。这其实还是观念问题，有的地区在招考公告中明确只招男法医，在工作中对女性或多或少有歧视。不懂政策，简直乱弹琴。关局长很开明，带队伍有一手，所以优秀人才向江州集中。江州前两个女法医水平都还不错。这个新人怎么样？"

李建伟简要汇报了张小舒在天然气中毒案中的表现。

杨浩道："当年我还把小朱纳入视线，准备重点培养，让他到省里来学习。谁知他接连出错，现在连一个初出茅庐的学生都比不上，太令人失望。但是我一点也不同情他，吃了一次败仗就自我放弃，革命意志衰退。"

下午，专家组在宾馆略作休整，便集中精力翻阅钱刚枪击案的材料。

专家组成员都是忙人，手里头都有一堆案子。为了提高效率，经过商议，决定如果尸体解冻情况比较好，便在晚上完成尸检。第二天看过现场、验过物证后，就可以听取专案组汇报。

6月28日晚上6点30分，市公安局局长关鹏、副局长宫建民等人宴请了专家组一行，市检察院一位副检察长和法医周亮参加。由于晚上有任务，晚餐没有喝酒，气氛融洽，主客间皆彬彬有礼。

专家组晚餐之时，侯大利开车来到江州学院。张小舒已经在大门口等待，等车停稳，拉开车门，坐在副驾驶位置。

张小舒道："美术学院的王老师很热心，同意帮我们做人体模型。我把死者的身高、腿长、臂长等数据给了他们，他们开始准备材料。还有，李主任给我打了电话，询问解冻情况，如果解冻情况比较好，他们晚上就要尸检。"

侯大利道："专家组的时间抓得真紧。幸好我们动作也不慢。如果我们拖拉了，遇到这种紧急情况，那才糟糕。现在有了'一枪两孔'这个模型，心里才稍稍有底，这还得谢谢你，如果不是你画的那幅图，还不能捅破这层窗户纸。"

张小舒笑道："你为什么要谢我，我也是专案组的一员。更何况，是你捅破的窗户纸。"

侯大利道："客观来说，是我们两人同时捅破了窗户纸。"

这是侯大利这段时间比较幽默的话，张小舒开心地笑了笑。

殡仪馆的灯挺明亮，却总是给人阴冷的感觉。法医中心大门安装的声控灯很不敏感，必须大声跺脚或用力"呵"一声，灯光才亮。

灯光亮起后，张小舒拿起钥匙打开房门。田甜还在时，侯大利多次陪田甜来法医中心，每次都是田甜开门后，他走进去开灯。因此，张小舒打开房门，他自然而然进门开了灯。

灯光亮起的瞬间，侯大利有些恍惚，突然间觉得时光倒流，又回到和田甜一起在法医中心的甜蜜时光。等到眼睛适应了灯光，看到眼前站着的张小舒，他的一颗心顿时又沉了下去。

尸体解冻数小时，已经变软，张小舒给李建伟汇报了尸体解冻情况后，和侯大利一起测量死者的身高、肩宽、胸围等数据，再量两个弹入点和一个弹出点的位置。完成数据测量时，院内响起了汽车声，不一会儿，宫建民副局长陪着杨浩主任等人出现在解剖室。

张小舒是第一次面对这么多德高望重且能决定他人命运的大专家，捏紧卷尺，手心微微出汗。

侯大利见惯了大场面，又与省公安厅专家接触得多，非常淡定。

互相介绍后，杨浩看见桌上放着的笔记本，拿过来瞧了一眼，道："尸检时应该有各项数据，你们重新测量是做什么？"

侯大利道："记录弹入点、弹出点的准确位置以及死者的身体数据，准备做一个人体模型，用来做侦查实验。"

宫建民介绍道："侯大利是重案一组组长，负责侦办此案。"

"我知道这个小伙子，全省最年轻的市级重案组组长。"杨浩是法医出身，对拿着卷尺的女法医张小舒更有兴趣，打量着这位相貌清秀的年轻女子，问道，"你是哪个学校毕业的？"

张小舒道："山南大学医学院临床医学专业，硕士研究生，今年刚通过社会招考进来的。"

"希望能多干几年。我最担心刚刚培养出来，又半途转行。"杨浩说得很坦率，没有任何掩饰。他看了看尸体情况，道："今天晚上可以复检，做准备吧。老费，你看呢？"

省检察院费主任道："今天晚上可以做。"

复查由省刑总的中年法医进行，杨浩在旁边指导。每复查一项，杨浩都对照尸检鉴定进行解说，并由省检察院和省公安厅两方人员分别记录。

其他人员站在专家背后，旁观复查。市检察院法医周亮知道面前专家的专业水准极高，尽管坚信自己没有任何问题，可在复查过程中，仍然担心被查出问题，额头一直在冒汗，后背打湿了一大片。

尸检结束，杨浩做出总结："市检察院尸检过程非常规范，没有问题。"

周亮长嘘了一口气，趁大家休息之时，到卫生间方便。在复查过程中，汗珠透过毛孔不停地钻出来，解开皮带扣时，他的裤子腰带部分完全湿透了。

宫建民副局长听到杨浩主任宣布的结论后，脸色变得很难看，瞪了侯大利一眼。侯大利没有在意宫建民的目光，泰然自若，甚至还浮起若有若无的笑意。

张小舒一直和侯大利站在一起，听到杨浩主任的结论时，内心仍然一阵狂跳，等到专家组聚在一起低声讨论时，她对侯大利耳语道："专家组水平很高，我有点担心明天的汇报。"

张小舒额头上有晶莹细密的汗珠，在灯光下闪烁。侯大利目光从汗珠上一闪而过，道："别担心，我们不是质疑尸检的规范和具体事实，而是要推翻对具体事实的分析判断，这才是要害。"

复查结束后，专家组和宫建民副局长、李建伟等人坐上考斯特，回宾馆。

支队长陈阳坐上前一辆汽车后，立刻拨打了侯大利的电话："明天上午，专家组看现场和物证，紧接着要听专案组汇报。你是什么看法？"他知道给专案组的时间其实很紧张，这么短的时间要把枪击案彻底查清楚，难度极大。可是听到杨浩的总结，仍然觉得一盆水从头顶淋了下来，心凉了半截。

"我们等会儿要回刑警新楼开会，参加人是老克探组、小林和张小舒。"侯大利还没有离开法医中心，站在门口等张小舒锁门。

支队长陈阳道："仅仅开会没有用处，得找到突破口。杨主任得出这个结论，结果很悬啊。等到把专家组送回宾馆，我也来开会。"

专家组今天的行程非常紧，从阳州来到江州后先看材料，连夜进行了尸检，十分疲惫。在大厅里聊了几句后，专家们各自回了房间。

市检察院周亮来到省检察院费主任房间。

周亮面有愁容，道："费主任，今天由省公安厅法医界大佬杨浩指导了尸体检验，我的尸检报告没有问题。这两天，我的压力特别大。市公安局是铁了心要翻案。尸检结果非常明确，钱刚开了两枪，死者身上有两个弹入点，这是事实啊。"

费主任心平气和地道："你的心情，我可以理解。另外，既然你对尸检鉴定有信心，那就不惧复查。"

周亮道："我担心杨浩下结论时偏向公安局。他是法医界大佬，说话比我管用。或许，我是小人之心。"

费主任拍了拍周亮肩膀，安慰道："这是省公安厅和省检察院联合组成的专家组，需要双方签字。如果老杨偏心，违背事实，我能签字吗？我们的签字不仅要对钱刚同志负责，也要对死者负责。我和老杨都没有提前接触过案子，一切都公开公平公正。别担心，早点回家吧。"

安顿好专家组后，陈阳立刻前往重案一组会议室。

刑警新楼重案一组会议室，灯光明亮。侯大利、江克扬探组、勘查室小林和法医张小舒没有休息，正在开会。

勘查室小林道："我用激光笔反复确定子弹路线，弹头从手腕穿出，从上往下，应该会钻进菜地。今天，我们总共挖了约60厘米深的菜地泥土。工人们捏碎成块泥土，再用筛子筛查。全过程、多角度录像，我可以很负责地说，菜地里没有另一个弹头。"

投影仪上显示了修配厂家属院菜地的全貌和细节。修配厂家属院菜地旁边架了两个大筛子，工人们挖出菜地泥土，揉碎后过筛子。工人筛查了大量泥土，菜地旁边堆满了筛出来的杂物，有钉子、烂铁皮、碎石和塑料等种种物品。

江克扬谈了调查走访的情况。本次调查走访的结果与前一次调查走访的结果非常接近，没有摸到新情况。

陈阳眉毛皱成一团，语调沉重，道："大利，明天丑媳妇要见公婆。专案组现在的东西，推不翻周亮的结论，钱刚要惹上大麻烦了。"

由于有"一枪两孔"模型，侯大利毫不慌张，道："陈支，听张小舒谈一谈新想法。"

陈阳道："什么新想法？"

侯大利道："张小舒来汇报。"

张小舒轻轻撩了撩头发，道："今天我和侯组长到殡仪馆，测量了死者的身体数据以及两个弹入点和一个弹出点的准确数据，我们提出'一枪两孔'的设想，也就是一颗子弹，打出了两个弹入点。从现场、物证和尸体数据来看，'一枪两孔'设想能够完美解释所有疑点。设想是侯组长提出来的，我根据相关数据，请江州美术学院几位同学帮忙，制作人体模型。他们正在连夜加班，明天能够做出来。在模型没有出来之前，我给大家画图示意。"

陈阳最初听到"一枪两孔"模型时并没有认同，眉毛依然打结。

张小舒画完讲完，侯大利又进行补充。陈阳眼睛越来越亮，忍不住拍了桌子，道："张小舒很不错，'一枪两孔'模型太精彩了，完全符合现实。各位，有没有反驳的理由？"

很多表面上看起来复杂的案件在水落石出之后，参加案件侦办的侦查员往往会发出"原来如此，这么简单，我怎么没有想到"的感慨。让复杂的案件变得简单，最终找出真相，说起来简单，做起来难，其中的艰辛只有局中人才能体会。

参会侦查员都熟悉枪击案细节，张小舒捅破了窗户纸后，大家恍然大悟，在调查走访中感到的种种"不顺"顿时通畅。江克扬"啧啧"数声，道："我挑不出毛病，这是最合理的分析，比原来的鉴定结论更接近事实。其实，我在调查过程中也有过类似设想，只是没有证据支撑，不敢坚持，没有深想。张小舒很不错，直指要害。"

张小舒被夸得有些不好意思，道："这是侯组长提出来的思路，只不过由我说出来。"

专案组意见基本统一，陈阳也不管宫建民是否已经休息，拨通电话，道："宫局，专案组还在开会，他们提出了'一枪两孔'的设想，非常有道理。"

宫建民道："说具体一些。"

陈阳道："钱刚开了两枪，一枪对天空鸣枪示警，找不到弹头。另一枪的弹头射穿了左手桡骨，擦过左臂内侧，再射进心脏。这个设想与现场、物证和尸检都完全符合。"

江州市公安局枪击案专案组明天要向专家组做汇报，汇报结果将决定钱刚的命运。宫建民担任市公安局副局长以来，领导侦破了一件又一件大案要案，每一个案件都让他如履薄冰。他想起被羁押的钱刚，想起江晓英憔悴的面容，想起躺在冷藏柜里的尸体，深感责任重大，压力如山。他原本情绪恶劣，焦躁不安，听到陈阳的解释后，既兴奋又觉得不踏实，顾不得休息，急急忙忙从家里来到刑警新楼。

宫建民来到会议室，从头到尾再听了一次各组汇报，悬得老高的心终于落了下去。他没有将自己的心思完全表现出来，很沉稳地道："虽然'一枪两孔'的说法很有道理，但能不能说服专家组还是未知数。侯大利明天代表专案组汇报，今天晚上辛苦一些，将汇报材料整理出来，明天上班时准时送到办公室，我要看，关局也要看。"他看了看手表，道："时间很晚了，大家肚子肯定都饿了，我请客，请大家吃面，就到重案一组经常去吃的那一家。"

凌晨1点，参会诸人来到街上，找到那家深夜还在营业的面馆，每人要了一个大碗，加上满满的酸菜肉丝，呼哧、呼哧的声音顿时响成一片。张小舒最初小口吃面，很快就适应了大家的节奏，抛开了女生的秀气和文弱，一碗面吃得酣畅淋漓。

吃完面条，侯大利开车送张小舒回江州学院。

马小兵望着越野车尾巴，道："张小舒长得漂亮，干工作是一把好手，与侯大利很般配。"

伍强道："我强烈支持侯大利和张小舒谈恋爱。这个女孩子，我瞧着顺眼。"

江克扬与侯大利接触得最多，深知其心病，道："我看很难，田甜牺牲后，侯大利根本不和女人交往，根本不谈女人的话题。"

伍强道："侯大利血气方刚，不可能一辈子不找女人。我觉得张小舒不错，适合侯大利。侯大利这人也不错，虽然性格孤僻了一些，但为人耿直，不整人害人。"

江克扬道："男女之间的事情很微妙，最初谁也没有想到侯大利会和田甜走到一起，现在回头来看，他们很合适。男女的事暂且不提，回到案子上，我个人坚决支持'一枪两孔'的分析，这才是事实。否则，三大疑点根本无法解释。"

伍强道："这是我们还原的事实，还得看专家组是否认同。"

每次案件发生后，侦查员通过各种证据还原事实，尽最大可能还原已经发生的事。只不过事实已经成为过去式，不可能百分百重现。在实际工作中，侦查员不仅要搜集和固定证据，还要对证据进行解读。解读就必然加入主观因素，从这个角度来说，由证据链还原的事实是不是真正的事实往往会存在争议。枪击案中，公安局专案组和检察院法医对同样的尸检结论存在分歧，这就需要更权威的专家来认定。

越野车在车流中安静行驶。侯大利随手打开音响。吉他曲《阿尔罕布拉宫的回忆》如水一般倾泻而出。旋律如久违的朋友，让张小舒备感亲切。三个多月前，她还在大学校园内，时常在音乐殿堂流连忘返。参加社考后，她进入了与三个多月前完全不同的生活环境和生活节奏之中，产生了一种此江州非彼江州的错觉。

这段时间与侦查员们天天在一起，张小舒对侦查员如何开展工作有了真正的认识，对找到母亲产生了希望。只要母亲活着，总会留下痕迹，留下痕迹，就有找到的可能性。现在她唯一害怕的就是母亲已经死亡，彻底在人世间消失。这也正是她听到侯大利"只要人还活着就好，这比什么都强"这句寻常话突然泪奔的原因。她的思绪与音乐完全合拍，一时之间，愁肠百结。

即将到达江州学院家属院时，张小舒问道："你喜欢音乐？"

这是侯大利精心挑选的杨帆喜欢的音乐。当张小舒问起时，他没有明确回答，道："随便听一听。"

张小舒道："我一直在弹吉他，经常演奏这首曲子。我也能拉小提琴，水平不如欣桐。《阿尔罕布拉宫的回忆》，忧伤的曲子。"

侯大利不想多谈音乐，道："今天晚上，拜托催一催人体模型，明天要用。"

张小舒道："王老师给我打过电话，人体模型刚刚做好，送到姑父家里了。你是不是需要去看看？"

汪远铭杀人碎尸案是重案一组侦办的，侯大利不想在此刻与汪建国见面，道："我就不上去了，你到时给我拍个照片，发在QQ里。"他拿出笔记本，写下自己的QQ，撕下来，交给张小舒，道："回家后早点睡觉，明天是场决战，我们必须以事实和逻辑说服专家组。"

张小舒握紧了拳头，道："我有信心。"

下车后，张小舒走进家属院，在门口回头，朝侯大利挥了挥手。进入大门，她拐到铁栅栏一侧，站在灌木后面，准备目送侯大利离开。

门外，越野车没有立刻开走。经历过太多女性遇害的案件，侯大利格外细心，丝毫没有马虎大意，看到张小舒进门后，在车内等了五分钟，这才离开江州学院家属院。

张小舒不知道越野车为什么不离开，站在灌木后面，等着越野车离开。五分钟后，越野车启动，最初缓缓地行驶，然后坚决地消失在车流中，淹没于黑暗。

张小舒这才回家，准确说是回到姑父姑母的家。

客厅沙发上摆放着美术学院的同学帮忙制作的人体模型。美术学院王院长住在汪家正对面，与汪建国关系极好。当汪建国提出帮忙时，王院长满口答应，将数据交给最得力的两名学生会干部。晚上10点，学生将人体模型送到了汪家。

人体模型与大型玩具熊类似，软硬适度，张小舒摆弄了一会儿人体模型，拍了几张照片，便进了里屋。以前，张小舒到江州都住在汪家，没有把汪家当外人。如今，张小舒在江州工作，长期住在姑姑家就有所不便，特别是汪欣桐必然要去读大学，自己住在姑姑家就更不方便，于是暗自有了租房子的想法。

"姐，我不想读大学，我怕一个人在外面。"汪欣桐坐在书桌前，窗帘密闭，没有留下缝隙，等到张小舒进来，忧心忡忡地道。

屋里空气不太好，张小舒有意不把门关严实，道："善有善报，恶有恶报，那人已经死了，一切都结束了。你小时候喜欢读罗宾汉，爷爷就是罗宾汉式的人物。"

"道理我懂，但还是怕。"汪欣桐双手握在一起，似乎在与无形的对手较劲，又道，"姐，今天晚上的跑步任务还没有完成。我一人不敢去，又很想去。"

张小舒工作一天，着实有些累了，却没有推辞，道："走吧，我们换衣服。"

汪欣桐到衣柜里挑出运动衣，换上衣服。她原本想要戴上耳机，想起在夜晚戴耳机会影响观察周边情况，便放下了耳机。

跑步和音乐，是对药物和心理治疗的辅助。枪击案结束时，汪欣桐得知是爷爷为自己报了仇，精神上受到极大震撼。以前她消极面对病情，如今每当情绪滑到谷底之时，便想起爷爷为自己做的事，努力为自己加油。

汪欣桐和张小舒换好衣服准备出门，在客厅遇到了刚刚回来的汪建国。

"小舒，上班的感觉怎么样？"汪建国接受了医生的建议，在家里尽量避免刻意关照汪欣桐的病情，该吃就吃，该说就说，创造一个正常的家庭环境。

张小舒停下脚步，道："遇到第一个案子，一名派出所副所长开枪导致一名被拆迁人死亡，省里成立了专家组过来复核。"

汪建国道："我今天到公安局去了。欣桐爷爷患有严重疾病，不宜羁押，年龄又超过八十二，没有什么社会危害性，取保候审流程走得差不多了，最近几天就可以回家。"

汪欣桐罕见地露出笑容，道："真的吗？爷爷什么时候回来？"

汪建国道："等通知，应该很快。到时候我们一起去接爷爷？"

汪欣桐没有迟疑，道："等爷爷出来时，我们一起去接爷爷。"

望着女儿和张小舒的背影，汪建国收敛了笑容。尽管父亲能够取保候审，但是父亲的病情已经非常严重，留在世上的时间屈指可数。他明白生老病死是人生常态，可是明白归明白，当自己要面对时，那种伤痛还是深入骨髓，难以排遣。他长叹一声："这就是人生吧。"

家属院的小操场上，张小舒陪着汪欣桐跑步。跑步过程中，张小舒有几分走神，不时想起侯大利，暗自琢磨侯大利为什么五分钟后才开车离开。

跑步结束，汪欣桐冲洗后上床睡觉，张小舒先打开电脑，加了侯大利的QQ。随即，发过去人体模型的图片。

"模型怎么样？"

"不错，可以用。"

"那我就放心了。你还没有休息？"

"没有，在写汇报提纲。晚安。"

"晚安。"

侯大利的QQ上的用语和男人在商场买东西一样，简单明了，直指目标。对话结束，其头像变灰。张小舒望着QQ上的头像，发了一会儿呆，然后下线，让自己的头像也变成灰色。

她回到客厅，再看人体模型，觉得没有把管状通道做出来是明显缺陷。如果"一枪两孔"推论成立，两个弹入点由一粒子弹形成，只要模型身体位置符合现场状况，那么用一根直管就能从桡骨直接通到心脏部位的弹入点。如果不能到达，则"一枪两孔"的分析判断就有问题。

她在厨房里找了一会儿，找到一根磨刀棒，然后打开天然气，烧红磨刀棒后，沿着弹入点小心翼翼地制造管状通道。

汪建国一直没有睡得太沉，闻到客厅传来焦煳味道，赶紧从床上爬起来，跑到客厅，见张小舒烧红磨刀棒在捅那个模型，惊讶地问道："小舒，你在做什么？"

张小舒道:"完善模型,明天要用。"

"小心别燃起来。"汪建国坐在张小舒身边,看着外甥女专心做事。

"我放了杯水,如果燃起来,就用水泼一下。"张小舒拿起磨刀棒继续烙模型。磨刀棒穿过布料制作的模型,又发出一股焦臭味。

汪建国道:"小舒,我一直想问你。你当警察,不仅仅是为了一份工作吧?在一般人眼中,在江州一院当医生比当法医要强。"

张小舒用磨刀棒穿透模型后,道:"对,姑父记得侯大利吧?他是重案一组组长,又是侯国龙的儿子。之所以不回国龙集团,就是为了给女朋友报仇。他为了女朋友能做到这一步,我为了母亲也能。"

汪建国道:"我研究过侯大利,他很优秀,性格中有一些偏执劲儿。在现实中,做成大事的人往往都有些偏执。我其实不希望你去当法医,毕竟上一代人的责任不应该由你们来背。"

张小舒放下磨刀棒,经常浮现在脸上的笑容消失,露出淡淡的忧伤,道:"她是我妈,我还记得那天,记得很清楚,她在家门口亲了我的脸,说晚上给我做红烧肉。我妈做的红烧肉最好吃,我盼了一天,结果到了睡觉时间,我妈还没有回来,而且是二十年都没有回来。我原本不知道应该为我妈做些什么,前不久搭乘侯大利的车到江州,再后来无意中听小天姐说起侯大利的事。听到侯大利故事的刹那间,整整二十年的迷茫被打破了,我知道应该为我妈做些什么了。以我的成绩和导师的关系原本可以留在阳州实习,还可以到珠三角或长三角的大城市去实习,但我主动选择到江州。我要回到我妈走失的地方,我要像侯大利一样,为遭遇不幸的亲人做些什么。"

汪建国久久不语,感慨道:"这就是人生,这就是命。"

当晚,张小舒不停做梦,梦中反复在和专家组争论是"一枪两孔"还是"两枪两孔",市检察院那位年龄偏大的法医周亮用力猛拍桌子道:"肯定是两枪两孔,你不要狡辩。"张小舒急得不行,也想拍桌子,考虑到对方年龄大,手掌停在半空,大声道:"我不是狡辩,这是事实。"

汪欣桐被惊醒,坐起来,看到姐姐不断挥手,很着急的样子,赶紧招呼道："姐姐，姐姐，你做噩梦了。"张小舒醒来，见到汪欣桐焦急的模样，从梦境走出，急忙安慰道："没事，我在做梦，参加大学生辩论赛。"

上班时，张小舒抱着人体模型前往法医室。乘坐电梯之时，身边三名二大队男侦查员瞧着一个如花似玉的小姑娘站在身边，还抱着大玩具，一脸不解。

人体模型不是塑料制品，外表材质接近沙皮狗，一名侦查员开玩笑道："美女，怎么送个大玩具到我们这里，这个玩具做得有点简陋。身体上还画着圈，这是斑点人吗？"

张小舒一本正经地道："这不是斑点人，这是弹入点，这是弹出点。"

听到"弹入点"和"弹出点"几个字，三名侦查员愣住了。开玩笑的侦查员道："你不是送货的？"

"我是新来的法医。"电梯停下，张小舒抱着模型走出电梯。

电梯里，开玩笑的侦查员道："听说法医室又来了一个女的，原来是她，长得还真挺漂亮。法医室怎么总来年轻漂亮的女同志，这不公平，应该调到二大队来。"另一个侦查员道："别提这茬儿，田甜从法医室调过来，莫名其妙就牺牲了。"提起田甜，三人皆沉默起来，不再开玩笑。

上班不久，侯大利来到法医室。昨夜送张小舒回家后，他再三推敲汇报材料，凌晨3点才睡觉。唯一不放心的就是没有看到人体模型实物，上班的第一件事情就是查看模型。

看罢人体模型，侯大利夸道："这么短时间就做出像模像样的模型，辛苦你了。"

张小舒道："是委托美术学院的学生做的，他们做得很好，数据完全对得上。"

侯大利道："他们还弄了弹入点？"

张小舒道："昨晚我制作的，用烧红的磨刀棒慢慢烙出来的。"

"我们先做实验。这不是正式的侦查实验，正式的侦查实验有相应程序，要录像，还得有证人，这样才能成为证据。你不是学法律相关专业的，一定要明白如今的诉讼制度是以审判为中心，有效的侦查行为必须能够成为证据，变成卷宗里的一页。证据不足时，你明知某人是真凶，也只能眼睁睁看着他逍遥法外。"侯大利讲了讲侦查实验的要求，打了个哈欠。

张小舒关心地问道："睡得很晚吗？"

侯大利点点头，道："一大早要把汇报材料提前给关局和宫局，我得反复推敲，确保逻辑严密。"

谈论几句后，侯大利用两个瓶盖代表弹壳的位置，又用粉笔画了尸体倒地的位置和当时钱所长所站的位置，再用一根扫帚代替铁锹。做好准备后，侯大利站在粉笔圈定的钱刚位置，取出一把玩具枪。张小舒拿着人体模型站在了圈定的死者位置。她看到玩具枪有些想笑，可是侯大利非常严肃认真，她便将笑意收了回去。

侯大利举起玩具枪，左手指向张小舒，道："我警告你，不要过来。"

张小舒憋着笑，拿起模型，模仿挥动铁锹的动作。

侯大利道："严肃一点，不要笑。你要代入当时的情景，用力挥铁锹。当时死者是用力拍打，身体前倾。"

张小舒模仿死者当时的动作，假装挥动铁锹。侯大利扣动玩具枪，一道红线射向张小舒。

实验效果非常好，可以验证"一枪两孔"的设想。

为了更直观地让专家组接受"一枪两孔"模型，需要更流畅、更有效的实验方式，侯大利和张小舒正在商量之时，接到了上午11点开会的通知。侯大利放下电话，道："汇报前，专案组还要再碰个头。"

前往重案一组时，侯大利在前，张小舒在后。她望着侯大利挺直的后背，暗道："以前听说他是纨绔子弟，现在完全成了一个老古董。也可以理解，女朋友遇害，未婚妻牺牲，一般人根本经不起这样的打击。"

侯大利外表英俊，气质独特，还是痴情男人，如一块磁石一般吸引了张小舒。她也不知道从什么时候开始喜欢凝视这个年轻男子鬓间的白发，每次凝视白发之时，心中总有万般柔情升起。

江克扬探组和勘查室小林到达后，侯大利简明扼要地谈起了汇报材料，又和张小舒一起模拟了现场。

江克扬叹了口气，道："明明是一次正常执法，如今弄得执法民警有理说不清。如果专家组不采纳我们的意见，钱所不仅工作要丢，还得有牢狱之灾，这是什么事啊。现在民警本身就不愿意带枪，更不想开枪。如果钱所真被弄成故意杀人，对一线民警会造成巨大冲击，大家以后执法会被捆住手脚。我们被捆住手脚，犯罪分子就会猖狂，最终受害的还是老百姓。"

张小舒在医学院期间听到过各种言论，限制警察的权力是一种很流行的说法。她对此言论很认同，觉得理所当然，警察权力太大，确实需要限制。真正到了一线，她对这些流传甚广的言论立刻有了新的理解，警察并非外界想象中那么风光，内部和外部建有各种平衡和制约措施。若是真按某些说法来强力限制警察打击罪犯的能力，那么社会迟早会付出代价。

专案组的同志各自提了些建议。

侯大利记下合理建议后，挺起胸膛，充满自信地道："我们的调查事实清楚，逻辑严密，肯定能说服专家组，我有这个信心。"

6月29日早上8点半，专家组用过早餐后，来到修配厂家属院，实地查看了案发现场，随后回到刑警新楼查看了本案物证。

上午11点，专家组听取江州市公安局专案组汇报。

专家组正面相对的是市公安局专案组，侯大利居中而坐，法医、现场勘查技术人员、江克扬探组成员分坐两排。

公安局局长关鹏、政委杨英、副局长宫建民以及东城派出所所长戴克明等人来到会场。这次会议的主角是专家组和市公安局专案组，领导们是旁听者，没有坐在主席台，而是坐在会场左侧。市检察院的一名副检察长和法医周亮坐在右侧。

侯大利坐在汇报席上，等待会议开始。这种有着深远影响的案件的侦办者往往都是资深侦查员，少有年轻警官。侯大利鬓间有白发，剑眉紧锁，气质沉稳，给人沧桑之感，让人忘记了他的年龄。

汇报开始后，侯大利快速在脑中梳理了汇报材料的所有细节，拿起投影仪遥控器，调出第一次勘查的现场照片。

"我首先汇报市刑警支队技术大队现场勘查室第一次勘查现场的情况。现场两枚弹壳相距1.67米，落点均在菜地。张正虎倒地位置与两枚弹壳的距离一枚为1.32米，一枚为1.08米。这说明钱刚在开枪时，身体有小距离移动；现场没有找到弹头，后来解剖尸体时找到一粒弹头；第二次复查现场，专案组挖开菜地，平均深度在60厘米，经过筛查，没有在菜地找到弹头。"

投影仪显示两次勘查现场的图片和视频。

汇报完第一段后，侯大利略作停顿，目光平视专家组成员，道："专家组领导们对现场勘查情况有什么疑问或者指示？"

现场勘查非常规范，专家组五名成员没有提出疑问。

"其次，我汇报两次调查走访的情况。两次调查走访的详细材料在卷宗里，我不多说。专案组在第二次调查走访时发现一个细节，除了二十七名证人证实有朝天鸣枪的动作外，四十四名证人在听到第一声枪响之后，又听到钱刚发出口头警告，然后再响起一枪，也就是说有四十四名证人证实了这样一个过程，口头警告——第一声枪响——再口头警告——第二声枪响。钱刚使用的是五四手枪，口径为7.62毫米，初速为420～450米/秒，枪口动能为49公斤/米，有效射程为50米。这是江州警方所使用的威力最大的手枪，杀伤力很强。中枪者在近距离中枪后，不管是被击中左手腕还是心脏，身体都会受到严重伤害，必然会丧失进攻能力，至少会丧失挥动铁锹的能力。在这种情况下，钱刚用不着继续口头警告，更用不着开第二枪。出现再警告和第二枪，说明第一声枪响后，死者没有丧失行动能力，仍然在进攻。"

在侯大利停顿之时，市检察院法医周亮忍不住道："这个说法过于主观了。死者当时喝了酒，情绪激动，在这种情况下肾上腺素激增，中枪后不会感觉太疼，有可能还能行动。五四手枪威力虽大，但仍然是手枪。"

侯大利等到周亮反驳后，耐心解释道："死者是左撇子，在左前臂桡骨粉碎性骨折的情况下，如果要继续进攻，只能换成右手，单手持铁锹。在对八十一名证人进行调查走访时，有五十二人证实死者是双手握铁锹，没有一个人记得死者有右手持铁锹的动作。"

周亮道："从第一枪到第二枪也就是五六秒的时间，再加上另外三个民警还在控制另一个拿菜刀的老工人，现场非常混乱，围观者除了靠近菜地的少数几个人，多数人都看不清楚菜地在这几秒发生的事。不管是调查走访，还是现场勘查，都无法否定死者身体上有两个弹入点的事实。我提醒一点，两个弹入点，这是无可辩驳的。"

侯大利道："我只汇报专案组的调查结果，至于最后是什么结论，由专家组决定。"

省检察院费主任道："周亮，专案组汇报结束后，你可以发表自己的意见。"

周亮不再说话，重重地坐了下来。

侯大利道："尸检报告在各位专家手里，我不再复述。专案组复查过物证，发现弹头发生了变形，弹头的弧部出现了撞击痕。死者躯干的枪创都在软组织中，没有碰到骨头。既然在躯干中没有遇到骨头，弹头的撞击痕如何形成？而且，弹头留在了体内，形成了盲管创伤，说明该弹头进入躯干后动能明显衰减。五四手枪近距离射击，没有碰到骨头的情况下，仅凭肌肉组织能否使弹头的动能明显衰减，最后形成盲管创伤？"

周亮在尸检过程中发现了两个弹入点，从常识来说，两个弹入点就意味着死者身中两枪。这是最合逻辑的推论，根本不容辩驳。侯大利最初发言之时，他毫不在意，认为对方无法解释为什么有两个弹入点。当侯大利谈到弹头的撞击痕以及没有碰到肋骨时，他心里咯噔了一下，如小石块砸在玻璃上，声音清脆。

周亮亲自尸检，清楚地知道弹头在躯干内并没有碰到骨头，为什么弹头会轻微变形且有撞击痕？这个问题如种子，出现在脑中后就如豆芽一样疯长。他的额头慢慢开始冒出汗珠，一个声音在脑中回响："为什么弹头会轻微变形且有撞击痕？"

经过前面铺陈，侯大利开始最关键环节，提出"一枪两孔"观点。

在提出这个观点时，他喝了口茶水，清了清嗓子，目光平视专家组，用平稳有力的声音道："综上所述，钱刚同志面对张正虎用铁锹进攻时，首先进行了口头警告，在口头警告无效的情况下，枪口对准天空鸣枪示警，这是第一枪。张正虎在钱刚口头警告和鸣枪的情况下，继续挥动铁锹扑过来。钱刚对准张正虎开了第二枪。弹头穿过张正虎桡骨后，擦过手臂，射进心脏。第二枪的弹头形成了两个弹入点，最后停留在肌肉组织里，也就是说，第二枪造成了一枪两孔。开枪后，钱刚同志积极及时组织抢救，向上级报告，封存武器。专案组认为，根据《中华人民共和国人民警察使用警械和武器条例》的相关规定，钱刚同志使用武器依法合规。"

等到侯大利说完，现场格外安静，能清晰听到参会人员的呼吸声。

专案组的判断与杨浩的判断基本一致，杨浩不动声色，暗自赞了一声："这小伙子果然名不虚传，难怪老朴强烈推荐他。"

为了增强"一枪两孔"的说服力，侯大利道："现在请法医张小舒和侦查员马小兵现场演示当时的案发场景。"

张小舒拿出了人体模型，与钱刚身高和体型接近的马小兵则站在了人体模型的前面，手握一把塑料枪，两台高清摄像机从不同角度对准了张小舒和马小兵。

侯大利用粉笔在地上画了两枚弹壳，又画出一个躺倒在地上的人形。马小兵站在两枚弹壳中间位置，持玩具手枪面对抱着模型的张小舒。

张小舒解释道："人体模型完全按照死者身体数据进行了复制，包括弹入点和弹出点都完全与死者身上的弹入点和弹出点一致。"

她随即报了一串数字，皆是当日在殡仪馆测得的数据。

人体模型从左手前臂到心脏部位穿过了一根金属杆，这根金属杆将人体模型固定成为一个"手臂挥动铁锹、身体向前倾斜"的姿势。

专家组把目光集中到人体模型上。

张小舒抽出人体模型身上的金属杆，人体模型的手臂失去支撑，软绵绵地垂了下来。

市检察院周亮来到人体模型前，转了一圈，又返回桌位前，拿起工作笔记，核对了死者的相关数据。核对之后，他没有说话，回到座位上。看到模型后，他意识到自己或许真错了，尽管不愿意承认自己犯了错，却也不想违背基本事实。他的内心如有一堆火在燃烧，汗水从后背悄悄钻了出来，沿着后背向下流，很快就将腰带打湿了。

张小舒和马小兵在各自位置站定后，侯大利走到两人身边，道："假如死者身中两枪，分别射中左臂和躯干。如果死者保持站立姿势，按照左胸处枪创射入口角度来还原，钱刚应该位于死者左上方。现场是平整的菜地，死者和钱刚身高接近，不具备从死者上方射击的条件。"

马小兵举起能发射红外线的玩具枪，张小舒拿着模型站立。经过几次实验，两人保持站立的身体姿势，很难形成从上向下倾斜的弹道。

侯大利道："如果死者有一个向前方的弯腰动作，钱刚开枪后，弹头所形成的管状通道才有可能符合实际的管状通道角度。"

张小舒调整模型角度，使其呈弯腰状态，再从心脏部位的弹入口和取出子弹的位置穿过金属杆。

侯大利道："现在回到另外一个问题，为什么五四手枪子弹近距离射击，在没有碰到骨头的情况，没有穿透人体，弹头却出现擦痕并变形？请张小舒和马小兵继续做实验。"

人体模型的手原本下垂，张小舒握着模型的手向前伸时，正好能与穿过身体的金属杆相遇。金属杆穿过左前臂开了孔洞的手腕，将人体模型的身体姿态固定了下来。固定的身体姿势恢复成身体弯腰前倾、挥动铁锹的姿势。

马小兵、金属杆和人体模型完美地连接起来。

侯大利做最后描述："一枪两孔，弹头射在左手腕，碰到桡骨，轻微变形，出现擦痕。弹头穿过手腕后，擦碰到左手臂内侧，形成有烫伤痕迹的擦伤。弹头再射入左胸，动能衰减，留在人体里。"

整个姿势定型后，五名专家组成员都离开座位，围在人体模型前面。

专家组成员陆续回到座位后，杨浩问道："侯大利，说完没有？"

侯大利道："汇报完毕。"

杨浩道："在场的人都可以提意见，由专案组回答。"

市检察院法医周亮第一个提问道："侯组长刚才谈到，弹头上有擦痕，还有变形。如果是'一枪两孔'，桡骨并不粗壮，会让弹头变形吗？"

诸人目光转向了参会的省公安厅验枪专家。

验枪专家道："如果用莫氏硬度来划分，金刚石是10，黄铜在3～4之间，人骨的莫氏硬度也在3～4之间。我们接触过很多实际案例，弹头碰到骨头，多数情况下都有变形和擦痕。张正虎长年从事重体力劳动，骨骼较硬。弹头击断桡骨后，应该会发生变形，出现擦痕。"

山南政法的谢教授使用的是洛氏硬度，验枪专家使用了莫氏硬度，不管采取什么标准，都认可弹头击断桡骨会出现擦痕。侯大利在咨询谢教授后也查阅过资料，对此很有把握。

杨浩又道："还有什么问题？"

周亮素来以业务精湛自豪，轻易不愿意承认犯了错。他脑筋快速开动，寻找"一枪两孔"模型的漏洞。但是，"一枪两孔"的模型解决了所有疑点，逻辑严密，很难辩驳，他擦了擦额头的汗水，艰难地承认道："我个人没有问题了。"

杨浩对省检察院的费主任道："老费，你是什么看法？"

费主任道："我和老邓到隔壁去议一议，给我们十分钟。"

十分钟后，费主任和省检察院的邓法医回到会议室。费主任道："我们来到江州后，马不停蹄到了殡仪馆和案发现场，今天又听了专案组汇报。我和老邓认为尸检规范，但是鉴定结论确实考虑不周，没有注意到两个弹入口之间的关系。科学来不得半点虚假，对就是对，错就是错，我们同意专案组的分析，鉴定结论出来后，我们签字。"

杨浩道："老周，你有什么不同看法，还可以提出来交流。"

周亮脸色苍白，道："我没有其他意见，同意费主任的结论。我建议做一次枪弹试验，看一看能否留下痕迹。如果骨头真能导致弹头变形，那'一枪两孔'的分析判断就没有问题，我不持反对意见。"

杨浩道："那就准备枪弹试验。"

枪弹试验在市公安局靶场进行，五四手枪开了十枪，碰到猪骨的弹头皆有变形和擦痕。

在靶场小会议室里，杨浩代表专家组宣布："通过大家的努力，我们发现了鉴定结论中存在的偏差，然后得以纠正，这是好事，是专案组以及我们在场所有人共同努力的结果。"

专家组成员、市公安局法医李建伟和市检察院法医周亮都在新的尸检鉴定结论上签了字。

张小舒作为新人全程参与此案，贡献了自己的智慧，当专家组以及检察院周亮法医在鉴定结论上签字时，胸中涌起自豪感。她再次感受到了"位低权重"的意义，这个"权"并不意味着职务有多高，而是在于这个"权"能决定案件的走向，案件走向决定着当事人的命运。如果专案组不能得出"一枪两孔"的判断，那么钱刚副所长不仅职业生涯结束，还将面临牢狱之灾。

她坐在第二排，恰好能够看到侯大利的侧脸。侯大利淡定地关上笔记本电脑，端起茶杯，吹了吹浮在表面的茶叶，缓缓地喝了一口。

专家组和局领导离开后，江克扬走到侯大利身边，伸出手，用力握了握。马小兵、袁来安和伍强也过来轮番与侯大利握手，表示祝贺。在此之前，江克扬探组虽然和侯大利密切合作，但是内心深处仍然有隔阂。这一次，侯大利带领专案组还原事实真相，钱刚的命运得以改变。此刻，在马小兵、伍强和袁来安心中，这个奇特的富二代侦查员已经成为能与自己同生共死的战友。

张小舒望着与侦查员握手的侯大利，心中升起一股暖流，眼中泪光闪现。

第四章
案中还有案

钱刚枪击案至此取得了圆满结果。

6月29日下午2点，钱刚走出看守所。在此迎候的江晓英紧抱老公，哭道："我们不干了，你出警，这是公事，自己差点成为犯人。我们干不了这活，你辞职，做点小生意，总比一天到晚担惊受怕好。"

钱刚从看守所出来之时，已经知道了枪击案移交市公安局后的大体情况，安慰哭泣的妻子："市局很关心我们一线民警，花了这么大力气来弄清真相。我很知足，没有受冤枉。"

江晓英抹起眼泪，道："你能够说得清楚，这是运气好。运气不好，就是黄泥巴掉进裤裆里，是屎也是屎，不是屎也是屎。如果你真是违法犯罪，我们认罪服法。可是你明明是冒着生命危险在执法，那个人拿铁锹砍人，这是不是冒着生命危险，我绝对没有乱说。你没有一点私利，是维护社会秩序，却差点遭受不白之冤。不管你是如何想的，我是越想越心寒，真是怕了。你不知道这段时间我们家的情况，以前的朋友都躲着我们，怕沾了我们的霉气。越是说得耿直的朋友躲得越快。单位的同事还好点，都还肯帮忙。"

不过一个月的时间，往日微胖的妻子完全瘦了下去，下巴尖尖的，比任何减肥方法都要好。钱刚能够体会妻子的心情，无奈地道："我从警校毕业就当警察，二十多年了，现在人到中年，你让我干别的，哪有这么容易，真干不了。吃一堑，长一智，我以后会懂得保护自己。"

所长戴克明走过来，道："走，我们找了一家郊区火锅馆，喝一杯，洗一洗霉气。"

在车上，戴克明详细讲了专家组到来的前后经过。

钱刚很感慨，用力搓手，道："关局、宫局为了我的事专门跑了一趟省厅，真是费心了。没有专家组认可的鉴定结论，我这事肯定翻不过来。找机会还得请侯大利吃顿饭，他是货真价实的神探，论破案，我服他。"

戴克明道："还有老克探组和张小舒，特别是张小舒，很能干的新法医。"

江晓英道："我们请他们一起吃饭，今天去吃火锅。"

"那我先给侯大利打电话。"戴克明拿出手机，拨通了侯大利的电话。

侯大利正在召集江克扬探组开会，接到电话后，道："戴所，改天吧，枪击案还有尾巴，我们正在开会研究。"

枪击案办得漂亮，江克扬、马小兵、伍强和袁来安面带笑容，神情轻松。

侯大利放下手机后，道："枪击案水落石出，钱所长得到了公正。但是，此案还有不明不白的地方，宫局长在枪击案第一次案情分析会上就提出这个案子有蹊跷之处。据拿菜刀砍警察的犯罪嫌疑人李强供述，张正虎之所以拿起铁锹冲下楼打人，是因为接到了一个电话。电话里的人威胁如果不签协议就要强奸他的女儿，还让他看楼下。当时钱所长正要把闹事的邻居带走。张正虎是接了电话后才暴怒起来，提起铁锹冲过来打人，导致了后面的惨案。前一阶段我们的主要精力是解决枪击案的法医鉴定问题，如今腾出手来，我们要调查张正虎最后接的这个电话，挖出幕后黑手。"

会议结束后，侦查员们各自行动。

侯大利与夏晓宇通话后，来到307室，把江克扬叫到自己的办公室。江克扬还以为是谈工作，道："我给张英打了电话，约了到她家见面。张英还是很有情绪。"

侯大利将一张字条递给江克扬，道："这是朝阳西城小学校长的电话，夏晓宇跟校长打过招呼了，你到时直接去报名。"

朝阳西城小学是江州最好的小学，名义上是一所民办学校，实则是老牌名校朝阳小学在西城的分校。公办小学受九年义务教育限制，不能收费，民办小学则可以收费。朝阳西城小学为了创名声，招生很严，普通学生很难进入。

江克扬吃了一惊，道："直接报名就行了？"

侯大利道："夏晓宇代表国龙集团赞助了朝阳西城小学一个亿，送个学生没有问题。"

夏晓宇是江州地面的地头蛇，清楚江州房地产的根底。他当年以非常便宜的价格在西城拿到较为偏僻的大宗土地，随即大手笔引入朝阳西城小学和江州一中的西城分校，一手打造了西城教育版块。夏晓宇非常有耐心，国龙西城项目分为十期，每年启动一期。随着前期业主普遍赚了钱，从四期开始，国龙西城的楼盘价格已经接近东城核心区的楼盘价格。

江克扬拿着字条，感慨地道："我老婆这段时间已经有了执念，读不到重点小学不罢休，弄得我都怕回家了。组长解决了我的后顾之忧，等稍稍闲一点，请大家到家里吃饭。我让老家的亲戚弄点土货。"

解决江克扬儿子的入学名额对侯大利来说就是小事一桩。他笑道："我们是搭档，天天泡在一起，这些都是应该做的事。走吧，我们去找张英。"

江克扬嘿嘿笑道："稍等，我先给老婆报个喜。"

江克扬妻子得到好消息，在电话里就尖叫起来。得知要请侯大利在家里吃饭，她热情地道："在家里吃饭太寒酸，我们到江州大酒店请客。"江克扬笑道："你糊涂了，江州大酒店就是侯家的产业，我们不到大餐馆，就在家里吃，让二叔送点土黄鳝和土泥鳅。"

打完电话后，侯大利和江克扬开车来到张正虎的女儿张英的住所。

"我爸被白白打死了，你们还要做什么？官官相护，别跟我提那些没用的事情。"张英三十来岁，神情憔悴，头发枯黄，面对警察显露出明显敌意，鼓起眼，如斗鸡一般。她的声音高亢，直刺屋顶。

张正虎性格急躁，张英看来也不是慢性子。侯大利不准备绕弯子，开门见山地道："据我们了解，你父亲出事当天，也就是5月27日上午，你被人威胁，有人当着你的面给你父亲打了电话，当时是什么状况？"

父亲中枪去世，开枪警察大摇大摆走出看守所，张英悲愤难平，脱口而出："那一帮搞拆迁的人都是大流氓，用了下流手段，逼着我爸签字，这和我爸被打死有什么关系？你们警察打死我爸，开枪的那个坏警察不抵命，公安局不赔钱，我就要去上访，省里不解决，我就到中央。秋菊都能打官司，我也能打官司。"

听到"大流氓"和"下流手段"两个词，侯大利眉毛紧了紧。这是以前从来没有听到过的用语，里面或许另有隐情。侯大利注视着张英的眼睛，用轻柔却坚定的语气道："在你父亲出事前，你是否被人限制了人身自由，或者还遇到其他事情？我们今天就是为了这事来的。如果没有那一通威胁电话，你父亲不会生气，如果不生气，就不会提起铁锹冲下楼去打警察。归根结底，威胁你的那群大流氓才是你父亲遇害的真凶。"

张英下意识又想发火，侯大利不等她开口，直接打断她的话，提高声音问道："当时是谁给你父亲打电话，是不是有人威胁你和你儿子，具体是怎么回事，你要给我们讲清楚。"

"没有什么好说的，你们把李叔叔都抓起来了。"父亲中枪身亡之后，张英对警察极度反感，再加上自己有极不光彩的把柄落在别人手里，因此，她对前来调查的警察态度恶劣，压根儿不讲当天发生的事情。事情过了一个多月，她的情绪慢慢平复下来，开始与警方谈赔偿协议。今天来的两位警察反复追问那天的糗事，让她既紧张又愤怒。

"这是两码事，李强砍伤了值勤民警，那民警后来缝了十几针，妨碍公务了。追本溯源，当时威胁你的大流氓才是罪魁祸首。你现在不说，时间长了，证据消失，你想说，我们都没有办法帮你。"

在对话之时，侯大利仔细观察张英的表情。张英说话之时，右脸还算正常，左脸隐隐有一丝尴尬，不时还咬一咬嘴唇。这种左脸的细微表情非常容易被忽视，往往转瞬即逝。这个表情与顺口流露出的"下流手段""大流氓"等内容，让侯大利得出一个结论：那天，张英或许还受到了侮辱。

这只是一个判断，是否准确还得试探，侯大利轻言细语地道："张英，你不要有顾忌，对付这种大流氓，你越是退缩，他们就越要得寸进尺。你只能依靠警方，没有其他出路，否则后患无穷。依靠警方，才能得到最大限度的保护，否则吃亏的永远是女人。如果幻想那些烂人高抬贵手，那就错得离谱，还会付出惨重代价。"

这段话，侯大利充分使用了"暗示"手法，没有说具体问题，张英听到耳朵里却不一样，每一句话都有很强的针对性。5月27日这一天对张英来说是人生彻底坍塌的一天，父亲中枪身亡，而自己被人拉进面包车，惨遭侮辱。这一个月来，她每晚都在父亲中枪和自己被侮辱之间挣扎，从来没有睡过一个好觉。

张英的情绪由愤怒渐渐演变成痛苦，欲言又止。

侯大利鼓励道："你要勇敢地站出来，把那帮大流氓绳之以法，这才能给你父亲一个公道，也给自己一个公道。"

张英眼角涌出大滴泪水，哽咽着道："我也不知道能不能相信你们。那帮龟儿子太凶了，我现在都还在做噩梦，出门都怕。"

侯大利用坚定的语气道："你能够相信我们，我们会还你一个公道。说具体一点，时间、地点、起因、过程、参加人……越具体越好。"

初到重案一组的时候，大家普遍认为侯大利是科班出身，运用刑事技术的能力是全支队翘楚，可是在使用传统侦查手段上存在薄弱环节。吴煜案、二道拐黑骨案之后，侯大利搞排查的能力提高得非常快，在交谈过程中能够迅速取得调查走访对象或者受害人及其家属的信任，获得真实信息。

江克扬暗自在心里点了个赞。

回忆5月27日之事，张英面露痛苦之色，道："那天我带着娃儿上完书法班，正准备坐公交车。走到老工人文化宫南门，有一辆面包车突然停在身边，几个人拉着我和儿子就上了车。我当时吓坏了，叫了几句，就被几个人拖到车里，我被压在车厢里，根本动不了。"

侯大利浓眉紧锁，道："你以前只是说被几个人拦住，没有提到面包车。你被拉上了面包车？"

张英怒视侯大利，大声道："我爸被你们打死，我心里烦，不想说。我被拉上面包车，又不是什么光彩的事。"

侯大利没有受对方情绪影响，声音平和，态度坚定，追问道："什么颜色的面包车，能记住车牌吗？"

张英道："大街上这么多车，有辆面包车突然停在面前，谁记得住车牌。面包车是白色的。"

侯大利道："旧车还是新车？"

张英道："应该是旧车，反正不太新。"

侯大利道："面包车是哪里的牌照？"

张英道："江州的。"

侯大利道："你身边有没有其他人？"

张英道："老工人文化宫南门就是一溜围墙，人比较少，我带儿子去拐角公交站，没有注意到周边有没有人。"

侯大利道："抓你的有几个人，多大年龄，身上有没有明显特征？"

"从车里跳出来几个人，一人先抱着我儿子到车里，另外两人拽着我到车里。他们力气很大，等我回过神来，已经被带到车里。这些人坏得很，跳下车就给我和儿子头上都笼了一个黑袋子，我没有看清楚来人。然后汽车就开动了。有一个人就让我给我爸打电话。我最初怕得很，还以为遇到了人贩子，后来晓得是搞拆迁的，知道他们不能把我怎么样，我才不怕，还骂他们。谁知我想错了，他们打了我几拳，还打我儿子。然后……然后，他们脱了我的衣服，有人给我照相，有人摸我，四处乱摸，非常下流。"

张英说到这里时，仿佛又回到了当日，叙述之时身体紧紧收缩，双臂用力抱在胸前。

侯大利道："你为什么不报警？"

张英道："车开了一会儿，我记得对方接到一个电话，说了一句'死了啊'，然后我和儿子就被那些人放下来，放在江州桥边。最多一分钟，我就接到邻居的电话，说我爸被打死了。当时满脑子是我爸的事情，根本没有想到报警。后来有警察来调查，说实话，我挺恨你们，也就没说当天的事情。"

这是一件非常遗憾的事情，如果当天及时报案，或许还有可能找到这伙人的生物检材，如今隔了这么长时间，就算有生物检材也早就被污染了。

侯大利抱着一丝侥幸，道："当天的衣服，你怎么处理的？"

张英道："爸爸死了，我哪里来得及换衣服，忙了一天，晚上本想把那身衣服扔掉，后来想到是新买的衣服，扔掉太可惜，就在洗衣机里洗了。我和儿子的衣服，一起洗的。"

一丝侥幸被打得粉碎，侯大利仍然没有放弃，道："这些人长什么样子，有什么特点，你一点都没有看清？"

张英摇头，道："事情发生得太快，我根本没有反应过来就被拉进了车里。我记得他们都戴了墨镜，还戴了那种旅行帽。"

侯大利道："他们说话是什么口音？"

张英道："前后只有一个人说话，是湖州口音。我老家就是湖州的，听得很清楚，就是湖州口音。"

江州是山南第二大城市，到江州工作的湖州人很多，这条线索也许重要，也许不重要，一切看后续调查。

侯大利又道："据李强讲，他从你爸手机中听到了你儿子的声音。你儿子当时是什么状态，是否看到听到了什么？"

"我被拉到面包车上后就被蒙了眼，只知道儿子在身边不停地哭。后来，我才知道儿子也被蒙了头，坏人让他跟外公说自己被打了。"张英看了看里屋，道，"儿子在里面看电视，你们可以问他。"

张英儿子只有六岁，眉清目秀，在大人面前怯生生的。他就记住"被蒙了眼睛，有人打他"这两件事情，其他事情都迷迷糊糊。

回到刑警新楼，侯大利先给马小兵打了电话，询问调取电话记录的情况，然后找到支队长陈阳，汇报新发现的案件线索。

陈阳此刻的注意力集中在黄大森爆炸案上，道："全局在爆炸案上投入大量人力，时间长了也不是办法，谁都受不了。滕麻子刚刚离开我的办公室，他提出抽调专门人员成立专案组追捕黄大森，大部分人员还得撤回来。我同意这个方案，准备再向宫局汇报。爆炸案影响太大，谁来担任追捕组组长，还得局领导定。你刚才谈到的猥亵妇女案，这种小案子用不着重案一组侦办，移交给丁浩。"

刑警支队负责侦办有影响和跨地区的重特大案件和严重暴力案件，此类猥亵妇女案按内部分工是由各区县刑警大队负责侦办。侯大利在汇报之前就料到支队长会如此安排，早有预案，道："张英被猥亵，看起来简单，实则和枪击案联系在一起。老克探组刚刚成功办理了枪击案，我建议顺藤摸瓜，继续侦办这起猥亵案。"

"当前最重要的是爆炸案，这才是重案大队要抓的事。"陈阳看了侯大利一眼，道，"对这起猥亵案如此上心，是为了张正虎？"

侯大利没有隐瞒自己的心思，道："为了解决枪击案，我多次面对张正虎的遗体。钱所得到了公道，张正虎也应该得到应有的公道。张正虎的公道在什么地方，就在要找出给他设圈套的人，设圈套的人才是真正的罪魁祸首。从我和老克调查的情况来看，由于证据缺失，要抓到罪魁祸首并不容易。我们刚刚办完枪击案，了解整个案情，快速跟进，相对容易破案。"

陈阳稍有犹豫，道："既然在侦办枪击案中又发现了其他线索，那就查吧。目前只是张英的一面之词，是否真有脱掉衣服拍裸照和猥亵情节，还得进一步查实。如果无法查实，立案都难。"

正在谈话时，杨副支队长和两名检察院的同志出现在门口。杨副支队长神情严肃，对侯大利道："侯大利，请你暂时回避。"

侯大利见到这个阵势，知道有事，告辞离开。

陈阳给三人泡了茶，道："杨支，有事吗？"

杨副支队长道："检察院刘科长找你。"

刘科长也不寒暄，道："我们接到爆炸案受害者家属的实名举报，举报人认为重案一组组长侯大利处置失当，导致爆炸案发生，出现了重大财产损失和人员伤亡。如果属实，起码是玩忽职守。"

陈阳惊了一跳，道："重案一组成功侦办了二道拐黑骨案，功不可没，怎么突然间就成了玩忽职守？"

刘科长道："黄大森在爆炸案前已经被实际控制，为什么要放了他？如果不放他，爆炸案也就不会发生。这背后有什么问题，我们依照职责要调查此事。"

陈阳压住怒火，解释道："我知道此案黄大森有嫌疑，但是证据不足，你们可以查卷宗，记录得很清楚。至于后来的爆炸案，谁都不是神仙，无法预料未来的事情。"

杨副支队长道："老陈，今天刘科长过来就是了解事情的来龙去脉，我们要密切配合调查。"

陈阳努力平静下来，一丝不苟地回答刘科长的提问。

等刘科长离开后，陈阳立刻来到宫建民办公室，道："宫局，检察院在调查侯大利，说他玩忽职守，你知不知道此事？"

宫建民取了一支烟，道："我才从关局办公室出来。检察院常务副检察长陈洪谈了举报信的事情，既然受害者家属实名举报，检察院依规肯定要介入。关局已经表了态，要积极配合检察机关开展调查工作，同时派出由督察、法制等部门组成的联合调查组对民警的执法活动进行调查。"

陈阳最了解二道拐黑骨案的侦办过程，闻言满心委屈，道："重案一组没日没夜破案，终于抓到真凶，谁知是这个结果。这事和钱刚开枪有没有关联？"

宫建民弯曲手指，敲了敲桌子，道："你是老公安了，怎么会说出这么没有水平的话。这种说法到此为止，绝对不能再说。重案大队如果有这种说法，你要制止，加以正面引导。我们两人从警多年，要正确对待组织的调查。你和我，工作这二三十年，谁没有被调查过。调查结果出来后，如果有违法犯罪，我们必然严格依规依纪处理，绝不姑息。更有可能的是调查结果出来，侯大利没有违法犯罪，调查结论就是对同志最好的保护，以后就没有人以此事来说事了。"

陈阳长叹一声，沉默半晌，道："侯大利刚才还谈到猥亵案，准备开展调查，谁知他自己就要被停职。"

宫建民道："谁说要停职？关局非常了解二道拐黑骨案，知道现有证据锁不死黄大森，他提出二道拐黑骨案已经办结，所有资料交给联合调查组，让他们查。所以调查归调查，暂时不用停职。陈检同意了关局的意见。我再强调一遍，你是支队长了，要稳住队伍，不该说的话一定不要说。"

尽管不用停职，联合调查组进入重案大队开展执法活动调查，还是在刑警支队引起了很大震动。

侯大利在支队长办公室听到这个消息，火气一下就涌了上来，道："我真没办法冷静。我们在侦办二道拐黑骨案时没能够找到黄大森的犯罪证据，准确说是犯罪证据无法形成链条，我们有什么理由继续羁押他？在当时的情况下，羁押黄大森本质上是破坏程序正义。"

陈阳道："爆炸案影响太恶劣了，检察院接到实名举报，介入是正常的，不介入才不正常。"

侯大利心情不佳，也不想听解释，离开了陈阳办公室。他还没有回到自己的办公室，就接到了朱林的电话："受委屈了吧，到我家里来，我们师徒喝一杯。"

成红梅接到丈夫电话后，赶紧到菜市场买了一条大草鱼做酸菜鱼。

侯大利进屋就闻到扑鼻的鲜香，听到热油泼在鱼汤上发出的嗞嗞声。这人间烟火气原本寻常，此刻却让受了委屈的侯大利感到格外温暖。

成红梅端了一大盆鱼来到客厅，道："上一次老朱到长青县吃了酸菜鱼，回来就赞不绝口，我特意去吃了一次，用一句时髦的话来说，不过如此。你们来尝尝，绝对不比长青的差，诀窍就是青花椒、酸菜和跑油。"

朱林从五斗柜里取出一瓶酒，道："大利被检察院调查了，关局给我打电话，让我做一做大利的思想工作。我们刑警队解决思想问题就是喝酒，一边喝，一边聊天，思想疙瘩就解开了。老常餐厅太吵，不适宜聊天。"

成红梅拿了筷子,递给两个男人,道:"大利下午还要上班,少喝点。"

"才给钱刚正了名,下午不上班,也是应该的。"朱林倒了两杯酒,道,"先喝三杯。"

酒杯不大,三杯差不多一两。吃了酸菜,喝了小酒,侯大利谈了自己真实的想法:"在听到联合调查组来的时候,我刹那间想回国龙集团。"

朱林有滋有味地吃了一口自家的酸菜,道:"为什么是刹那间?"

侯大利道:"随后我想到了杨帆,想到了田甜,决定留下来,不能当逃兵。"

朱林道:"有一天你会离开公安队伍吗?"

侯大利拿过酒杯,给师父倒了一杯酒,道:"我不知道。我经常会问自己,是对做生意感兴趣,还是对做侦查员感兴趣。实话实说,我对做侦查员更感兴趣。破解谜案,抓住凶手,为受害者申冤,是职责,是荣誉,也是我的价值体现。"

朱林笑呵呵地道:"关局给我打电话,让我关心你的思想,看来他多虑了,你不会愤而脱离公安队伍。对这次针对你的联合调查组,肯定还是有不服和委屈,这一点毋庸讳言。我也有过类似的经历,从参加工作到如今,你猜我被纪委监察和检察院调查过几次?"

侯大利道:"我听说过一次。"

成红梅端了一份花生米过来,道:"我知道有两次。第一次被停职调查,老朱回家,躺在床上,用被子蒙住头,哭得天昏地暗,我还以为地球要毁灭了。后来一次,他回家就让我做好吃的,我以为是立功了,结果是被调查了。"

朱林被揭了短,假装生气,道:"叫你来捧场,你却来揭短。再去炒个小菜就行了,大利不是客人,不必弄这么多菜,浪费。言归正传,我们办案只要行得正、不伸手、别犯蠢,也就不怕调查。从另一个方面来看,公安的刑事侦查活动如果不受监督,那必然会膨胀,这是有血的教训的，如果没有检察院的法律监督，侦查活动必然会出现乱象，该立案不立案、不该立案立案、超期关押、非法扣押查封、刑讯逼供，曾经都不算罕见，严重损害了公安的形象。有了检察院给我们敲警钟，实则是保护了我们干警。检察院当然也有他们的问题，被一线干警称为隔壁单位，这不是今天我们谈的重点。"

侯大利道："师父，道理我明白，只是情绪上难免受影响。"

朱林又喝了一杯酒，道："想起牺牲的黄卫，想起误入歧途的秦力，我和老姜局长能平平安安退休，安度晚年，心满意足了。"

师徒喝了半瓶酒，吃了一盆酸菜鱼，说了整整一个中午的闲话。从师父家出来后，侯大利已经心平气和。

6月30日，下午2点半，伍强回到刑警新楼。

侯大利、江克扬正在小会议室重新查看枪击案的现场图片。

伍强怒火冲天地嚷道："你们还看啥看，等到调查结果出来再说。想来寒心，我们在一线拼命，流血、流汗还要流泪，这有没有天理。"

侯大利自嘲道："还好吧，没有暂停职务配合调查，还让我继续工作。"

伍强依旧愤愤不平，道："我从山南警官学院毕业，在刑警一中队、刑警大队和刑警支队都工作过，破不了的案子多得很，潜逃的凶手再次杀人也不是没有，如果这都算玩忽职守、渎职，那刑警就没法干了。"

"事已至此，骂也无用，怕也无用，我们该做什么就做什么。强哥的资料弄回来没有？"侯大利从105专案组来到重案一组，很长一段时间都有局外人之感。联合调查组进驻后，他明显感到自己从局外人变成了局中人，与重案一组侦查员的关系融洽了。

伍强见侯大利对自己的遭遇浑不在意，暗自佩服，从包里拿出厚厚的复印件，道："东城派出所提供了龙泰公司老板和骨干的基本情况、修配厂家属院前几次与龙泰发生纠纷后的处理情况。枪击案发生后，东城所没有介入此案，不能提供更多资料。"

侯大利翻看资料，问道："龙泰公司的人不承认打过电话？"

伍强道："龙泰公司只承认派了五个人到修配厂做宣传工作，不承认给张正虎打过电话，否认在5月27日当天接触过张英。按龙泰公司副总经理的说法，搞拆迁就是走在钢丝绳上，风险很大，可以打打擦边球，真正要进监狱的事情绝不会做。没有这个觉悟，就别吃拆迁这碗饭。我觉得龙泰的说法有道理，他们的目的是碰瓷老工人，把拒绝签字的人弄进派出所关两天。就算张正虎不出现，这个目的已经达到了。"

侯大利道："我依着时间顺序复盘整个过程：第一，为逼家属院住户签字，龙泰公司派人到修配厂家属院泼粪、打人、砸玻璃，骚扰修配厂住户。第二，龙泰公司四人来到修配厂家属院，与住户起冲突，被打。龙泰公司另外派人录像，证实龙泰公司的人没有还手，是家属院住户单方面打人，这是借刀杀人。第三，在此期间，有人打电话给张正虎，进行威胁。打电话的人对发生在家属院现场的事情了如指掌，一步步刺激张正虎。最后的结局是张正虎中枪身亡，修配厂家属院住户陆续搬家。"

他拉过白板，写下"有人"这两个大字，画上着重号，道："江州二建不承担拆迁任务，杨为民做这办公室主任不可能这么傻，侮辱张英后，还让人用自己的手机给张正虎打电话。从种种迹象来看，还真有可能是有人使用了江州二建杨为民的电话。这个人有可能是龙泰公司的人，也有可能不是龙泰公司的人，得进一步调查。"

江克扬负责调查走访，了解枪击案的前后经过，补充道："我认为打电话的人不是杨为民，理由很简单，龙泰公司有强烈动机，其他单位没有。凡是负责拆迁的公司，背景都很复杂，鱼龙混杂，最大可能是龙泰公司急于完成拆迁任务，采用了下三烂手法，通过侮辱张英，彻底激怒张正虎，引诱其做出过激的事情。张正虎中枪，是下三烂手法在使用过程中的意外。"

侯大利多次到过修配厂家属院，当时只是关注枪击案本身，没有关注拆迁。如今注意力完全转了过来，回想在侦办枪击案中发现的细节，便发现事情没有这么简单，道："我为什么要提'有人'打电话给张正虎，而不敢肯定是龙泰公司的人打的这个电话，是在卷宗中有一个细节，龙泰员工和修配厂老职工发生纠纷之时，龙泰公司在外面藏了一个负责录像的人。他来到现场的主要目的是拍摄老工人殴打龙泰员工的视频，完成任务后，收起摄像机，准备离开。正在这时，张正虎冲下来打人。他意识到有大事发生，手忙脚乱地掏出摄像机时，张正虎已经中枪。从这一点可以看出，龙泰公司前面确实是碰瓷。张正虎冲下来殴打警察，藏起来录像的龙泰员工并不知道，否则不会收起摄像机。"

伍强道："我同意组长的说法，张正虎中枪是意外事件。但是，张正虎中枪前接到的电话绝非意外，而是有人精心策划。打电话的人不应该是江州二建的杨为民，要么是有人捡到他的手机，要么是有人偷了他的手机。"

江克扬仍然倾向于打电话的人是龙泰公司的人："钱所长刚要把老工人和龙泰员工带走，张正虎就接到了电话，配合得非常好。龙泰公司不是白莲花，很多事情都是精心策划的。龙泰为了确保碰瓷成功，或者说增加碰瓷的强度，应该是上了双保险，张正虎就是另一道保险。可以这样说，龙泰公司的双保险实施得相当成功。如果还有另外的人参加此事，则有太多偶然因素会导致计划失败。组长和老伍想得过于复杂了，绝对是龙泰，没有所谓的'有人'。"

在江克扬阐述之时，侯大利忽然间有些出神，思维如孙悟空，翻了个筋斗云，从此案跳到了黄大森爆炸案。他在脑中捋了捋与黄大森有关的线索：黄大森与本地贩毒网络没有关系，却在其房间里找出大量毒品，毒品从何而来，极有可能就是竞争对手搞事。新琪公司老板朱琪是黄大森的主要竞争对手，黄大森跑路，朱琪获利巨大。这次枪击案，最终获利的公司中也有新琪公司。

想到这里，侯大利取过小笔记本，记下自己刚才的思路，在朱琪名字上打上着重号。他刚合上笔记本，外出调通信记录的马小兵和袁来安来到侯大利办公室。

马小兵拿出电话记录单，道："我们又到电信局去了一趟，张正虎手机上最后一个通话号码确实是江州二建办公室主任杨为民的。杨为民在5月27日下午3点办了挂失，重新开了卡。在5月27日上午，杨为民手机一共有十四个未接电话，一共打出去两个电话，除了给张正虎打电话外，还在上午9点17分给一名叫杨家政的人打过电话。杨家政是杨为民的父亲。从调查的情况来看，杨为民没有说实话。"

虽然侯大利、江克扬和伍强都认为杨为民打电话的可能性不大，但是分析归分析，在侦办案件中必须根据查到的线索往下追，如果分析与线索不协调，那就得改变分析，而不是根据分析去质疑线索。

"既然杨为民没有说实话，那就以此为突破口，深查。"

侯大利略略想了想，道："第一，我和老克到长青，调查杨为民在5月27日早上9点17分打的第一个电话，要确定是不是杨为民本人所打。第二，杨为民自述在5月26日晚与邱宏兵一起喝酒，马儿和老袁去调取酒吧以及杨为民居住地附近监控视频，确定杨为民26日、27日行踪。另外，老工人文化宫南门附近没有监控，可是小面包车进入或离开南门就得进入主公路，主公路安装有监控。从张正虎接到的最后一个电话可以推导出小面包车离开南门的时间，还要查找这段时间的视频，追踪小面包车。第三，张英自述南门附近没有人，但南门毕竟是公共场所，距离南门稍远的地方有门店，极有可能存在张英没有发现的目击者，在这方面我们是有实际经验的。伍强去请求东城所支援，和熟悉当地情况的民警一道逐家调查走访。"

伍强叫苦道："又是我一人单独行动。"

"你在江阳刑警中队和大队都工作过，和东城所最熟悉。戴所对我们的事情非常支持，应该不会有阻力。"

伍强是重案一组四人当中身材最棒的，肩宽腰细，五官立体，很有男子汉气概。他又是四人当中最有亲和力的，自来熟，很容易取得别人的信任。正因为其有这方面的能力和特点，侯大利总是将其单独列为一组。

会议后，各组分头行动。

江克扬的父母都是铁路职工，一辈子都在铁路上工作，是典型的铁路之家。若不是工作出色，练出了一双神眼，此刻依然会在铁路派出所。他并非科班出身，全靠在基层历练的一身本事，其优点恰好是侯大利的弱点。两人这段时间经常搭档，配合默契，渐渐亲近起来。在前往长青县的途中，江克扬问道："大利，我有个问题一直想要问你，难道你就准备一直在重案大队干下去？"

侯大利道："为什么突然想起这个问题？"

江克扬道："刑警对于我、老伍、马儿、老袁是养家糊口的职业，工资是我们家庭收入的半壁江山，甚至是大半壁江山，再苦再累都得干。再加上职业荣誉感和自豪感以及相应的社会地位，当刑警总体来说还算不错的工作。你和我们终究不同，难道要一直做侦查员？"

侯大利道："你这是灵魂之问，我暂时无法回答。最起码，现在还没有退出的打算。那我问你，你的职业目标是什么？"

江克扬道："我的职业目标很简单，做好工作，出成绩更好。重案大队个个都是人精，升职太难，熬几年，在区刑警大队或者其他部门任个职，这辈子也就差不多了。"

侯大利道："我也说个现实目标，至少要等到杨帆案水落石出。"

江克扬道："晚上就别安排了，我老婆从农村弄了点土货，约上马儿、老伍和老袁，一起喝酒。"

谈话间，两人来到长青县。在长青城关派出所民警的陪同下，找到了杨家政。

杨家政白白胖胖，和照片中的杨为民极为神似。他见到派出所民警也不拘束，挨个儿发了烟，笑呵呵地道："你们有什么事情，还专门跑一趟，直接给我打电话，我到派出所去。"

派出所民警聊了一些杂事后，江克扬很自然地接过话题，道："老杨，有个小问题，5月27日上午9点17分，杨为民是不是给你打了电话？"

杨家政拿出手机，翻了翻，道："嗯，有一个电话，是老大打过来的。"

江克扬道："杨为民是老大？"

杨家政道："是啊，为民是我大儿子，是他给我打的电话。"

江克扬追问道："是杨为民打的电话？"

杨家政道："确实是为民打的。"

江克扬道："你们聊的啥事？"

杨家政道："都是些家长里短的事，我要盖房子，准备修成什么样式。这是我们家的大事，这段时间打电话，我们主要谈这事。"

江克扬笑道："杨为民本来就是搞建筑的，有他把关，房子应该会盖得很气派。"

杨家政乐呵呵地道："老大拿了图纸过来，说是要按照图纸来盖。我们商量好，老大出材料，老二出力，我出工钱。"

江克扬道："5月27日上午，你们父子俩通电话，杨为民喝醉酒没有？"

杨家政道："大清早，哪个喝酒哟。我家老大从来没有在早上喝酒的习惯。你们今天过来，就是问这个电话吗？杨为民是不是出事了，你们要给我说。"

江克扬含糊地道："没大事，就是了解下情况。"

通过与杨家政见面，验证了一个非常重要的事实：杨为民在5月27日上午9点17分与其父亲有过通话。

侯大利和江克扬返回刑警新楼不久，马小兵和袁来安带回5月25日、5月26日、5月27日和5月28日金色酒吧的内部视频，以及杨为民5月26日的晚餐视频和居家附近的视频。

金色酒吧位于金色天街，两者都冠以金色名字，但并不属于一家。金色酒吧属于新琪公司，金色天街则是金家的产业。

5月26日当晚10点的视频有四个角度，基本上覆盖了酒吧的各个方位。

第一个角度的视频正对舞台方向，舞台上一个女人穿着吊带和短裙，大声喊"Are you ready（准备好了吗？）"，随着音乐响起，舞台两边射出五彩纸条，灯光闪烁起来，形成了能让肾上腺素上升的特殊氛围。

看见台上领舞的女子，侯大利立刻瞪大了眼睛。那女子是吴煜案中的重要人物肖霄。在吴煜案里，肖霄作为受害者出现，总是一副怯生生的模样，说话时还爱流眼泪。此刻站在舞台上，她身穿小吊带，裙子包不住屁股，身材火辣，表情狂野，非常时尚，与当日形象有着巨大反差。

两曲舞罢，肖霄离开舞台。

第二个角度的视频正对大厅，在10点31分，二建老板邱宏兵和五个男子走进酒吧，杨为民应该是熟客，走到最前面，不断跟人打招呼，带着邱宏兵等人来到舞台对面的一个大卡座。他们坐下约十分钟，半小时前还在舞台热舞的肖霄出现在监控视频中。肖霄已经去掉热辣装扮，换上寻常的T恤和牛仔裤，坐在邱宏兵身边。

从神态上来看，肖霄和邱宏兵非常亲密。肖霄身体紧靠邱宏兵，还将头靠在邱宏兵肩膀上，一副小鸟依人的模样。邱宏兵左手搂着肖霄的腰，不时上下抚摸。一起喝酒的男人们对邱宏兵和肖霄的动作熟视无睹，说说笑笑，互相敬酒，好不热闹。

肖霄在吴煜案中有着极为特殊的作用，与其周旋的男人都没有好下场，李友青惹上一堆麻烦，吴煜横死街头，施文强难逃一死。正因此，侯大利将视线集中到肖霄身上。

快进视频，从这个角度的视频能看到在凌晨1点左右，邱宏兵等人离开卡座。

从视频来看，六个男子中有一人没有喝酒。

第三个角度的视频正对前往卫生间的通道。

在11点40分时，邱宏兵和肖霄一起去卫生间。走道灯光相对昏暗，肖霄抱住了邱宏兵。两人靠在墙角接吻，非常投入，身边走过数人都没能干扰他们。随后，两人分别进入了卫生间，邱宏兵出来后，在墙角站了一会儿，等到肖霄出来，两人搂搂抱抱走回卡座。

凌晨0点23分，杨为民出现在通道上，站在通道上打了一个电话。

第四个角度的视频是在大门口。

进门时，时间在10点31分，杨为民走在最前面，邱宏兵被诸人簇拥。

离开时，是凌晨1点22分，未喝酒那人走在最前，其他的人都明显带有醉意，走路不稳，东倒西歪。肖霄搀扶着邱宏兵，站在酒吧门口。一分钟左右，车灯闪起，肖霄和邱宏兵上车，坐在中间位置。杨为民坐在副驾驶位置。随后，商务车开走。其他几人则纷纷乘坐出租车离开。

侯大利拿出小笔记本，写下感受：邱宏兵和肖霄关系暧昧。从现场表现来看，邱宏兵敢当着诸多员工的面与肖霄有亲密动作，说明一起喝酒的员工都是其嫡系，不会把这事传到张冬梅耳中。

另外还有一个疑问：杨为民在0点23分时还在打电话，上午9点多还与其父亲通了话，他的手机是什么时候丢失的？

放下笔记本，他反复查看四个角度的视频。

"伍强有意外收获，查到面包车的踪迹了。"江克扬走到门口，轻轻敲了敲门后，推门而入。

侯大利道："啊，这是好事，你先看酒吧的监控视频。"

看完杨为民在走道上打电话的片段后，他又指着视频道："你看得出这个女子是谁吗？"

江克扬摇了摇头，道："没看出来。"

侯大利这才想起吴煜案是由张国强探组经办，江克扬并不熟悉肖霄，介绍道："吴煜案中的肖霄，在吴煜案中打扮得很保守，在舞台上就彻底江湖了。肖霄和邱宏兵关系密切，很有意思啊。"

江克扬道："这个女的混夜场，与邱宏兵这种大老板周旋，不是很正常吗？这就是欢场的现实，一个爱钱，一个贪图年轻女子，逢场作戏罢了。"

侯大利道："肖霄绝非表面看起来那么单纯，她心机很深。等会儿我给你细说此案。我先来说邱宏兵。邱宏兵能崛起全靠岳父张大树，邱宏兵在公共场合和肖霄如此亲密，难道不怕被岳父知道？张大树可以纵容自己的儿子在外面胡来，绝不可能纵容女婿在外面胡来。"

"有钱人的世界，还真是混乱。伍强和派出所民警去走访，发现一个餐厅二楼里有监控，有一个探头对准门口街道。"江克扬插了一个硬盘到电脑插口，电脑里显现出来餐厅的监控画面。这家餐厅生意火爆，这些年在建设监控系统上投了不少钱，监控探头的清晰度很高，能看清楚开车人的面容。

一辆面包车在5月27日上午10点47分出现在监控探头里，从中山大道向西开去。江克扬暂停了视频，指着画面道："这个监控探头恰好位于十字路口上，从南门出来的车，如果向西行，必然经过这个监控探头。如果向东方向在这个时间段没有面包车经过，出现在镜头里的这辆车最有可能就是用来作案的车辆。"

侯大利道："看得清车牌。"

江克扬道："已经查过，车牌是假的。整个江州有接近一万辆江州牌照的面包车，这辆车有七成新，没有特殊的痕迹。换了车牌后，可以大摇大摆上路。唯一有价值的线索在驾驶员手臂上。"

副驾驶位置没有乘客，驾驶员戴着帽子，看不清相貌。他穿着短袖，手腕处有一处文身，应该是刻了一个字。监控视频虽然很清晰，由于面包车在行驶中，一晃而过，无法辨认手腕上是什么字。

侯大利用放大镜看了一会儿，道："太可惜了，看不清楚是什么字。这也是一条重要线索，下一步要继续追查。我们当下的重点目标是杨为民，5月26日晚上12点后，杨为民用手机打电话。5月27日早上9点后，杨为民还用手机和其父亲通了话。而在杨为民第一次的自述中，5月27日上午他一直在家睡觉，醒来后发现手机丢失。这人不老实，说谎。"

6月30日，下午4点30分，江州二建的电话机主杨为民被带到刑警新楼的办案区。杨为民是典型办公室主任长相，微胖，肤白，眼皮微微浮肿，面对两位警察时满脸无辜，还没有等警察开口，主动道："警官，我一个月前就讲了，我的手机是真掉了。"

这一次，江克扬负责询问，侯大利做记录并观察。

江克扬态度和蔼地道："今天还有些事情，需要你核实，谢谢配合我们的工作。"

杨为民翻了翻眼皮，道："我肯定配合，希望你们动作快点，我是二建办公室主任，事情多得很。"

江克扬道："5月27日上午，你在做什么？"

杨为民道："5月27日，我请假休息。"

江克扬道："一个月前的事情，你记得这么清楚？"

"我要写工作日志的。5月26日晚上，我喝醉了，第二天睡到中午才起床。起床发现手机不在，办公室也没有，便在下午去办了挂失。"杨为民在江州二建当了多年办公室主任，社会经验丰富，这次到刑警大楼的询问区，意味着自己没有犯大事，但是对方出示了询问通知书，很正式，这让他心生忐忑，又问道："警官，你们一直在问我的手机，到底为了什么事情？"

　　江克扬没有回答这个问题，继续发问道："5月26日晚上，你在做什么？"

　　杨为民道："我刚才说过了。"

　　江克扬道："和谁喝酒？"

　　杨为民道："5月26日晚上，我们办公室聚餐喝酒，在金色天街的江州私房菜，邱老大也参加了，有七个人参加，可以互相作证。后来，我们又到金色酒吧喝酒，喝完酒，我就回家了。参加的人多，这个说不了谎。"

　　江克扬道："在5月27日上午，你打了几个电话？"

　　杨为民道："我醒了后就没有找到电话，一个都没有打。"

　　江克扬道："你是怎么回家的？"

　　杨为民道："公司司机小章没有喝酒，送邱老大回家后，小章再送我回家。我睡到第二天中午才起床，起床后，我到楼下吃了豆花饭，要了一个肥肠笼子。楼下老板可以为我作证。"

　　江克扬道："豆花馆叫什么名字？"

　　杨为民道："长青豆花馆，老板姓杜，我们都喊他杜二娃。"

　　江克扬道："你是几点去吃豆花饭的？"

　　杨为民道："1点多吧。我去吃饭的时候，豆花馆没啥人了，只剩了一笼肥肠。"

　　江克扬道："你是什么时间发现手机丢失的？"

　　询问室设置得和寻常会客厅接近，这和讯问室不一样，没有特意制造出严肃紧张的气氛。杨为民用很无奈的声音道："警官，我刚说过吧，我是中午起床后发现手机丢了，司机小章特意在车上找了，又到我办公室找了，都没有找到。你们不相信，可以问小章。正因为没有找到，我才去挂失的。"

江克扬不动声色地道："5月27日上午，你的手机上有一个通话记录，号码是××××××××××，这个电话号码你有印象吗？"

杨为民用手抓了抓头发，道："警官，我真不知道这个号码。我手机丢了，肯定有人捡到了我的手机，然后打了这个电话，和我半毛钱关系都没有。"

江克扬再问："你平时使用几部手机？"

杨为民苦着脸，道："警官，我就是一个打工的，能用几部手机？我只有一部手机，就是丢掉的那一部。"

江克扬清了清嗓子，准备进入"核打击"阶段，道："你说手机掉了，是5月26日晚上掉的，还是5月27日上午？"

杨为民很无奈地摊了摊手，道："我那天喝得烂醉，断片儿了，真不知道手机什么时候掉的，多半是在酒吧掉的。"

江克扬道："我们调取了酒吧录像，你在5月27日凌晨0点还在打电话。你看一看视频，再想一想。"

看罢视频，杨为民道："我想起来了。我是给我老婆打电话，她在阳州，每天都要查岗。"

江克扬道："那在5月27日上午，除了××××××××××这个号码，你还给其他人打过电话吗？"

杨为民赌咒发誓道："我睡醒都是中午了，绝对没有打过电话。"

江克扬用轻蔑的眼神瞧着杨为民，道："那我给你看一张从电信开出来的通话记录，你给我解释清楚。"

面对与父亲的通话记录，杨为民摸着头，百思不得其解，想了半天，道："我应该没有和我爸打过电话，肯定是捡到电话的人误打的。"

江克扬道："你的手机和你父亲通话了接近四分钟，讨论了如何修房子。你要怎么解释？"

杨为民这才恍然大悟，道："难怪我爸给我打了一个莫名其妙的电话，问我出了什么事，原来你们已经找了我爸。"说到这儿，他激动起来，道："你们平白无故折腾我，不仅折腾我，还要去折腾我父亲。是泥人也有点土脾气，你们不给我一个说法，我会找你们领导要个说法。"

江克扬又询问了一些细节后，结束了与杨为民的谈话。

马小兵和袁来安接到电话后，放下手里的事，找到了江州二建的司机小章，核实杨为民所言。经调查，小章证实：在5月27日凌晨，他先后送邱老大、杨主任回家。5月27日中午，他接到了杨主任的座机电话，在车上和办公室都查看了，没有找到杨主任的手机。

马小兵和袁来安随即来到杨为民楼下的长青豆花馆，核实杨为民行踪。经长青豆花馆老板回忆：杨为民确实在5月底的一天，在中午来吃过豆花饭。杨为民一般是在早上去豆花馆，只有那天是在中午过来，所以有印象，但无法准确回忆是哪一天。

所有能够找到的证据串起来，基本确定杨为民在说谎。

即将下班之时，张小舒来到侯大利办公室。

"李主任给我详细讲了二道拐黑骨案，你是冤枉的。为什么受伤害的都是在一线冲锋陷阵、流血流汗的基层警察，先是钱所长，现在又是你。"张小舒坐在办公桌对面，声音充满愤激。

"你找我，为了这事？"

"是的。由你这事，我联想到自己，若是在尸检中出现失误，是不是也会被追责。如果问题是疏忽大意，那我还能接受；如果问题是知识水平达不到，被追责就很冤枉。"

"收到实名举报信，成立联合调查组，这是很正常的操作。"

"难道你就不感到委屈？我听到此事很气愤。如果联合调查组得出了不利于你的结果，你怎么办？"

这是侯大利反复思考过的问题，尽管问心无愧，可是若是真出现了不愿意看到的结果，是忍辱负重，还是甩手走人，必须有所选择。他想了想，很正式地回答道："只要不开除我，在现阶段，我还得留在警察队伍里。"

江克扬来到门前，敲了敲门，道："我们准备出发了。张小舒别走啊，到我家吃饭，没有其他人，都是一组的兄弟。"

为了联合调查组的事情，张小舒特意来安慰自己，侯大利也就不能继续摆出拒人于千里之外的姿态，道："走吧，一起去。"

半个小时后，一行人来到江州铁路家属院。江克扬妻子张静下厨，弄了满满一大桌子菜，摆上了珍藏十几年的好酒。

马小兵闻到香味，哇地叫了一声，道："还有泡椒爆炒鳝鱼片，这是我的最爱。"

张静热情地要把侯大利让到主位。侯大利道："今天是家宴，按年龄大小坐位置，我不能坐主位。"

张静拉着侯大利的胳膊不松手，道："侯组长必须坐主位，如果不是你，我们家娃儿怎么能读到朝阳西城小学。娃儿读书是最大的事情，这是帮了我们很大的忙。"

马小兵、伍强、袁来安、张小舒四人这才知道今天晚餐的另一个主题。

等到侯大利落座后，张静又道："小舒妹妹是第一次到家里来，坐到上面来。"

张小舒推托不了，坐在侯大利身边。

一大桌子菜都以江州菜为主，花椒、辣椒雄霸全席，香气浓郁。

江克扬开了一瓶酒，倒了五杯，道："今天这杯酒是两个意思：一是感谢组长帮忙，让娃儿能进入朝阳西城小学；二是组长被调查，我们都不服。不服归不服，现在还只能等结果。哥几个和张小舒今天就陪组长喝几杯。"

侯大利豪爽地道："什么都不说，干一杯。"

江克扬心细，为张小舒要了一瓶饮料。张小舒举起饮料瓶，和重案一组的糙汉子们重重地碰了杯。糙汉子们高高兴兴喝酒，不知不觉又谈起各自遇到过的疑难怪案，气氛热烈。

张小舒觉得喝饮料没有劲头，要了一碗白米饭，泡上酸汤，吃得醋畅淋漓。吃了两碗饭，她才放下碗。

第五章
湖州人的磁性声音

7月1日,早会。

各组汇报了调查情况后,侯大利道:"拆迁是龙泰公司负责,龙泰公司仅仅碰瓷,没有触碰犯罪的底线。江州二建办公室主任杨为民做的事则是涉嫌犯罪。老文化宫南门,面包车中出现的四人从路线选择到把母子弄上车,时间精确,手法专业,分明就是一伙老手。他们精心做了一个局,然后又留下一个能让我们必然查到的大破绽,这讲不通。除非,这个大破绽是故意留下来的。"

在侦办黑骨案、碎尸案和吴煜案后,重案一组的所有侦查员都认可了"侯大利就是神探"。侯大利之所以是神探,核心原因是其看问题的深度和广度都非同一般,这是工作细致的结果,是刑侦知识积累的结果,也是天赋的体现。当侯大利提出线索中出现的矛盾点后,诸人都沉思起来。

侯大利又道:"我也想不出到底哪里不对。既然查出杨为民在说谎,那就暂时不考虑整个事件中存在的疑点,按程序把杨为民带过来询问。同时开搜查证,搜查杨为民的住所和办公场地,查找与张英有关的照片,寻找相机。"

按照江州市搜查制度,老克探组根据办案需要,确定了搜查对象与范围,制作《呈请搜查报告书》,按程序送给领导签字。

走搜查流程时，杨为民再次被带到刑警新楼办案区。

杨为民情绪激动地对两位警官道："你们不能三番五次让我过来，我还要工作，我的工作很重要。"

侯大利看了杨为民一眼，低头，打开笔记本。

杨为民感觉年轻警官的眼神如刀锋一般，在自己脸上轻轻划了一下，皮肤似乎一下就绽开了。他下意识地朝后缩了缩，气势不由得降下来，赔笑道："警官，我很配合工作，说的都是实话。"

江克扬又问了一些细节。杨为民的回答和掌握到的情况基本一致，完整勾勒出杨为民在5月26日晚上和27日上午的活动细节。

马小兵拿到了搜查证，来到询问区。

"我一直在忍你们。我到底犯了哪条王法，要给我说清楚。"杨为民看到搜查证，忍无可忍，终于翻了脸。

侯大利道："我们是依法搜查，请你配合。如果不配合，那我们就强制搜查。"

杨为民想拍桌子，手举在半空，又落了下来。他垂头丧气地跟在几名警察身后，前往江州二建办公室。

即将到达江州二建办公室时，杨为民的脸变成猪肝色，道："江警官、侯警官，为什么要搜我的办公室，你们到底想要搜什么？古时候就算杀人也得说明罪行，你们真是太过分了。这事我不会罢休，要找律师告你们。江州二建背靠大树集团，好歹也认识几个人。"

几个警察都没有说话，冷冷地看着他。

进入江州二建办公楼五楼，杨为民见大老板邱宏兵的房门紧闭，暗自松了一口气。副总经理肖红出现在面前之时，杨为民结结巴巴地道："肖总，我真不知道怎么回事，莫名其妙，警察总是找我。"

肖红高傲地扬了扬下巴，道："不做亏心事，不怕鬼敲门，公安依法搜查，我们必须配合。"

办公室的小李出现在走道上，探头探脑地张望。

杨为民一股无名火正无处发泄，道："你来凑什么热闹，回办公室去。"

肖红道："你吼什么吼，我和小李都是警方叫过来的见证人。"

江克扬、马小兵负责搜查办公室，伍强和袁来安则到楼下搜查商务车。

杨为民办公室有一排上锁的铁皮柜，钥匙放在上了锁的抽屉里。马小兵打开铁皮柜，在铁皮柜里发现了一台相机，还有一个信封，打开信封，里面有十几张照片，全是张英的裸照，各个角度都有。

看见裸照，肖红气得浑身发抖，挥手扇了杨为民一个耳光，道："你这个衣冠禽兽，和你一起工作，我恶心。"

望着照片，杨为民不停地揉眼睛，双腿发软，喊道："冤枉，真是冤枉，有人在陷害我。"

侯大利指着相机道："这是不是你的相机？"

杨为民脸上肌肉不停地颤抖，道："是我的相机。有人在陷害我，肯定有人陷害我，肖红，是不是你这个贱货？肯定是你，你他妈的不得好死。"

侯大利打开相机，看了看里面的内容，裸体照片仍然存在里面。

肖红满脸嫌弃，道："我不想和你说话，你这个死变态。"

发现了张英的裸照，这就意味着张英受侮辱是真实的，可以立案，为张正虎找回公道算是大大进了一步。侯大利仍然觉得此事大有蹊跷，脑中竖起了一排排问号。

杨为民再次来到刑警新楼，这一次不再进入询问室，而是直接进入讯问室。询问室布置得如同一般会客室，讯问室的椅子则对被讯问人有约束。

"我比窦娥还冤枉，警官，有人陷害我。"杨为民坐在椅子上，一副可怜巴巴的样子。

询问是以江克扬为主，讯问则以侯大利为主。

走完必要程序后，侯大利道："江州二建，有谁是湖州人？"

杨为民道："老板邱宏兵是湖州人，下面员工也有湖州人。"

侯大利道："5月26日晚上，你和谁在一起喝酒？"

杨为民道："我说过好多遍了。"

侯大利用手指敲了敲桌子，道："杨为民，你要认清楚形势，前两次是叫你过来询问，这一次是讯问，你明白询问和讯问的意义吗？"

杨为民垂头丧气地道："那天晚上，我们公司员工在一起喝酒，具体有邱宏兵、小章……"

与张正虎通话的手机是杨为民的手机，说话人是湖州口音，而邱宏兵恰好又是湖州人。侯大利不太相信邱宏兵这种级别的老板会赤膊上阵，这非常不合情理。但是，证据已经指向了邱宏兵，必须调查。

江克扬找理由和邱宏兵通了话，通话之时，特意录了音。随后，老克探组又在刑警大楼四处找湖州人，终于凑齐了九个湖州人。每个人都录了一段话，和邱宏兵说的是相同内容。

张英来到派出所后，听到第七份录音材料后，激动起来，道："我听到的就是这个人的声音，绝对是他，声音很特殊。还是湖州口音，很好辨认。"

第七份录音材料是邱宏兵的声音。

侯大利道："暂时不要下结论，听完再说。"

听完十份录音材料后，侯大利打乱了播放顺序，听到第四份材料时，张英道："就是这人的声音，绝对是。"

第四份材料正是邱宏兵的声音。

侯大利道："江州有很多湖州人，你确定是他？"

张英道："肯定是他。这人声音低，非常浑厚。"

邱宏兵声音富有磁性，辨识度很高，张英坚持认为录音中的声音就是当天威胁自己的那人的声音。

从理论上来说，不管是嫌疑人、受害人还是证人，受到案发时的环境、人员、物品、光照等多种因素的影响，加上时间流逝产生的记忆流失，其主观判断会发生偏差，还会出现多次描述不一致的现象。张英认定打电话者是湖州口音，这只是她一个人的看法，有可能出现误差。

张正虎使用的是老年山寨机，声音很响，当时坐在其对面的李强听到了对话内容。

江州市看守所，李强被带到提讯室。冲动是魔鬼，张正虎一时冲动，持铁锹打断了一名龙泰公司员工的手臂，又追打正在执法的派出所民警，结果中枪身亡。李强本人用菜刀砍伤了正在执法的民警，导致民警张勇缝了十几针。如今他失去自由，每天在看守所监舍里度日如年。

侯大利隔着铁栅栏注视萎靡不振的李强，道："张正虎接到电话的时候，你听得到电话声音吗？"

李强多次回答过这个问题，有些心烦，只不过人在屋檐下，不得不低头，道："张正虎用的是老年人手机，声音大得很，我坐在他对面，听得清清楚楚。"

侯大利道："打电话那人是什么地方的口音？"

李强有些张口结舌，道："你不问我打电话那人说的是什么内容吗？"

侯大利强调道："打电话那人是什么地方的口音？我问的是这个问题。"

这是发生在一个月前的事情，李强反复回忆那个引起张正虎怒火的电话内容，多次强化后，至今仍然将听到的电话内容记得清清楚楚。这一次来提审的警官不按常规出牌，问起电话里的声音是什么口音。李强苦苦思索了一会儿，道："好像是湖州口音。"

侯大利道："你确定？"

李强道："我想起来了，确实是湖州口音。"

听罢十份内容相同的录音后，李强苦着脸道："时间隔得太长，我又没有贴着耳朵听手机，除了湖州口音非常明显以外，其他我真不晓得。"

侯大利道："你试着挑一份最最接近的。"

李强道："第三份有点接近。"

第三份正是邱宏兵的声音。

第二次辨认时，李强挑出的声音还是邱宏兵的声音。

猥亵案中，电话号码是二建办公室主任杨为民的，从杨为民办公室搜出了张英的裸照。如今李强和张英从十份录音中挑出了打电话者的声音。这两条线索出来后，邱宏兵带着办公室主任杨为民以及帮凶限制张英的人身自由并猥亵的画面就跃然而出。

侯大利还是百思不得其解：为什么二建老板邱宏兵会做出如此傻事？

邱宏兵是江州二建老板，江州二建是大树集团旗下企业。侯大利努力回想母亲过生日时的来宾中是否有大树集团的人，想了一阵，脑中没有任何印象。当天他遇到了初中时代的朋友李秋，注意力全部集中在"谁给李秋打电话"这事上，根本没有在意来宾有谁。他原本想给夏晓宇打电话询问，想了想，拨通宁凌的电话，问道："我妈过生日那天，客人中有大树集团的人吗？"

宁凌的笑声传了过来，道："有啊，大树叔还和你说过几句话。"

侯大利道："说过吗？"

宁凌道："大树叔和干妈关系挺好的，都是从江州出来的企业家，时常走动。当时你确实有点心不在焉，不过伪装得不错，大树叔应该没有发现。我和你熟悉，看得出你在走神。现在看来，果然在走神。"

侯大利道："你认识邱宏兵吗？"

宁凌道："认识啊。我们时不时在一起开会。"

侯大利道："他是湖州人吧，这人啥情况？"

宁凌道："邱宏兵是帅哥，学音乐的。确实很帅，比你还要高一些，一米八四，娶了大树叔的女儿张冬梅。"

侯大利道："这人什么性格？"

"很风趣的一个帅哥，才华横溢。他能执掌二建，依靠了张家，所以，在家中有些软。山南耙耳朵本来就多，也不奇怪啊。"宁凌原本想说"张冬梅是大树集团的公主，素来强势"，想起了侯大利在国龙集团的身份，把后面的话省掉了。

侯大利打电话素来很短，几句话说完就挂了电话。宁凌正准备等着侯大利挂电话时，没有料到侯大利没有挂电话，居然在电话里寒暄了一句"你和我妈在湖州的工程怎么样"。宁凌坐在窗边，望了望不远处的湖州广场，道："国龙集团与湖州市的关系不错，有两个分厂设在湖州工业园区，是纳税大户。我们携巨资过来投资建设国龙广场，他们肯定欢迎。"

侯大利道:"两个广场这么近,能通过规委会吗?"

宁凌道:"已经通过了,否则干妈也不会亲自来指挥。"

"我妈开心就好。"侯大利对母亲做这件事情很无语。

与宁凌一番对话后,侯大利对邱宏兵有了基本了解。在张英最初确定电话录音是邱宏兵之时,他并不是太相信,毕竟"耳听为虚"。宁凌介绍邱宏兵是学音乐的,联想到张英所言湖州口音很有磁性,还真有可能是邱宏兵在说话,这让他更感疑惑。在向陈阳汇报案情前,他与江克扬再次分析此事。

侯大利道:"如果只是杨为民,虽然别扭,也还可以承认。邱宏兵是江州二建老板,大树集团大老板的女婿,他这种身份会亲自下场做这种事?张英的手机放在小皮包里,为什么邱宏兵要冒傻气,用杨为民的手机和张正虎通话?我感觉有人故意把我们的目光引向邱宏兵。"

江克扬道:"有人?是谁?"

侯大利道:"我不知道,没有想明白。不管背后是否有人,我们找到这么多线索,肯定要沿着杨为民和邱宏兵这条线查下去。查下去两个结果:第一,确实是他们做的,他们要受到严惩;第二,如果不是他们做的,那就得找到陷害他们的人。"

江克扬完全支持侯大利的想法,不管此事有多么不合情理,既然查到了这些线索,那就得沿着线索往下查,查到最后,总会水落石出。

支队长陈阳听完汇报,双手抱着后脑,靠在椅子上,思考了一会儿,道:"邱宏兵不是一般的人,他的岳父在江州有很多投资。虽然王子犯法与庶民同罪,可是还得考虑对整个社会的影响。目前找到了裸照,可以立案。没有确凿证据之前,不要动邱宏兵,一定要慎重。"

初查结束,正式立案。

事情涉及邱宏兵,侯大利准备与夏晓宇深入聊一聊。夏晓宇是江州商界老江湖、万事通,只要涉及商界之事,几乎都略知一二。

十几分钟后,侯大利来到夏晓宇办公室。

夏晓宇办公室有一百多平方米，清一色新中式家具。新中式家具是在传统美学规范之下，运用现代材质及工艺演绎传统文化中的精髓，拥有典雅、端庄的中式气息，同时具有明显的现代特征。

"晓宇哥，换家具了？品位不错。"

"以前喜欢欧式风格，觉得洋气。这些年发现还是老祖宗的东西好用。听说你被调查了，滋味怎么样？"

"不怎么样，也就那么回事。如果我真有严重问题，早就被停职了。"

"既然都被调查了，还待在公安局做什么，辞职回来。国龙集团正是用人之际，我们这批人终究要老，你回来正可以发挥作用。"

"再说吧。"

"你先喝杯茶，我有件事得处理，处理完了就过来。"

办公室隔壁就是茶室，侯大利刚刚落座，以前见过面的那名茶艺师就走了进来。茶艺师气质典雅，举止轻柔，泡茶动作行云流水，韵律感十足。窗台檀香散发清香，藏在角落的音响播放琴曲。琴声与清香共同营造出特殊的意境。

侯大利接过一小杯茶，入口带着淡淡山茶香。茶艺师话很少，也没有刻意面带微笑，就安安静静地泡茶。

侯大利喝完三杯茶，夏晓宇这才过来。

"今天晚上没有任务吧，跟我到湖州去一趟，看一看你妈和宁凌。明天一早，回来上班。"夏晓宇接过茶水，朝着茶艺师微微点头示意。

江湖高速修通后，隧道穿过巴岳山，从江州到湖州只需要一个小时。侯大利这段时间都在忙案子，白天调查走访，晚上看卷宗，生活如苦行僧一样。他听了夏晓宇建议，犹豫几秒，点头同意。

"晓宇哥认识邱宏兵和张冬梅吗？"

"怎么不认识，以前还差点和张冬梅谈恋爱。张大树听到这个消息，指着我鼻子臭骂一顿，说我老牛吃嫩草，叔叔勾引小侄女，逼着我和张冬梅分手。我哪里老嘛，只比张冬梅大二十岁，郎有情妾有意嘛。我们在一起是张冬梅主动，她觉得我是气质大叔。张大树脾气不好，但为人仗义，他发了话，我只能顺水推舟与张冬梅分手。为什么顺水推舟，张冬梅这人特别浪漫，浪漫得让我都受不了。正在想脱身之计时，张大树就找了过来，所以顺水推舟。张冬梅骂我尿，也就将我从她的情人降级为朋友。说实话，张冬梅是一个非常特别的女人，以自我为中心，活在自己的世界里。她其实挺优秀，是个很好的画家、很棒的摄影家。"

"张冬梅为什么嫁给了邱宏兵，邱宏兵有什么特点？"

"邱宏兵以前是搞音乐的，当过流浪歌手，有自己的工作室。音乐和美术都是艺术，有共通的地方。邱宏兵长得非常帅，又放荡不羁，张冬梅本来就是追求浪漫的女人，嫁给邱宏兵是顺理成章的事。"

"后来怎么样？"

"后来，邱宏兵成为大树的女婿，再后来，邱宏兵接了二建那一块业务。"

"邱宏兵和张冬梅的感情如何？"

"想听实话吗？自从加入大树集团后，邱宏兵就成为商人，和我一样的商人，身上沾满了铜臭味，得面对现实世界无穷无尽的烦心事，还能浪漫得起来吗？我和女人交往时，很多女人都认为我很浪漫，实际上浪漫对我来说是一种手段，真实的我全无浪漫可言，就是喜欢女人，见异思迁，喜新厌旧。张冬梅是真正追求浪漫的人，邱宏兵成为商人后，注定不讨张冬梅喜欢。他们到现在还没有离婚，是个奇迹。"

"你现在还和张冬梅有联系吗？"

"我们当不成恋人，还是不错的朋友。今年在春节见了一面，还挺想她的。"

夏晓宇随后拨打了张冬梅的电话，电话中传来"你拨打的手机已关机"的提示音。

"冬梅为人随性，比我还要随心所欲，想关手机就关手机。我给她在QQ留言，她看到肯定要回我。"夏晓宇道，"冬梅除了画画以外，还喜欢摄影，作品发在微博上，人气很足。她是真有才气，有时表现得不像个凡间的人，像个妖精。"

侯大利道："她的微博用的是什么名字？"

夏晓宇道："随风而飞的冬梅。我觉得你应该见过她的，张大树和你爸关系不错，两家人也常在一起走动。冬梅比你要大个四五岁吧。啊，她也满三十了。"

聊了一会儿，茶艺师接到电话后，道："晓宇哥，车到了。"

这是一款比二建邱宏兵所使用的商务车更为高档的商务车，车旁站了两个女子：一人是江州电视台的主持人肖婉婷，另一人是曾经见过面的江州学院的林风。夏晓宇年过五旬，身材保养得很棒，与肖婉婷热烈拥抱之后，再和林风礼节性拥抱。

从江州到湖州，车上欢声笑语，肖婉婷的声音如碰碰球，在车内反复碰撞，从各个角度钻入侯大利耳中。侯大利坐在副驾驶位置，头靠皮椅，几乎没有与后排三人说话，习惯性沉入自己的情绪之中。窗外景色迅速向后移动，商务车似乎穿梭在时空隧道之中，他的思维演变成实质光弧，又闪回到往日时光。

即将接近湖州之时，肖婉婷和夏晓宇开始起哄，让林风唱歌。林风没有推辞，落落大方地在车上唱起歌。

> 又见雪飘过
>
> 飘于伤心记忆中
>
> 让我再想你
>
> 却掀起我心痛
>
> 早经分了手
>
> 为何热爱尚情重
>
> 独过追忆岁月
>
> 或许此生不懂
>
> 又再想起你
>
> 抱拥飘飘白雪中
>
> 让你心中暖
>
> 去驱走我冰冻

冷风催我醒

原来共你是场梦

…………

　　她唱的是一首怀旧粤语老歌《飘雪》。这首歌原本没有特别之处，杨帆没有唱过，田甜也不是特别喜欢。但是，除了"早经分了手"这一句外，其他歌词句句都能打动侯大利的心，让他想起田甜。在封闭环境中，这首歌配合商务车穿越时光隧道般的幻境，让侯大利陷入突如其来的忧伤之中。这忧伤没有来由，如一场倾盆大雨般突然而至。

　　唱完之后，车内有几秒时间没有说话声。

　　夏晓宇打破沉默，由衷地道："唱得真好。"

　　林风道："侯警官，下周有一场演出，我要演唱这首歌，邀请你来看演出。张小舒是特别嘉宾，我唱歌，张小舒拉小提琴伴奏。"

　　最初听到张小舒要拉小提琴时，侯大利脑袋没有转过弯，他在第一时间想起张小舒在殡仪馆搬动尸体的画面，随即才浮现出张小舒曾经在舞台上光彩照人的形象。这两个形象都是真实的，重叠在一起有种违和感。他敷衍道："到时看情况，不知道有没有时间。"

　　夏晓宇道："谁是张小舒，为什么要特别邀请大利，为什么不邀请我？"

　　林风道："张小舒以前在一院当实习医生，如今是公安局法医，和侯警官是同事。我听张小舒谈起过侯警官。她经常参加我们学院的演出，是优秀的小提琴手。"

　　夏晓宇道："长得漂亮吗？"

　　肖婉婷嗤了一声，道："晓宇哥好色，你应该问小提琴拉得好不好。"

　　夏晓宇道："我是男人，男人喜欢漂亮女人，天经地义。"

　　林风道："漂亮，又很有才华。"

　　夏晓宇目光停留于侯大利侧脸，若有所思，道："既然漂亮，那我们一起去看演出，大利也要去。"

谈话间，车已驶入湖州城，来到湖州国龙广场。

国龙广场位于湖州市区新城区，占据了中心的位置。广场如今是一个大工地，市政围栏如长城一般，又高又大又长，不断有大卡车出来，满载沉重泥土。在出口处有工人用水管冲洗轮胎上的泥土，大轮胎上夹带大量泥土，水管难以冲干净，工地出口的湿泥拖出长长的轮胎印子。

三个戴着安全帽的人站在工地门口，最前面的正是宁凌。往日，宁凌总是一副俏美的青春少女模样。今天，她穿工装，戴安全帽，略施粉黛，白净的皮肤与工装形成鲜明对比，很有"中华儿女多奇志，不爱红装爱武装"之气场。

宁凌与夏晓宇打过招呼，对侯大利道："干妈听说你要过来，很高兴，亲自点了晚上的菜，全是你喜欢的。"

"小宁，我要先办事，等一会儿过来吃饭。"夏晓宇朝宁凌挥了挥手，转身上车。

宁凌如今是国龙集团高管，更是李永梅的干女儿，在国龙集团渐有地位。夏晓宇是跟着打江山的老人，没有改称呼为"宁总"，仍然称其为小宁。

走上工程部办公楼时，侯大利和宁凌并排而行。

侯大利道："我妈状态怎么样？"

宁凌道："这边事情多，要达成目的不容易，大家手忙脚乱。事情多，而且很多事情需要干妈点头，干妈的状态比以前要好。"

侯大利道："我爸来过没有？或者说我妈回去和我爸见过面没有？"

宁凌道："他们没有见过面。"

夫妻共同创业，历经千辛万苦把企业做到如此规模，获得了超越绝大多数人的成就。在功成名就之时，夫妻俩不可避免地走向分裂。侯大利最初以为是自己当刑警时刻面临生命危险才导致如此结局，细思此事，真正直面内心，才明白自己当刑警只是外因，内因早已种下，遇到合适的风雨阳光，种子自然会萌芽。

工程部租用了一幢八层小楼，八楼建有食堂和娱乐室，七楼有单独的一道铁门，与其他区间分隔开。李永梅和宁凌的住房在七楼最里的房间，外端设有一个小餐厅和茶室，用来招待客人。

李永梅抱紧儿子，用力拍打儿子后背，嗔道："不是晓宇过来，你根本不会到湖州来看老娘。"

侯大利也用力抱了抱母亲，开玩笑道："我的事情是真多，而且每件事情都脱不了身。谁叫你的儿子这么能干。"

李永梅道："不要自鸣得意，地球离了谁都一样转。"

侯大利笑道："你儿子如今真是神探了，参加工作以来，破案无数，远近闻名。"

李永梅牵着儿子的手，道："吹吧，把牛都要吹爆。调查组怎么回事？你这个神探为什么会被检察院调查？"

侯大利苦着脸道："每个人都要问这事，我解释了无数遍。还是那句老话，清者自清，浊者自浊，如果真有事，早就停职了。我相信调查组会给我一个真实的结论。"

"我儿已经傻掉了。你现在这个状态，我不知道是应该高兴还是悲伤。"关了房门，李永梅的笑容迅速消失，对儿子道，"给你谈个事，你要有心理准备。"

侯大利见到母亲神情严肃且略带伤感，一颗心不断往下沉，脸上仍然带有笑意，道："妈，我可是刑警，什么事情没有见过。"

李永梅严肃神情消散，变成了深深的悲伤，道："我原本想无视你爸有了小三这事，以为我强大到能够接受。现在发现不行，我的底色就是世安厂女工，在世安厂，谁家的男人有了外遇必然闹得鸡飞狗跳。现在我们地位高了，闹起来没有意义，我还是准备和你爸爸离婚，好聚好散。"

说到这里，她泣不成声。

侯大利抽了一张纸巾，递给母亲，安慰道："夫妻离婚，最担心的是小孩。我已经长大了，你们不必为我考虑，应该更多地考虑是不是生活幸福。国龙集团如今是庞然大物，你们离婚，如何分割财产，这些事情才是你们应该考虑的。"

李永梅擦了擦眼睛，抬头看着儿子，道："你也是个没良心的。听到爸妈要离婚的消息，一点都不伤心，还这么冷静。"

侯大利道："对我来说，人活着就是最宝贵的，比什么都强。"

李永梅想起儿子的坎坷经历，伸手拍了拍儿子的手掌，道："我儿这些年吃了苦。你妈就是在你面前发发牢骚，内心还是很坚强的。一对夫妻要想白头到老，那真是太难了。我没有这个福气，希望你有。"

母子俩很久没有细细聊天，时间过得很快，不一会儿就到了吃饭的时间。

晚饭在七楼，只有侯大利、宁凌、夏晓宇和李永梅四人，肖婉婷和林风则到了另一个场合，没有在这边吃饭。

饭后，夏晓宇主动找李永梅聊天。

"离婚的事，你要三思。"夏晓宇素来没有正行，今天面色罕见地沉重。

李永梅道："三思个狗屁，我下定决心了。"

夏晓宇道："龙哥是好男人。在圈子里，他做得很好了。我是龙哥的小兄弟，是他妈的一个老花花公子，现在一大把年龄还和肖婉婷这些年轻女孩混在一起，说起来都害臊。龙哥和我相比，那就是天上的太阳一样。"

李永梅道："你是你，他是他。你不管有多少女人，还是夏晓宇。他有了其他女人，就不是侯国龙了。"

夏晓宇觉得李永梅简直不可理喻，道："你这个要求太高了。我认识的绝大多数老板娘都对这种事情睁一只眼闭一只眼，你何必较真。"

李永梅道："我和其他人不一样。侯国龙辞职之后，我也辞职。我们一起创业，和众多兄弟一起打下江山，光靠侯国龙一个人，他做梦吧。我有权利拿到应该拿的。"

夏晓宇道："我从来没有想到你们会分手。梅姐，别意气用事了，你意气用事，便宜了后来者。如果是我，占住位置，死不退出。"

两人大眼瞪小眼，互相望了一会儿。李永梅神色黯然，道："我不想伤害侯国龙，离婚是最痛快的事，伤害最小。"

夏晓宇长长吐了口气，道："我和龙哥深谈过一次，那天喝了不少酒，龙哥说了心里话，他以前和乔亚楠有过几次关系，后来实际上已经处于分手状态。之所以又生了小孩，其实和大利那次受重伤有关系。当侦查员太危险，田甜太可惜。龙哥和你年龄也不小了，他心里很焦灼，怕大利真出事，他又太老，那就真是绝后了。"

李永梅明白丈夫的想法，仍然双眉倒竖，道："侯国龙自私，我只要大利这一个孩子，这辈子就够了。"

夏晓宇道："龙哥不希望离婚。"

李永梅道："今天是他让你来的？"

夏晓宇道："我既是龙哥的说客，又是真心实意劝你们不要分开。"

聊了半个多小时，夏晓宇和李永梅一起走出房间。

夏晓宇对宁凌道："毕行长要过来了，准备开房间唱歌，肖婉婷、林风还有个湖州美女已经安排好了场子，我们走吧。"

宁凌不太喜欢做这些事，可是回到湖州后，才明白要把仇人斩于马下并非易事，除了国龙集团本身的人脉以外，还得有新开拓的人脉，毕行长就是新人脉。她提起坤包，道："干妈，那我去应酬。"

李永梅点了点头，没有说话。

夏晓宇道："大利，你也去，就是玩，没有别的事。你这人别自我封闭，长期下去，精神抑郁了才是麻烦事。再说，你当刑警，各种场面都要见识，见识少了，不利于你以后破案。"

"去玩吧，晓宇说得对，不要自我封闭。我不需要你陪，等会儿有个技师帮我按摩，按摩后，我就要睡觉了。人啊，必须得自己爱惜自己。"李永梅朝儿子挥了挥手，道，"你去吧，别当妈宝男。"

侯大利如今是江州公安局神探，无论如何与妈宝男沾不上边，大家听了皆笑。侯大利这才跟着夏晓宇、宁凌一起前往唱歌的地方。强劲的音乐让心脏似乎要从胸腔跳出来，这让长期埋头读案卷的侯大利颇不习惯。除了肖婉婷和林风以外，还有另外一名年轻女子，穿吊带，露小蛮腰，肌肤雪白，身材曼妙，青春扑面，性感撩人。

宁凌附在侯大利耳边，轻轻道："这是肖婉婷大学同学，湖州这边的人。"

今晚的主角是一个胖子，胖子甚为活泼，与诸人碰酒后，拿起话筒与林风唱了一首《敢问路在何方》。林风是专业选手，胖子五音不全，两人配合在一起有一种极为滑稽的效果。胖子似乎没有意识到这种滑稽，或者说意识到了也不在意，完全沉浸在自己的歌声之中。一曲唱罢，众人都在鼓掌。湖州性感美女过去敬酒。胖子挺着肚子，拿起酒杯，一饮而尽。

侯大利完全无法进入唱歌状态，坐在灯光昏暗的地方喝了一瓶啤酒，看着闪烁灯光下的诸人，觉得这些人与自己相隔异常遥远，仿佛是两个世界的人。

胖子得知侯大利是侯国龙的儿子后，豪爽地拿大杯喝酒，说了些与侯国龙在一起的话题。侯大利不太喜欢如此热闹的场景，但是没有把厌恶表达出来，与胖子说说笑笑，甚至还与胖子勾肩搭背地唱了首歌，仿佛多年老友。

胖子喝醉后，一直和那位湖州美女手牵手唱歌，没再和侯大利碰杯。

侯大利乐得轻松，走到阳台，仰望黑夜，发呆。

终于，和侯大利没有关系的应酬结束了。

回到项目部七楼已经是凌晨，侯大利进屋就见到了一台笔记本电脑。宁凌脱下应酬时所穿的露肩装，换上清爽短袖和短裤，端了一盘水果来到侯大利门前，道："你不喜欢这些场面，很明显，一直在走神。"

侯大利道："太闹了，或许我未老先衰。"

宁凌指了指笔记本，道："这是干妈平时用来上网的，十天半月都没有用。我知道你睡觉前都要上网，所以让服务员拿了过来。谢谢大利哥，尽管不喜欢，你也没有提前离开，也没有甩脸子。"

侯大利道："晓宇哥说得对，我是侦查员，不能封闭自己。我妈有什么情况，给我打电话。拜托，平时多陪陪她。"

宁凌走到门口，轻轻道了一声晚安，非常温柔。她最初扮成"杨帆"是为了吸引侯大利，那时候，侯大利不过是完成自己事业的工具，随着接触加深，她的一颗心不知不觉挂在侯大利身上。遇到好几个追求者，与侯大利比起来，弱到爆。

侯大利关了房门，第一件事情就是打开电脑上微博，找到了"随风而飞的冬梅"。看了几条微博后，侯大利确定这正是张冬梅的微博。最后一条微博停留在一个多月前，具体日期为5月23日。这条微博是一组图，张冬梅站在江州河边，张开双手，迎接着远处雾气环绕的世界。

河道恰好在马背山隧道段。这一段河水流速最急，河水清冽，成为江州滨江路景色最好的一段。照片中，张冬梅面带微笑，神情温柔。她的衣领微开，露出胸前一片雪白。

侯大利在小笔记本上写下一个疑问：谁给张冬梅拍了这组照片？肯定是关系密切者，否则，张冬梅不会发自内心地微笑。

7月2日清晨，侯大利照例早起，准备锻炼，开门，见到母亲李永梅站在走道上。

李永梅气色还不错，道："昨晚什么时候回来的？"

侯大利伸了伸懒腰，道："很无聊，但我还是坚持到最后了。"

李永梅道："起这么早做什么，不多睡一会儿？"

侯大利道："每天都要锻炼，习惯了。"

李永梅道："那边有座公园，妈陪你去走一走。"

离项目部四五百米有一处城市公园，面积不算大，有不少晨练的人。侯大利和李永梅步行来到公园，站在单杠前。侯大利略做活动，跳起来，双手抓住单杠，一口气做了二十个引体向上。

李永梅的思绪在儿子利索的动作中飞回世安厂。在没有辞职创业的时候，她和丈夫侯国龙经常带着儿子到世安厂子弟学校操场锻炼身体，每次锻炼身体的时候，侯国龙都要和儿子比赛跑步，跑步开始之时，侯国龙要比儿子稍稍快一步，临近终点，侯国龙脚步又慢下来，让儿子最终反败为胜。每次儿子"艰难"地赢得比赛的时候，总会兴奋地大喊："我跑赢了爸爸。"

有时候，秦玉和杨勇也会带杨帆到操场锻炼。两家大人聚在一起聊天，两个小朋友在操场上追来跑去，玩得极为开心。侯大利和杨帆偶尔还会闹矛盾，这时杨帆就来到自己面前告状。而自己会将侯大利叫过来，狠狠批评。侯大利被批评时总会不服气，噘着嘴，站在一边不说话。杨帆见到侯大利被批评，就忘记了两人的矛盾，如大姐姐一般，过来安慰侯大利。

往事如烟，转眼即逝，世上已无杨帆。这些记忆非常宝贵，是李永梅最重要的精神财富。如果记忆消失，这些独属于自己的往事就彻底消逝在时光之中。她想起与自己离心离德的丈夫，满腹心酸和愤怒，随即又想起秦玉和杨勇夫妻的遭遇，看着在单杠上旋转的儿子，自我安慰道："不管怎么说，我还有儿子。"

锻炼结束，刚到7点。侯大利陪母亲去吃享有盛名的湖州杂酱面。母子俩仿佛回到了世安厂时代，不再是富豪之身，随便找了一家路边店，点了两份湖州杂酱面，相对而坐。路边店里除了这对母子外全是衣着朴素的人，神情气质和相貌深深烙印着"辛劳"两字。这不是可以化妆得来的神情，而是岁月风霜雕刻出来的面容，做不得假。李永梅早上食欲素来不好，今天陪儿子吃面，居然把满满一大碗面全部吃进肚子，额头冒出汗珠，心情顿时舒畅起来。

夏晓宇、肖婉婷、林风等人没有住在项目部，也不知道他们住在哪里。

早上7点半，宁凌安排公司驾驶员送侯大利回江州。车行至江州刑警支队新楼，刚好9点。公司驾驶员十分不理解国龙太子为什么要来当警察，等到侯大利下车后，感叹连连："明明可以赚大钱，非要来当警察，搞不懂有钱人的想法，吃饱了没事干。"

社会车辆没有通行证，停在支队大门口。侯大利从正门步行进入，见到一辆救护车停在院内，法医室李建伟和张小舒从办公楼走了出来。

侯大利主动打招呼："李主任，要出去？"

李建伟道："今天是杜强的最后一天，我和张小舒到现场。"

侯大利停下脚步，笑容顿失，道："他要被执行死刑？"

李建伟道："嗯，就是今天。"

"杜强是罪有应得，杜强的亲生父母刚找到儿子，儿子就要被执行死刑，这对他们不公平。"侯大利素来是一副刚硬汉子的模样，今天谈起杜强亲生父母却显出多愁善感的一面。

李建伟也是深有同感，道："这就是命。"

在法医室工作这段时间，张小舒如走马灯一样见识的案子，让她接触到隐藏在光明下的黑暗，心理受冲击，情感起起伏伏，迅速改变其对社会和人的认知。联合调查组正在调查侯大利，而侯大利如没事人一般。张小舒佩服其心理素质的同时，也深深同情这位坚强而又屡受折磨的男人。

上了车，张小舒眼睛余光一直望着走向办公楼的侯大利。等到侯大利进了办公楼，她问道："李主任，我们除了鉴定犯人是否死亡，还有什么职责？"

李建伟耐心地道："大部分人面对死亡时，都会有恐惧心理，死刑犯也不例外，有的被吓瘫软，有的直接被吓晕。在这种情况下，我们就得救护晕厥的死刑犯，确保下一步执行程序顺利进行。另外，在枪决时，执行射手虽然经过专业训练，但也难免会出现失误，伤及其他的执行人员。如果有意外发生，法医会在第一时间处理。这些都是例外，最主要的职责是确定犯人的生死。"

在张小舒心目中，杜强这种穷凶极恶的杀人犯应该是凶神恶煞、满脸横肉、目露凶光之辈。谁知在看守所高墙内见到的杜强却是一个身材消瘦、脸色苍白、五官清秀的年轻人。

杜强戴着手铐和脚镣，手铐和脚镣之间有一根铁链相连。

终审裁定下达后，江州市看守所就在管理上采取措施，调号后，一名年轻刑犯负责看守杜强，防止他自残或自杀。

杜强这些年经历复杂，时常行走在死亡边缘，面对死刑很是淡然，神情自若，没有给看守所增添麻烦。管教干部最喜欢这种不找麻烦的硬汉，在法律规范之内能照顾就尽量照顾。看守所所长昨夜进了杜强监舍，和颜悦色地询问他想要吃点什么，抽不抽烟，写不写信。杜强知道最后时间要到来了，刹那间有些失神，随即恢复过来，要了一张纸，准备写信。

开了头，却实在写不下去，他揉了纸，道："明天，我亲爸亲妈来不来？"

所长道："你爸你妈，还有你的两个儿子，你弟弟，都要过来。"

杜强道："大宝小宝也要来啊？马青秀来不来？"

所长道："马青秀不来。"

杜强脸皮轻微抖动，表情有些僵硬，过了一会儿，他又重重地长舒了一口气，道："给我几支烟吧。"

下达终审裁定时，不少死刑犯面如死灰，双腿甚至全身都抖动不停，法律文书还没有念完就会尿裤子。杜强自始至终都很镇静，听完法律文书，叹了口气，道："我现在才晓得，再强的人也强不过法律。如果有下辈子，我一定会认真读书，当一个好人。"

最后一晚，杜强瞪大眼睛，直到天亮也没有闭眼。

早上，杜强吃了一碗面条，面条里有鸡蛋和肉丝。他一根一根吃完面条，放下短筷，问管教道："我什么时候能见我亲爸亲妈和大宝小宝？"

管教看了表，道："9点。"

9点整，杜强被带到看守所院子里。他伸长脖子，望着那道门，等了几分钟，还是没有见到父母和弟弟，暗自有点焦急。这时，门打开，进来一男一女，却不是爸妈和大宝小宝。杜强扭头问道："警官，还没有来？"

"肯定要来，稍等一会儿。"面对将被执行死刑的人，警官态度挺好。

门又打开，进来六人，正是杜强的亲生父母、弟弟、弟妹和两个儿子。在看守所这段时间里，杜强经常回想自己短暂又复杂的一生。十几年游走在生死边缘的经历让其并不畏惧死亡，能接受自己被执行死刑的结局，在看守所里唯一感觉遗憾的是刚刚找到的亲生父母和弟弟就要面临永别。他偶尔也会想起养父母，想起养父母时总会想起自己被抱走的时刻。其实那时杜强很小，根本记不得被抱走时的任何画面，纯粹依靠想象勾勒了自己被抱走的完整场景。除了被抱走的场景，更多的则是被养父殴打的画面。这些画面原本很模糊，可是在看守所独坐时，这些画面从心灵最深处钻了出来，历历在目，丝毫没有褪色。在少年记忆中，唯一的亮色就是养母对自己的关心。而恰恰是关心他的养母将他从亲生父母身边夺走，彻底改变了他的命运。

杜强有亲生父母、弟弟、弟妹和两个儿子的一张合影。合影中，每一个人都面带笑容，温文尔雅，透露出来的气质与养父母完全不一样，他们和养父母是生活在同一个地球上的不同世界的人。他面对合影，长时间幻想自己如果不被养母抱走的另一种人生。在另一种人生里，他在亲生父母身边长大，能和千千万万普通的城市少年一样，课余读培训班，为考中学和大学而努力，最终有一份好工作和学历不错的妻子，在大城市谋得一席之地。这其实正是弟弟的人生，他应该和弟弟一样过完平凡而幸福的人生。

陈跃华走进看守所大门时，如果不是丈夫王卫华挽着胳膊，几乎迈不动脚步，远远地看到戴着手铐和脚镣的大儿子，泪水唰唰往下流。王卫华哽咽着劝道："今天是给儿子送行，给儿子留点笑容。"

陈跃华抬头望着丈夫，悲愤地道："为什么那对禽兽不受到惩罚，我儿子要受到这样的对待？这不公平，我想不通。"

杜强上前一步，铁链子发出哗哗哗的声音。他望着陌生又熟悉的亲生父母，道："妈妈，别哭了。我在临走前能知道自己的身世，最后见你们一面，已经很知足了。"

一声"妈妈"的呼唤，让陈跃华的泪水如泄洪之水，无法阻挡地往下流。王卫华抱紧妻子，靠在其耳边道："别哭了，抓紧时间说点话。"

陈跃华哭诉道："儿啊，我们才找到你，才找到你啊。我从来没有给你煮顿好吃的，妈的手艺很好，你的儿子都喜欢吃。"

"能知道身世，见到你们，我已经很知足了。"杜强努力笑了笑，笑得比哭还难看。

王卫华强忍悲伤，道："儿子，你还有什么心愿？"

杜强摸了摸自己的脸，道："我的脸不是原来的脸，要不然我们一家人可以留一张合影。现在的脸，算了，不是我的。"

哥哥即将被执行死刑，还能正常说话，心理素质好得让王海洋痛苦到极点。从他有记忆开始，寻找哥哥就是家中所有人的执念。谁知老天爷给一家人开了一个天大的玩笑，刚刚与大哥见面，却又面临永远的分别，这种分别不可阻挡和逆转，还特别屈辱。王海洋第一次面对亲人离去，而且是以最残酷的方式离去。他不能在父母面前表现得过于悲伤，咬紧牙齿，吞下血和泪。

杜强上前一步，又叫了一声"妈妈"，抬起手，抱住陈跃华，将脸靠在妈妈肩上。儿子丢失后，陈跃华做梦都想要再抱一抱儿子，感受儿子的体温，闻一闻儿子的味道。今天是最后一次拥抱儿子，她用尽全身力气抱住失而复得又将得而复失的儿子，紧紧贴着儿子的脸，紧紧贴着儿子的身体。

两名民警原本不想干涉杜强和亲人分别，可是母子俩拥抱的时间太长，一名年轻民警看了看时间，催促道："稍稍快一些。"

杜强和母亲分开后，又拥抱了父亲和弟弟。他在拥抱弟弟的时候，嘱咐道："爸妈年龄大了，我两个儿子又小，你要多费心，不要让他们走上我的道路。他们犯了错，千万不要打骂，一定要讲道理。弟弟，我拜托你了。"

王海洋道："哥，我知道，你放心吧，我一定要把两个侄儿抚养成人，培养成才。"

杜强道："要让他们读大学，成为知识分子。千万不要走我的老路。"

杜强又分别抱起两个儿子。他们一个五岁，一个三岁，还是懵懂年龄，不懂得父亲即将永远离开他们。由于很长时间没有见面，两人被父亲抱起时都怯生生的，小儿子还吓得哭了起来。

民警再次催促之后，杜强放下小儿子，来到父母面前，道："爸爸妈妈，我给你们磕个头。"他跪在地上，用力磕了三个响头，爬起来，不再回头，一步一步走上警车。

在上车的时候，五岁的大儿子突然脆生生喊了一声："爸爸，拜拜。"小儿子笑容满面，也跟着喊："爸爸，拜拜。"

听到幼儿的呼喊，杜强停下脚步，回头看了一眼。

警车车门关闭之后，杜强滴下了大颗大颗的泪水。他没有顾得上擦泪水，透过车窗，望着车下的几位亲人。在这一刻，他看到的、想到的都是自己的亲生父母和一对儿子，喜怒无常的养父和喜欢骂人的养母在其脑中变得模糊不清，马青秀更是忘在九霄云外。

警车车门关闭之时，陈跃华只觉得天旋地转，整个地面都在摇晃，砰的一声摔倒在地。王卫华、王海洋等人的注意力全在警车之上，没有注意到陈跃华摔倒。

张小舒站在距离两位民警稍远的地方，看着一家人生离死别。如果此事放在前些日子，她面对这种情况肯定会哭成泪人。如今她成了法医，知道女大学生丁丽在最美好的年华丧生于杜强之手，所以，她并不同情杜强，只是对王卫华和陈跃华这一家人有深深的同情，感慨命运之无常。

警车车门关闭之时，张小舒突然想起了牺牲在打拐一线的田甜。以前，她不是太理解田甜为什么愿意离开专业到二大队工作，看到发生在王家的人间悲剧，她也就理解了田甜。张小舒决定独自到江州陵园去一趟，给田甜献一束花，表达敬意。

死刑执行完毕，张小舒确定杜强死亡，签字。

监刑的检察官封卷，盖上火漆封。

杜强的尸体被送至殡仪馆。参加执行死刑的各单位人员陆续撤离。

张小舒始终觉得鼻尖有血腥味，用矿泉水洗了鼻子，甚至抹了不少酒精，仍然无法消除那股让人作呕的味道。作为医生，张小舒原本对血液不敏感，只不过前一刻，杜强还在与家人话别，转眼间变成一具尸体。强烈反差给了新警察张小舒强烈的精神刺激，始终觉得鼻子能闻到血腥味道。回到车上，她感觉非常疲惫，情绪低落，不愿意说话。

李建伟正准备安慰张小舒，忽然打开车门，走了下去。张小舒透过车窗向外看去，只见陈跃华和王卫华出现在刚刚枪毙人的地方，在和值勤民警说话。陈跃华突然跪了下去，抱住了值勤民警的小腿。

张小舒下了车，快走几步，来到李建伟身后。

李建伟道："你们做什么？"

王卫华看眼前之人态度和蔼，年龄不小，如抓到一根救命稻草，激动地道："刚才死的是我儿子。"

李建伟道："我知道。杜强已经被送到殡仪馆，你们可以去领骨灰。"

王卫华抱起妻子，说道："这位领导，我的儿子是在哪个位置走的？我要去看一看。"

李建伟道："跟我来吧。"

李建伟带着夫妻俩来到杜强被执行死刑的具体位置。走到此处，两位老人扑通一下跪在遗留的血迹前，从挎包里掏出小铁铲和塑料袋，呜咽着，动作轻柔地把渗透了血迹的泥土挖进塑料袋。

王卫华一直在自言自语："儿子犯法，受到法律制裁。人死如灯灭，所有罪孽都还清了。谁来还他所受的罪，谁来还啊。儿子是父母身上掉下来的血肉，好歹也得让他完完全全地走。"

陈跃华哭诉道："是我的错。我不该随便在劳务市场找保姆。我想找一个保姆，结果找来一个魔鬼。我儿这一辈子没有享过福，太苦了。那些人贩子要下地狱，永世不得超生。"

张小舒一直努力保持平和冷静的职业态度，听到陈跃华哭诉，泪水终于忍不住涌了出来。她转过身，擦去泪水，不敢面对可怜的老夫妻。

老夫妻挖了带血的泥土后，互相搀扶着离开。

李建伟和张小舒重新坐上警车。

张小舒道："行刑地点是临时抽的，他们怎么找得到？"

"他们一直在打听行刑的地方，派出所专门派人掌握他们的情况。行刑现场也有针对性布置，只不过外松内紧，你没有经验，发现不了。"李建伟看了一眼张小舒红红的眼睛，道，"别可怜杜强。你抽空到重案一队看一看材料，看到丁丽遇害的惨状后，就不会对杜强有半分同情。"

回城后，张小舒径直来到重案一组办公室。整个重案一组只有307

房间开了门，其他房间紧闭。

307房间只有伍强一人。伍强道："组长去找张正虎的女儿了解情况，还没有回来。需要给他打电话吗？"

张小舒摇了摇头，道："不算太急。杜强被执行了。"

伍强表情淡淡的，哦了一声，道："死有余辜。"

杜强父母挖走儿子的血土，让张小舒想起了失踪多年的母亲。伍强轻描淡写的一句话，让其再次受到刺激，道："当时的资料还在不在？"

伍强道："在105专案组，那边肯定有。你想要看，直接过去就行了。"

张小舒看老卷宗的欲望格外强烈，下楼前往刑警老楼。

法医室配有两辆车：一辆是法医勘查车辆，另一辆是普通警车。两辆车都停在车库。张小舒在学校读书时没有拿驾照，到了工作单位后，十分不便，每次出现场或者有其他公务，都是领导开车。领导稍稍忙一些，没法开车时，她就只能搭其他部门的车。

张小舒站在路边等出租，盘算抽时间去拿驾照。一辆警车停在路边，马小兵打招呼道："到哪里去，我送你。"

钱刚枪击案中，张小舒表现出色，赢得了重案一组侦查员的普遍认同。马小兵年过三十，终于有了一个可以谈婚论嫁的女朋友，这段时间心情极为舒畅，行车经过大楼时，见到张小舒在路边等车，便主动停了下来。

张小舒坐到副驾驶位置，主动系上安全带。马小兵笑道："在没有任务时，在副驾驶位置系安全带的，你是第二位。"

张小舒道："第一位是谁？"

马小兵道："是神探。神探开车还戴白手套，我们以前都是看笑话。大家在一起待久了，觉得戴白手套也还行。法医室有车，你怎么不开？"

"还没有来得及学。以前在学校，没有开车的急切需求。"开车是刑警的基本技能，和用筷子吃饭一样，张小舒颇为不好意思。

马小兵望了张小舒一眼，道："你是硕士，毕业后能进入医院，三甲进不了，二甲没有问题。为什么来当法医？应该有很多人问过这个问题吧。"

张小舒自嘲道："这是无法避免的问题。我这样回答吧，法医是公务员，我从此就端上了铁饭碗，过上了衣食无忧的生活。"

马小兵笑了起来："没想到你还挺幽默。初次见面，还觉得你是那种高冷美女。你这种心态不错，能够自我缓解压力。"

刑警老楼是砖混结构，斑驳墙面尽显沧桑。张小舒走进小院，踩到落叶上，发出咔咔轻响。小院的安静与市区的喧嚣形成强烈对比。

朱林正在独自整理调查走访资料，听到陌生脚步声，取下眼镜，抬头望着门外。整栋楼唯独二楼和三楼有两个办公室开了门，张小舒上了二楼，来到办公室门前，看到一个头发花白的老同志，试探着问道："请问，您是朱支队吗？"

朱林笑道："朱支队已经退休了，我是老朱。请进。你不用自我介绍，我知道你是张小舒。"

张小舒道："您怎么知道是我？"

"没有这点眼力，那我的职业生涯就白费了。"朱林起身给张小舒泡了一杯江州毛峰。这是侯大利拿来的茶叶，质量上乘。根根毛峰在水中竖立，茶汤清亮，清香扑鼻。

张小舒道明来意："杜强今天被执行了。他的爸妈、弟弟和两个儿子在看守所和他告别。我想看一看丁丽案的卷宗。"

朱林见过大风大浪，阅人无数，很了解张小舒这种矛盾心态，道："是为这事来的。我们到三楼资料室，直接看投影。"

投影仪是侯大利最常使用的工具，朱林在任支队长时几乎没有亲自操作过，都是侦查员安装调试后直接使用。如今退休，成为局聘专家，事事要自己动手，他迅速学会使用投影仪，且玩得很熟练。他戴上眼镜，手握遥控器，很快调出丁丽案照片。

现场照片调出，朱林瞬间被带回1994年。他那时还是刑警支队副支队长，兼任一大队大队长。接到报警电话后迅速赶到现场。凶案现场犹如血迹展览室，空中充满浓烈血腥气，一名年轻刑警看了现场，在血腥气冲击下，捂着嘴巴到屋外呕吐。

看到照片的瞬间，张小舒胸口似乎被猛击了一掌。照片中的受害者身体赤裸，颈部几乎被砍断。丁丽五官清秀，身材匀称，生活中肯定是一个漂亮的年轻女子。美丽与残忍形成强烈对比，冲击人的心灵。

"当时丁丽还在读大学，十九岁，正该享受青春的时候，被一个陌生人夺去了生命，那个人就是杜强。杜强不仅仅做过这一件事，他和黄大磊等人狗咬狗就不说了，你看一看其他几件惨事。"朱林想起当年的事，心情沉重起来。

翻完所有受害人的图片，张小舒对杜强的同情烟消云散，道："杜强确实死有余辜。那个偷小孩的人是罪魁祸首。"

朱林道："当警察要有强烈的同情心，对被害人的痛苦感同身受，这样才能成为优秀的侦查员。但是，我们对待犯罪嫌疑人绝对不要心慈手软，用一句话来总结，对待同志要像春天般温暖，对待敌人要像秋风扫落叶一般无情。侯大利这方面做得很好，你要向他学习。"

在执行死刑现场留下的心结被眼前的老警察化解，张小舒真诚地道："谢谢朱支，我明白了。"

朱林道："别客气，你今天不到老楼，我就要给你打电话。105专案组成立之初是为了侦办命案积案，成员中一直都有法医。汤柳调走后，你就天然成为105专案组成员。这是局领导认同的，我们会发文件予以确认。"

张小舒道："我在105专案组的主要工作是什么？"

朱林道："105专案组侦办的案件不仅是命案，还有其他积案。你平时不用过来上班，但是105专案组有工作任务时，要及时参加。"

张小舒道："没有问题，我随时听候领导安排。"

王华接到朱林的电话，拿着一张登记表来到资料室。张小舒填到家庭住址时，道："我住在姑妈家里，等到表妹去读大学后，我还要搬家，这一栏暂时不填。"

朱林道："你是105专案组的一员，老楼四楼有一些休息室，你可以住进来。周涛、易思华也住在四楼，吃饭就在对面常来餐厅，伙食不错。"

"我真的可以住进来？"张小舒早就有汪欣桐读大学后就搬出汪家的想法，住进刑警老楼，那自然是最佳方案。

朱林道："建伟很关心你，已经和我们联系过，想为你争取一间宿舍。老楼人少，但是锁上大门后绝对安全，住房条件不错，我带你去看一看。"

四楼整排都是休息室，除了周涛和易思华的房间以外，其他房间都空着。休息室的设施设备是由江州大酒店改造过的，品质上乘。

张小舒还是有些怀疑，道："我真的可以搬进来住吗？"

朱林爽朗地笑道："你是105专案组的一员，当然可以住进来，我们都很欢迎你。选一个房间，拿上钥匙，随时可以搬进来。"

中午即将下班之时，侯大利接到朱林电话。

朱林道："欢迎105专案组的新同志，你一定要过来。"

"好，我马上过来。"105专案组的职能早就由侦办命案积案扩展到了侦办积案，王华、周涛和易思华都是后来加入的。侯大利得知有新人加入，还以为是从其他单位调来的。

来到常来餐厅，侯大利看见张小舒，这才明白朱林电话中所指的新人是谁。

"张小舒从今天开始，算是加入了105专案组，四楼宿舍已经准备好了，随时可以搬过来。"朱林端起酒杯，道，"欢迎新同志，理论上应该喝点酒。今天中午不能喝酒，大家以水当酒，碰一杯。"

朱林性格一点都不婆妈，如今对张小舒表现得过于热情，这引起了侯大利的警惕。侯大利明白师父的心思，不准备点破，也不想接招。

张小舒、周涛、易思华的年龄接近，算是学院派，很容易就聊到了一起。张小舒与大家聊天之时，眼睛余光始终挂着侯大利。等到侯大利和王华交谈的空隙，她主动道："侯组长，枪击案都结束了，还在找张正虎的女儿？"

朱林笑道："张小舒，你这样称呼就太见外了，组长又不是官，一口一个组长，我们听起来都觉得累。以后直呼其名，或者叫神探也可以，还可以叫大利。"

易思华道："我在正式场合才称呼侯组长，和王华、周涛聊天时就称呼神探，见面就叫大利。你也可以采取我这个称呼法，叫大利啊，或者叫大利哥、利哥。"

张小舒道："我和侯组长其实是同一年级，本科结束时，我读研究生，侯组长直接工作。"

"你还没有真正融入集体，在我当侦查员的时代，一个队都互称哥，比我长的称呼小朱哥，比我小的称呼朱哥。既然你和大利是一个年级的，那就直接称呼大利吧。以后凡是105专案组，都称大利。"朱林又端起杯子，道，"钱刚枪击案办得十分漂亮，我们举杯，敬小舒和大利。"

周涛脑回路比常人要清奇，道："小舒和大利放在一起，我听起来怎么像是舒克和贝塔，还像卓娅和舒拉。"

易思华踢了周涛一脚，道："不会说话就别说。"

卓娅是英勇牺牲的女英雄，侯大利的未婚妻田甜牺牲在解救被拐妇女儿童的第一线，周涛这个说法犯忌。侯大利似乎没有听到易思华和周涛说话，仍然专心吃菜。

短暂冷场后，朱林主动聊起杨帆案，道："我们走访了杨国雄的亲戚朋友，得到一条线索，杨永福小时候住在湖州外婆家里，从出生到小学三年级一直生活在湖州，然后才回到江州。杨国雄自杀后，杨永福转学到秦阳五中，这是他爸爸的老家，再到阳州电子科技学院，从电子科技学院辍学后，他便失踪。我们先后追到阳州电科、秦阳五中和江州师院附中，这一次准备到湖州看一看他小时候的生活环境。"

侯大利如今是重案大队一组组长，肩负重责，没有更多时间调查杨帆案。他对此内心有愧，郑重地道："谢谢朱支，谢谢大家。"

朱林摆了摆手，道："这本来就是105专案组的职责。我们侦查到一定阶段就要开诸葛亮会，到时相关人员参加。我最大的心愿就是在还能自由行动的时候，破掉杨帆案。如果能做到这一点，那就给刑警生涯画了一个圆满的句号，这一辈子没有什么遗憾了。"

吃过午饭，侯大利和张小舒一起回刑警新楼。乘坐电梯，先到了法医室所在楼层，张小舒走出电梯，回头对侯大利道："谢谢，大利。"

侯大利很想说"请叫我侯组长"，话未出口，电梯门慢慢关闭。电梯门关闭之时，张小舒没有离开，仍然站在电梯口，注视电梯。

回到办公室，侯大利想了想饭局上师父朱林的表现，随后将中午的事抛在一边，打开电脑，查看张冬梅的微博。

张冬梅喜欢发微博，在微博兴起的前期，几乎每天都有十条，从摄影、绘画、旅行、风景到对时事的看法，内容丰富，其粉丝也超过了五十万。在2010年，她几乎保持每天一至两条的更新频率，5月23日还在微博上发了在江州河边的照片，5月24日开始，微博不再更新。

第六章
一起失踪案

7月3日，下午。

307室，江克扬、马小兵、袁来安和伍强激烈地讨论猥亵案。四个人形成两派，都不能说服对方。

江克扬道："我依然坚持我的观点，二建和新琪作为开发商并没有拆迁压力，二建老板带着办公室主任杨为民亲自拍裸照，这完全不合情理，绝对讲不通。只有龙泰公司才有足够的动力与修配厂的老工人们缠斗，因为这对龙泰公司是重大利益。我怀疑有人栽赃。马儿，你在反扒队工作过，杨为民被栽赃的可能性大不大？"

马小兵手里玩着转笔，看着电脑中的视频，道："我在反扒队工作过，见识过各种各样的扒窃高手，从杨为民身上摸手机，放照片进铁皮柜，都是小菜一碟。"

伍强立刻反对道："如果有人栽赃，邱宏兵的声音是怎么回事？5月27日上午杨为民和他爸通话怎么解释？张英和李强从十份录音资料中都准确挑出了邱宏兵的声音，如何解释？"

这是困扰所有人的难点。

袁来安抱住后脑，道："如果是龙泰陷害二建，龙泰公司的动机是什么？龙泰承担拆迁任务，二建是开发商，他们没有直接利益关系。除非有私仇，有私仇，用这种方法来陷害也非常低端。龙泰的龙老大久历江湖，做事看似莽撞，实则非常精明。从龙泰与修配车间老工人扯皮这一系列事情来看，大家明明知道是龙泰公司做的，就是抓不到把柄。我认为龙泰不太可能绑人拍裸照，也不会栽赃。如果龙泰公司的龙老大真的脑壳发昏，真让人去拍裸照，可是他们为什么要画蛇添足，弄杨为民的手机来打电话，而且还出现邱宏兵的声音，这一点不合情理。有了画蛇添足的一步，反而不太像是龙泰公司。"

江克扬道："我不认为二建的邱宏兵会傻到为了帮助龙泰公司拆迁而去拍裸照，这是侮辱邱宏兵的智商，能够做二建老板的人绝对不是傻瓜。"

袁来安忽然拍了拍桌子，道："我有一个大胆的想法，没有什么证据，就是一个推理。如果有一个A在背后操纵，利用龙泰公司喜欢打擦边球的特点，设了这么一个局，有意将江州二建拖下水。尽管不合情理，但是在猥亵案中，不仅有杨为民的电话，还查到裸照，而邱宏兵的声音也被张英认定。江州二建还没有开工就遇到大麻烦。我们可以这样推断，如果二建倒霉后，谁是最后的受益者，谁就是或许存在的A。"

江克扬探组的四名成员各有特点。江克扬最早在车站派出所，成为"神眼"后调入刑警中队，再后来才调到刑警支队，成为重案大队一员。马小兵早年在反扒队工作，曾经创造过第七路车的反扒纪录，后调入刑警支队。伍强毕业于山南省警官学院，最初在刑警一中队工作，后调入江阳区刑警大队，再调到江州刑警支队。袁来安则是从基层派出所调入经侦，再调到刑警支队。每个人来历不同，共同特点都是在各自单位表现出色，这才能够调入重案一组。

几人一番讨论之后，形成了几点共识：第一，龙泰公司可能去拍张英裸照，但是不会刻意使用杨为民的手机；第二，极有可能存在一个A，拍张英裸照，激怒张正虎，皆在其算计之中，但张正虎中枪是意外；第三，江州二建是被A强行牵进来的；第四，谁是最终受益者，谁就最有可能是A。

江克扬带着讨论结果来到侯大利办公室时，侯大利仍然在看微博。

"这个女人是谁？"

"张冬梅，邱宏兵的老婆。她很有才华啊，摄影、画画都是一流。"

"为什么关注邱宏兵老婆？"

"张冬梅有一个月没有更新微博了，5月23日更新的最后一条，电话如今也关机。"

"组长莫非怀疑张冬梅出事，这个脑洞太大了。我们不能凭想象办案。"

"还谈不上办案，我只是朝这个方向想了想。"侯大利关掉了微博页面，不再想张冬梅的油画和摄影。

听完老克探组提出来的四条意见，侯大利道："分析得很细致，很有道理。我说得直白一些，把A换成新琪公司，你觉得怎么样？朱琪以及她的新琪最有可能成为A。如果存在A，江州二建很可能会受到冲击，而且时间不会太久。"

江克扬道："既然张英在十份录音材料中挑出了邱宏兵的声音，我们必须调查邱宏兵。我带一组人到江州二建，以调查杨为民的名义，从侧面了解邱宏兵在5月26日、5月27日的活动轨迹。"

侯大利道："陈支让我们谨慎，并非让我们无所作为。我同意你的想法，就以调查杨为民来侧面调查邱宏兵。"

江克扬随即带人前往江州二建。

侯大利继续研究江州二建。江州二建原本是国营企业，后来在"抓大放小"时期，被私营企业大树集团收购。邱宏兵的妻子张冬梅是大树集团公主。张冬梅的弟弟名叫张佳洪。侯大利不熟悉张大树，也不熟悉张冬梅，却对张佳洪的情况了如指掌。张佳洪是与侯大利年龄相仿的富二代，2001年刚好十七岁。父亲张大树在阳州较早涉及大型商场和宾馆，后来在江州投资大型商场和宾馆，比金色天街更早。105专案组经过调查，已经不再把张佳洪作为杨帆案的犯罪嫌疑人，谁知道张佳洪的姐夫又很诡异地出现在钱刚枪击案中。

侯大利在最初只是想要追查"那一通奇怪的电话"，谁知根据线索往下追，居然查到了与张佳洪有关联的人，他在心里升起了一个大大的问号：难道这真是巧合？

他再次打通宁凌的电话，道："你平时和张冬梅有联系吗？"

宁凌道："有联系，我们都是江州市女企业家协会的成员，每月见面，私下也在一起玩。"

侯大利道："那你想办法联系她，不管用什么方式，尽量联系上她。"

宁凌办事沉稳，事情交给她，侯大利放心。

刚结束通话，江克扬的电话又打了进来，道："组长，我正前往江州二建，刚才我们谈论的事情不幸言中了，有好几百老机矿厂的老工人和家属前往江州二建，我问了问情况，就是冲着张英那件事去的。"

侯大利急匆匆朝江州二建方向赶去，很快与江克扬和伍强会合。江克扬将警车停到一处停车场，和伍强一起坐上了越野车。

三人坐在越野车上，透过玻璃看着一群群头发花白的老工人朝二建方向走去。

伍强兴奋道："看来真有A公司。A公司最有可能是新琪公司，新琪公司是耗子腰杆上撇左轮——起了逮猫心肠。他们想要干掉二建，拿下修配厂家属院的两个标段。"

侯大利望着黑压压的人群，道："老克，你在修配厂做过调查，有没有遇到能说得上话的人？"

江克扬指了指人群中的一个高壮汉子，道："有啊，那是以前老机矿厂保卫科的干部，我和他聊得不错。我把他叫过来，问问情况。"

江克扬下车后，找到了高壮汉子。高壮汉子跟着江克扬来到路边，抽着烟，愉快地聊了起来。

"你们到哪儿去？"

"找江州二建。"

"江州二建惹了你们？"

"张正虎冲下楼的时候，接到一个电话，那是二建杨为民的电话。千真万确，狗才哄你。二建那些龟儿子，绑了张英，还拍了裸照，派出所后来在杨为民办公室搜出了这些照片。张正虎是莽，但也是有头脑的人，肯定是被气糊涂了。"

"杨为民的电话和张英的裸照,你们是听谁说的?"

"我也不清楚,反正大家都这么说。"

"张英说的?"

"我不知道是谁说的,肯定不是张英,这是家丑,谁都不会外扬。反正大家知道这个消息后,都气炸了。江州二建做了这种断子绝孙的事情,还想在修配厂修房子,绝不可能。修配厂虽然垮了,加上家属,还有机矿厂的其他人,也有上千号人,如今被人骑在头上拉屎,绝对搁不平。"

在人群中有一些标语,写着"江州二建,伤天害理,断子绝孙""江州二建滚出机矿厂"等内容。

高壮汉子曾经有过高光时刻,老机矿厂破产后,他的生活水平、社会地位呈现断崖式下降。有技术有关系的干部职工勉强在市场经济中有一条活路,其余人很困难。高壮汉子也到其他企业保卫科工作过,皆不如意。他过了退休年龄,拿到社保工资,生活才从最低点缓慢上升。他对这种集体活动很有热情,说起话来铿锵有力。

江克扬道:"你别冲到最前面,枪打出头鸟。"

高壮汉子道:"我小孩不在江州,全到南方去了。我现在是一穷二白,光脚的不怕穿鞋的。我们是签了字,但签了字我们也不会搬走。光天化日,绑架女人小孩,侮辱我们的后代,还有没有王法?我算看明白了,如今谁软蛋就要受欺负。这次我们软了,下次他们就要骑在我们脖子上拉屎拉尿。"

聊了一阵子,高壮汉子眼见人群走远,道:"江警官不错,我们交个朋友,以后有啥事,你要帮忙啊。"

他紧跑几步,追上了大队伍。

江克扬回到越野车上,道:"有人在散布张正虎接到电话和张英裸照的事情,而且知道打电话的是杨为民。"

侯大利道:"他们提到邱宏兵没有?"

江克扬道:"没有提。"

越野车走支路,提前来到江州二建。江州二建有一个独立院子,大门敞开，有几个人站在树荫下抽烟，很悠闲的样子。侯大利和江克扬找了二楼临窗位置，要了一杯茶，观察二建情况。茶水还没有端来，二建忽然如被火烧的马蜂窝一般，跑出来好几个人。

二建院子里，司机小章道："邱总，他们的人堵了门，车辆过不去。"

"这群狗日的。"邱宏兵低声骂了一句，道，"好汉不吃眼前亏，给我找辆摩托，要有头盔。"

职工的摩托全部停在后院，小章赶紧跑步去拿钥匙。邱宏兵在后院骑上摩托，戴上头盔，发动后，离开院子。刚离开院子，摩托车就遇到老机矿厂的工人们。工人们也没有想到骑摩托的就是邱宏兵，没有人理睬摩托骑手。

三四分钟后，工人们来到了二建大院。大院伸缩门已经关上，两个保安缩头缩脑地站在伸缩门后面。听到消息的街道、居委会干部与派出所民警都赶了过来，在远处还停有一辆防暴车，车上坐着防暴队员。

"杨为民在哪里，滚出来。"

"邱宏兵，不要装孙子，出来。"

工人们推翻了伸缩门，闯进江州二建办公楼，挨个砸房门。

大树集团的老板张大树接到海市长的电话后，赶紧打通邱宏兵电话，道："你在哪里？在不在办公楼？"邱宏兵已经骑车回到家里，通过两部手机遥控指挥。他接到岳父电话，道："爸，我刚从办公室出来。"

张大树声音低沉而威严，道："你是怎么搞的，弄出这么大的事。"

邱宏兵急忙解释道："龙泰公司的事情和我没有任何关系，绝对没有关系。"

张大树道："修配厂那边有两个标段，为什么工人不去闹新琪公司，专门闹二建？"

初夏时节，温度突然飙升，达到了三十摄氏度，邱宏兵额头流下大颗大颗的汗水。他顺手打开空调，调至十八摄氏度，道："爸，你交代过我，不要涉及拆迁。我们的人这些天都没有到过工地。"

"杨为民是你的办公室主任，为什么从他的办公室搜出了裸照？"

"爸，这事我真不知道。"

"你用的是什么人啊，把这人给我开掉。"

"是，好。"

按照江州规则，区政府需要将"三通一平"的地块交给开发商，所以，张大树相信女婿不会傻到插手拆迁，还是告诫道："你不要和龙泰的人勾搭在一起，别人也就不会误会你。你不要以为我不在江州，就不知道你们干了什么事。冬梅什么时候回来，在外面疯玩了这么久，也该回来了。"

邱宏兵可怜巴巴地道："我打不通冬梅电话，给她QQ留言，她也不回。"

张大树想起任性的女儿就头疼，道："等到冬梅回来，你要好好和她谈一谈，早点要孩子。有了孩子，冬梅也就收了心。她不要，你不会想办法吗？你这个男人当得真没用。你也不要太宠她，都宠得没边儿了。"

邱宏兵道："爸，我会努力的。"

放下电话，邱宏兵沉着脸，半天不说话。

他打开电脑，在QQ上给妻子发了一个信息。发完信息，又拨打妻子的电话，电话仍然在关机状态。电脑屏保是妻子的照片，妻子五官极似岳父，不算太精致，配合在一起却有特别韵味，有一种灵动之美。

邱宏兵用手指在屏保上摸了摸妻子的脸，再给妻子发了一条短信："冬梅，什么时候回来？你开机的时候，给我回个电话。"

手机上的短信多数是发给妻子张冬梅的。张冬梅多数时间都只是回一个"嗯"字。

邱宏兵放下电话，走到镜子前，镜子里有一张英俊的脸。他拿起桌上的相框，放在自己的左脸边。照片中的妻子与邱宏兵的脸同时出现在镜前。邱宏兵从相貌到气质都非常出色，妻子张冬梅相貌一般，气场强悍，透过照片都能看到那种睥睨之气。

看了一会儿照片，邱宏兵回到沙发上，从茶几上拿起电话，恢复了二建老板的语调，道："包总，现在怎么样了？"

被留下来守办公楼的副总老包擦着脸上的鼻血，道："办公室全部被砸了。大家都被揍得鼻青脸肿，如果不是财务室有一道防盗门，几个女的都要挨揍。我跑慢了，没有进财务室，哎哟，被揍了一顿，要不是警察过来，会发生什么事情真说不清楚。"

邱宏兵缓缓地吐了一口气，道："真他妈倒霉，关了门，大家休息几天。"

放下电话，他又拿起另一个电话，道："小霄，你在哪里，这两天真他妈的不顺，心情烦躁得很，你过来陪我。"

肖霄正在酒吧楼上与陈菲菲等人打麻将，接到电话后，道："我有事，先走了，你们玩。"

陈菲菲抱怨道："你走了，三缺一，能不能不去啊？"

肖霄摇了摇车钥匙，道："不巧，真得去，下次请你们吃饭。"

陈菲菲道："新男朋友这么有钱，什么时候也给我们介绍一个。"

陈菲菲和肖霄皆是江州技术学院歌舞团成员。她们在学校时没有深交，在离开学院后倒是迅速成为朋友。陈菲菲原本想用肚子里的孩子赚一笔钱，从此过上公主的生活。谁知万事俱备，许大光突然死了，陈菲菲美梦破灭，虽然拿到了二十万元，还是毫不犹豫地打掉了肚子里的孩子。她如今和肖霄一样，混迹于金色天街和西城天街的各个娱乐场所，有时驻唱，有时就当小蜜蜂。

肖霄在卫生间迅速卸妆，又换了一套近似校服的衬衣和裙子。她走出酒吧，往前走了三百多米，站在一处相对隐蔽的角落。

七八分钟后，一辆汽车开了过来，停在肖霄身边。

邱宏兵远远就看到了肖霄。这个小女孩双手提着小包，放在身前，白衣黑裙，非常素雅。邱宏兵隔着车窗欣赏街边女孩，暗自感慨："好看不过素打扮。肖霄在酒吧跳舞的时候尽管性感十足，活力四射，但还是恢复本色更好看。"

肖霄坐在副驾驶位置，道："今天到哪里去？"

"这次到月亮湖别墅。"邱宏兵俯身为肖霄系上安全带。肖霄温顺地享受邱宏兵的服务，只是在邱宏兵系好安全带抬起身时，飞快地吻了吻邱宏兵的脸颊。她的吻非常温柔，带有少女的矜持，只是用嘴唇轻轻碰了碰对方。

邱宏兵也用嘴唇碰了碰肖霄，没有更进一步的亲密行为。

汽车向南开出江州城，再通过一条水泥公路向北进入巴岳山。

在巴岳山爬行一段时间后，汽车进入一条支路，支路周边长满高大楠竹。汽车行走在楠竹林中，带起片片竹叶。穿过大片竹林后，汽车往下行，接近山脚的地方赫然出现长条形湖泊。湖水清澈，在微风中泛起涟漪。这是月亮湖尾部，与巴岳山的一条山沟相连。湖水和山谷往日是穷山恶水，如今成为修建别墅的绝佳之地。

金山别墅区和高森别墅区是城区老牌别墅区，而月亮湖别墅区则是城郊最好的别墅区。邱宏兵前往的别墅位于水库最尾部，是整个别墅区最幽静的地方。

"只有我们两人吗？打扫卫生的柴阿姨没在？"肖霄走进别墅，打量后山，缩了缩肩膀。

邱宏兵道："柴阿姨每周四来打扫一次。这是修身养性的地方，我来的时候，不能有闲杂人。"

别墅有高大围墙，墙内面积至少有十亩地。肖霄少年时也曾做过富家小姐，可是每次来到月亮湖别墅仍然感到奢侈。她仰起头，用崇拜的眼光看着邱宏兵，道："兵哥，你真行，这么年轻就能住这么大的别墅。"

邱宏兵自嘲地笑了笑，道："这个别墅是大树集团修的，张大树原本想给自己修一个养老的地方。后来他到了阳州，基本上就不回来了，别墅就由我住。"

肖霄轻轻上前，挽住了邱宏兵胳膊，道："兵哥，陪我散散步。"

别墅有家用电梯，邱宏兵带着肖霄坐电梯来到四楼。站在四楼平台上俯瞰，湖面尽收眼底，湖对岸是密林，不时有山鸟从林梢飞过，发出啊啊的叫声。湖边有一个小水泥台，一艘小机动船随湖水轻轻荡漾。

"你会开船吗？"

"当然会，以前经常开到湖中间钓鱼，这两年事情多，没有时间玩了。"

"那带我去坐船。"

"晚上我们悄悄出去，然后停在湖中间，关掉马达。小船到时会随着水波摇晃，头顶是天空，四周是山林，那种感觉很棒。"

肖霄靠着邱宏兵肩膀，道："好浪漫，我喜欢。"

三楼有一个大平房，大幅落地窗前摆了一架钢琴。邱宏兵揭开琴盖，弹响了第一个音符。

旋律响起，肖霄安静下来。她从小学习弹钢琴，请了专业钢琴老师，谁知刚刚过了钢琴十级，父亲的生意就轰然而塌。最初，肖霄认为音乐便是一切，当家庭经济陷入困境之后，她才明白音乐不过是生活的附属品。尽管如此，她听到从邱宏兵手中流出来的音符，仍然找到片刻的感动和平静。

坐在钢琴前，邱宏兵的气质发生明显变化。他完全沉浸在琴声之中，左手在低音区弹奏出均匀而清脆的琴声，越来越快，越来越强。右手在高音区奏出雄壮的进军号声，气势雄浑。

琴声停止，邱宏兵抬头，见肖霄眼中挂着一滴泪珠，道："你能听懂？"

肖霄用手背抹去泪滴，道："这是肖邦的《英雄波兰舞曲》，弹得真棒。"

邱宏兵这一下更惊讶了，道："你还真懂，以前学过？"

肖霄道："我，钢琴十级。虽然十级在邱哥这种专业选手面前不值一提，但是当年全市过十级的人之中，我年龄最小。"

邱宏兵兴趣大增，道："你准备一套十级曲目花了多长时间？"

肖霄歪着头想了想，道："也就三四个星期吧。"

邱宏兵竖起大拇指，道："牛，我很多年前指导过两个学生，一个准备了三个月，另一个准备了整整一年，弹得还很菜。你来弹一曲，我听一听你的水准。"

肖霄坐在钢琴前，最初还不适应，手生，慢慢地，少女时期长期训练的成果显示了出来，肖邦的《C大调练习曲》逐渐有了灵气。

琴声结束，邱宏兵鼓掌道："你有天赋，可惜被耽误了。"

肖霄站起身，轻轻抱住邱宏兵，道："兵哥，我爱你。"

下午5点半，邱宏兵从床上起来，其身心都在肖霄身上获得了极大的满足感。他在窗边抽了支烟，给老包打电话，问道："公司那边是什么情况？"

老包坐在办公室，看着桌上被砸出来的印痕，道："还能怎么样，一群老头老太婆闹事，警察来了只能干瞪眼。他们闹到中午1点才走，现在大家还在收拾残局。"

交代了工作，邱宏兵来到床前。肖霄依然在沉睡中，薄被盖在腰间，半遮半掩更增性感。他猛然间有些恍惚，想起与妻子第一次相聚的情景。那夜，在借用的工作室里，他弹钢琴，张冬梅随着琴声随意起舞，有时认真跳，有时胡玩地跳几下。夜深后，琴声惊扰了邻居，邻居老大爷火冒三丈地敲门。

弹不了钢琴，张冬梅从包里取出一瓶葡萄酒，两人在夜光下喝酒，聊音乐。兴之所至，在工作室的桌上完成了第一次。结束后，张冬梅盖着衣服在桌上沉沉睡去，月光偷偷从窗口溜进来，照在女友身上，洁白的皮肤被染成了象牙色。他站在桌前，面对沉睡的女友，暗自发誓："我要永远爱张冬梅。"

张冬梅再次来到工作室。凌晨2点，邱宏兵被一阵猛烈的鞭炮声惊醒。张冬梅如小鹿一样钻进男友怀里后，一直在偷偷地笑。随即，楼下邻居带着警察敲开房门。

楼下老大爷怒吼道："谁他妈的这么缺德，在我家门口放了鞭炮。"他举着鞭炮的碎片，骂道："半夜三更，整整一千响的鞭炮，这是要人命啊。"

楼上楼下愤怒的邻居全部聚在门口，各种污言秽语朝小情侣骂去。

邱宏兵从睡梦中醒来，对眼前发生的事情一无所知，辩解道："我没有放鞭炮。"

老大爷一双眼睛血红，道："肯定是你们。昨天晚上深更半夜还弹琴，被我制止了，心怀不满，你们是在报复。"

张冬梅躲在邱宏兵身后，伸出脑袋，呸了一声，道："不要血口喷人，我们又没疯，为什么要半夜放鞭炮。明明是你自己半夜放鞭炮，还要赖在别人身上。"

邱宏兵真不知道谁放的鞭炮，将女友挡在身后，努力辩解。楼里没有监控，查不出来是谁放的鞭炮。警察无奈地和了稀泥，结果挨了无数臭骂。此事后，邱宏兵搬出了临时租住的工作室，和张冬梅同居。想起往事，邱宏兵转身又走到窗前，望向天边。

夜深时，月光极佳，邱宏兵带着肖霄来到湖边小码头。湖面幽静，马达声传得很远，碰到了巴岳山，无数飞鸟被惊起。小船来到湖中央，马达声停，山风吹来，湖水微荡。

"兵哥，我有点怕。"

"这是湖中央，最安全的地方。"

"这里有没有水鬼，我最怕水鬼。"

"这个世界没有水鬼，就算有水鬼也不可怕，最可怕的是人。"

月亮清冷，照在湖面上，如有一层薄薄的水雾。湖风吹来，肖霄缩了缩身体，随后靠在邱宏兵怀里。

"肖，如果我是个穷光蛋，你会爱我吗？"

"兵哥，我爱你，是爱你的人。"

"真的吗？"

"如果骗你，我就被水鬼拖走。"

邱宏兵微微摇了摇船。肖霄惊叫一声，紧紧抱住邱宏兵。小船在湖面慢慢摇晃起来，泛起了一圈圈涟漪。

7月4日，上午。

伍强和东城派出所民警第二次来到老文化宫南门，继续寻找可能存在的目击证人。走了两个多小时，没有丝毫进展，正要放弃之时，伍强忽然看见那家门脸极小的店铺打开了。前几天，这家店房门紧闭，一时半会儿找不到店老板的手机号码，始终没有联系上。

站在包子店门口，伍强能清楚地看到当时停面包车的地方。

店老板发现一个肩膀宽阔的汉子堵在门口，正想招呼，见其头上有伤疤，凶神恶煞的，便没敢出声。

东城派出所民警走进店铺，出示警察证，道："你这两天没有开门？"

店老板见到警察证，松了口气，客气地散烟，道："回老家办丧事，走了十来天。"

这个店经营特色大包子，店铺虽小，生意不错，能养活一家人。派出所民警到社区时路过这家店，还买过这家店的包子。他接过店主散发的香烟，道："5月27日，你开店铺没有？"

店老板拿起记账本翻看，查找5月27日记录，道："那天我在店里，这是我记的账。"

伍强道："5月27日上午10点左右，有一辆面包车停在那边，就是这边数过去第四根路灯的位置。"

店老板拍了拍脑袋，道："我知道你们要问什么了。我那天看到一件怪事，有个年轻妹子带着一个小娃娃，走到路上，一辆面包车开过来，跳下来几个人，把年轻妹子和小娃娃推上车。我当时感觉奇怪，从店里跑出来看。那帮人动作很快，我还没有回过神，面包车就开走了。我原本想报警，后来想到万一是夫妻闹矛盾之类的事，报警就是狗拿耗子多管闲事，也就没有报警。"

店主未报警，伍强深觉遗憾，问道："跳下来几个人？"

店老板道："三四个吧，他们动作快，我来不及数，应该是四个。"

伍强道："你看清楚他们的相貌没有？"

店老板摇头，道："他们动作真的很快，几下就把人弄进去了，那个妹子没有来得及喊，这是让我疑惑的地方，所以没报警。他们都戴着帽子的，穿的是一样的卫衣。在我这个位置看，个个都差不多。"

"这几个人有多高？"伍强问这句话有目的。邱宏兵身高一米八四，如果这四人中有身高接近这个高度的，邱宏兵的嫌疑将进一步提高。

店老板道："几个人都是和我差不多，一米七多一些，不高不矮。"

伍强道："有没有超过一米八的？我有一米七七，比我要高的。"

店老板道："没有，应该没有。在我的印象中，那四个人动作快，非常灵活。我没有个子特别高的印象，应该没有你高。"

邱宏兵是江州二建的老板，赤膊上阵是件奇怪的事。跳出车外的四人身高均明显矮于邱宏兵，说明邱宏兵当时不在现场。伍强随即想到另外一种可能，邱宏兵也有可能躲在车上，没有跳下车。

侯大利接到伍强的电话后，赶紧调出张英的询问笔录。

从张英的叙述中，当时面包车停在她的身边，从面包车里跳出四个人，应该还有一名司机。江州面包车的车厢比一般面包车宽大，有的司机还有意去掉一排座椅，以便装货。在这种情况下，一辆面包车挤个八九人没有问题。张英和其儿子上车就被蒙了黑布袋，不能肯定也不能否定车上是否有其他人。

为了核实情况，侯大利和江克扬特意再次找到张英。张英第一次见到侯大利和江克扬时态度非常抵触，反复做思想工作才愿意回答问题。由于拿回了裸照，删除了相机里的照片，她的态度明显改变，积极配合工作，努力回想面包车上是否还有其他人。很遗憾的是她上车之后就被套上了头罩，无法回忆起车上是否还有其他人。

侯大利和江克扬回到办公室时，马小兵和袁来安已经调取了5月27日邱宏兵所住小区和江州二建的监控视频，另外还复制了江州二建办公室的会议记录。

据江州二建办公室的工作记录，5月27日下午3点，江州二建开会，邱宏兵、杨为民都参加了此会。

调取二建监控，邱宏兵在上午11点32分到达大楼，在二建餐厅吃午饭。杨为民到达办公室的时间是下午2点07分。邱宏兵没有坐公司的商务车，而是自己开奔驰车来到大楼，奔驰车的车牌为南B×××××。

邱宏兵所住小区的地下车库监控显示：邱宏兵在上午11点07分离开小区地下车库，开了一辆奔驰，车牌为南B×××××。副驾驶位置上坐着肖霄。

至此，邱宏兵在5月27日上午前往老工人文化宫南门的可能性大大降低。

马小兵和袁来安带着询问通知书在金色酒吧找到肖霄，将其带到刑警新楼办公区，由侯大利和从二大队借过来的女侦查员秦晓羽进行询问。在江州市公安局的制度中，询问妇女，尽量由女侦查人员进行。虽然说"尽量"不是"必须"，但是，"尽量"在某些语境下就等同于"必须"，为了避免惹麻烦，遇到女嫌疑人，一般还是有女侦查员参加。

女侦查员秦晓羽刚刚从外地回来，脸色黑黑的，还有些划伤。

侯大利道："你受伤了？"

"我们追那两个龟儿子到山上，他们跟我们绕圈子，追了半天没有抓到。我们后来在草丛里蹲守，天黑，没注意到周围全是锯茅草。那两个龟儿子出现时，我们从茅草中钻出来，扑倒他们。当时没有觉察，后来坐上车才发现满脸是血，全是锯茅草划的。看见我脸上的血，顾支队被吓惨了，以为我被刀片划伤了脸。"

秦晓羽望着侯大利，道："上一次出事后，支队领导成了惊弓之鸟，都怕再出现伤亡。行动方案总是反复研究，条件稍稍不好，要么不行动，要么要增援。"

提起田甜牺牲之役，侯大利黯然神伤，道："我理解支队领导的做法，这一次抓不住，下一次还可以抓。"

秦晓羽道："上一次我们有伤亡，好在没有追究领导责任。联合调查组还在调查你，他妈的，我们一线侦查员里外不是人，两头受气。"

交谈几句后，肖霄进入询问区。有了吴煜案的经验，她对公安办案方法有所了解，不再紧张。

按照询问计划，侯大利负责询问，秦晓羽记录。

肖霄看到侯大利后，低下头，又变成怯生生的少女。侯大利告知法律责任时，肖霄不停地乖巧点头。

侯大利面无表情地道："我们是江州市公安局民警，这是我们的警察证，现在有几个问题想找你了解核实。根据《中华人民共和国刑事诉讼法》有关规定，你应该如实提供证据、证言，如果有意作伪证或者隐匿罪证，要负法律责任，你明白吗？"

肖霄道："我明白。"

侯大利道："你认识邱宏兵吗？"

肖霄道："我认识邱总。他喜欢唱歌，唱得很好，到金色酒吧来玩的时候，偶尔唱一曲，很受大家欢迎。"

…………

经过必要铺垫后，侯大利开门见山地谈了此次询问的目的，随即开始进入正题，道："5月26日晚上和5月27日上午你在做什么，具体谈一谈。"

被带到刑警支队后，肖霄一直在琢磨到底犯了啥事，内心还是挺紧张的。她得知警察是在调查老工人文化宫发生的猥亵妇女案，彻底放松下来。她抬起头，面带难色，道："一个多月前的事情，谁都记不清楚。记不清楚的事情，我不能乱说。"

侯大利道："你是金色酒吧的驻唱歌手？"

肖霄道："我是。"

侯大利道："这里有5月26日晚上的录像，你可以看一看。"

看罢录像，肖霄眉毛低垂，可怜巴巴地道："谁都不想做这些事情。我一个小女孩要生存，这是被社会逼得没有办法，哪怕有一丁点儿办法，我也不愿意被男人吃豆腐。与其被那些土豪吃豆腐，还不如被邱总这种长得帅又很绅士的男人吃豆腐。我知道你们看不起我，我不偷不抢，凭劳动吃饭。"

无论从表情还是用语，肖霄成功勾勒出一个受到社会欺压的少女形象。秦晓羽不了解吴煜案，对肖霄还颇有几分同情。

侯大利压根儿不相信肖霄的陈述，道："5月26日晚上，你住在哪里？"

肖霄咬紧嘴唇，泪珠滚落下来，道："当天晚上，我被邱宏兵带回家，晚上就住在他家里。你们就不能给我留点隐私，再穷的人也有自尊心。"

侯大利不为所动，道："你是什么时候离开的？"

肖霄道："5月27日上午，接近吃午饭的时候，邱宏兵开车送我出去的。他把我送到金色天街附近，然后开车走了。"

侯大利道："开车送你离开的具体时间？"

肖霄道："11点多，不到11点半，我回到金色酒吧，玩了一会儿，才到12点。"

侯大利道："邱宏兵开的是什么车？"

肖霄道："黑色奔驰车。"

侯大利道："车牌是多少？"

肖霄道："南B×××××。"

…………

肖霄的陈述，证实邱宏兵确实在5月27日上午没有时间前往老工人文化宫南门，更不可能对张英实施猥亵。

侯大利随口问道："你在邱宏兵家里过夜，不担心邱宏兵妻子回来吗？"

肖霄怯生生地道："邱宏兵跟我说，他老婆出去旅行了。邱宏兵是大老板，我没有办法拒绝他。我也想通过他找一份稳定的工作。"

侯大利道："你在5月到邱宏兵家里去过几次？"

肖霄脸色苍白，低着头，眼泪又往下滚落，道："我是身不由已，在5月26日晚上去过邱宏兵家。"

询问结束后，秦晓羽将询问笔录交给肖霄核对。肖霄看完之后，写下"以上记录我看过，和我说的相符"，并按下指纹。

肖霄离开办案区后，秦晓羽道："你后来询问的事情与猥亵妇女案没有关系。"

侯大利没有讲明真实原因，道："其实也有关系，我想查清楚肖霄和邱宏兵的真实关系。你不要被肖霄的表情迷惑，这个女人不是表面看起来这么简单，心机深沉。在吴煜案中，我们打过交道，她不是一般的女人。"

询问结束，侯大利若有所思，走进电梯，忘记了按楼层，直至到了地下车库才回过神来。他之所以在最后一段询问了肖霄和邱宏兵的关系，是因为在侦办猥亵案时发现了蹊跷事，他怀疑张大树的女儿张冬梅失踪了，甚至可能遇害了。只是，张冬梅的父亲张大树没有报失踪，邱宏兵也没有报失踪，也没有人发现张冬梅的遗体或者其他能证明其遇害的证据。

坐电梯回到办公室，侯大利写下张冬梅可能失踪的理由：第一，张冬梅手机有半个月打不通；第二，她的微博更新停止于5月24日，以前几乎天天要发微博；第三，邱宏兵在5月26日公然带女人回家，没有考虑妻子突然回家。

写下三条理由之后，他自己都觉得这三条理由无法说服支队长。

侯大利拿起手机，准备给宁凌打电话，询问上次交办的事。他的手摸到手机，电话就响了起来，正是宁凌打来的电话。

宁凌道："我是女企业家协会的理事，借着女企业家协会的事情找张冬梅，没有办法联系上。张冬梅的手机一直关机，电话打不通。她的QQ一直都是灰色的，QQ空间更新停止在5月21日。我直接给许阿姨打了电话，许阿姨说最后一次通话是在6月17日，她是查了通话记录的。我又借着找张冬梅办事的名义，联系我知道的张冬梅的朋友。没有人知道张冬梅最近一段时间的行踪。有一个人开了玩笑，说肯定跟顾医生去度蜜月了。"

侯大利道："谁是顾医生？"

宁凌道："张冬梅是非常独特的女人，才华横溢，在私人关系上也比较洒脱。顾医生叫顾全清，开了一家康复中心，与张冬梅关系密切。我找到顾全清的联系方式，给他打了电话，手机关机。"

这是非常重要的信息，侯大利郑重地道了一声感谢。

QQ空间更新停止在5月21日，与微博最后更新日5月24日接近，也就是说从5月下旬起，张冬梅的社交软件就停止使用，这对于一个高度自恋且喜欢展现自己的人来说是不可思议的。只不过，张冬梅的妈妈明确说最后一次通话是6月17日。这与社交软件停止更新时间不符，让侯大利感到非常费解。

同样令人费解的还有老工人文化宫南门的猥亵案，邱宏兵明明不在场，但张英和李强均指认电话里的声音就是邱宏兵的声音。

想到这个问题，侯大利双眼一阵狂跳。在2001年10月18日，李秋等人从省城阳州来到江州的原因是接到侯大利的电话，而侯大利本人百分之一百没有打过这个电话。还有，杨为民到现在都不承认在5月27日上午和父亲通过话。

与九年前的往事极为类似的事情居然在猥亵案中出现，这令苦苦等待线索冒头的侯大利似乎看到了破案的一丝亮光。侯大利经受过复杂案情考验，比起普通同龄人有着过硬的心理素质，虽然破案的一丝亮光让他全身血液为之沸腾，他却没有浮躁。

侯大利独自来到顾氏康复中心，这是一家设在江州体育中心底楼的运动康复中心，对外开放。康复中心与一般的中医类按摩中心不一样，设施设备先进，装修风格现代。透过玻璃窗，可以看到康复中心有一排治疗床，三张床上有人正在康复治疗。大门正面的墙上挂着医生介绍，排在第一位的是顾全清。顾全清约莫三十岁，五官端正，气质儒雅。

"你哪里不舒服？"进门处有一处诊台，年轻的小姑娘主动询问道。

侯大利道："我腰有点不舒服，估计是锻炼过度，腰肌劳损。"

小姑娘道："你以前来过我们这里没有？"

侯大利道："第一次来，是听朋友介绍的，我想找顾医生。"

小姑娘道："顾医生这段时间不在，我给你推荐一个师傅，技术也很好。这几天我们在搞活动，办卡有折扣，很划算。"

侯大利长期锻炼，腰肌确实也有些受损，便根据小姑娘的推荐办了一张金卡，随即开始第一次康复治疗。为侯大利治疗的是一位长有络腮胡的中年人，络腮胡是江州体育中心的队医，在康复中心兼职，不定期过来。他的技术不错，为人豪爽，健谈。康复治疗花了接近一个小时，侯大利已经确切地知道顾全清已经外出一个来月，而且手机一直处于关机状态。

侯大利故意问道："一个月联系不上，你们都不着急？"

络腮胡道："刚开始还有些急，有一些老顾客点名要找顾全清。后来大家也就习惯了，我们的技术其实相当不错。"

侯大利笑道："顾全清长得这么帅，肯定跟着小姑娘出去走天涯了。"

络腮胡面带一种"大家都懂"的笑容，道："老顾是浪迹天涯，但不是小姑娘。小姑娘其实没有啥味道，青涩得很。"

侯大利用极轻微的声音道："我晓得，他是和张冬梅一起外出的。"

顾全清和张冬梅如今关系好得蜜里调油，康复中心尽人皆知，中年人也就没有掩饰，笑着点头。

侯大利最初纯粹为了打听信息才办卡，谁知还真遇到了高手，经过络腮胡按摩，腰部的酸胀感大大减轻。与身体相比，更重要的收获是基本确定张冬梅和顾全清是一起外出，也就意味着张冬梅不是失踪，而是外出"度蜜月"。

回到办公楼，侯大利来到307室。江克扬等人皆在办公室，围坐在一起讨论案情。

江克扬道："我又去提审了杨为民，杨为民坚决不承认拍了裸照，认为有人栽赃陷害。邱宏兵有明确的不在场证明，难道，张英和李强产生了幻听？"

伍强道："面包车是假车牌，如今换了车牌，没法找了。我和马儿找了四大队，他们没有掌握手腕上刻字的黑社会分子。"

侯大利和重案一组原本以为猥亵案是一件简单案子，谁知这件简单案子处处透着古怪。他拿出烟，给大家散了一圈，道："如果杨为民说的是真话，那就是有人陷害。陷害者是如何办到的？既要让杨为民父亲以为是与儿子通话，又要让张英指认邱宏兵，这个难度太大。"

马小兵道："偷杨为民的手机是非常简单的事，包括把照片放入铁皮柜，对扒窃高手来说都不是难事。但是，不管扒窃技术如何高超，没有内应都办不成这事。如果杨为民所说是真话，则在二建里面肯定有内鬼。关键是杨为民父亲深信在与儿子通话，这个太不好理解了。"

江克扬道："有没有那种会口技的人，能够模仿其他人说话？"

这是一个非常新颖的观点，侯大利立刻取出笔记本，记录下江克扬这个观点。如果此案突破了"声音"这个难点，那对侦办杨帆案也有极大好处。

7月4日，下午3点，侯大利和江克扬来到东城派出所，找到钱刚副所长。

钱刚副所长见到两人，赶紧到所长戴克明办公室抓了一筒好茶。泡好茶后，钱刚道："我的事多亏了你们，一直说要登门道谢，可是刚回来上班就遇到一起盗窃案，陷在了案子里。"

所长戴克明走进来，道："说曹操，曹操到。我刚和钱刚说起吃顿饭，请侯组长和老克探组，还有建伟兄和新来的女法医张小舒一起到农家乐弄点土菜。这是我们派出所的心意，纯粹一顿便饭，这次不能推辞了。今天和老克一起过来，有什么需要我们办的？"

侯大利道明来意，钱刚副所长把执法办案队召集起来，研究手腕上刻字的人以及辖区内会口技的人。

接近4点，钱刚桌上的座机和手机几乎同时响了起来。

"什么？修配厂工人又闹事，多少人，朝哪个方向去了？"钱刚接到电话，听到又有群体性事件，神情凝重，只觉得心脏被一双无形的手挤压，快速跳动，血流时快时慢。

"这次人要少一些，但也有好几十人，还是朝二建去了。"派出所社区民警最先得到消息，站在路边向副所长钱刚汇报。

一波未平，一波又起，钱刚只觉得心脏异常沉闷，闷得难以呼吸。枪击案发生后，他被羁押了近一个月。一个月时间虽然不长，却对他的精神造成了极大冲击。这种冲击是隐性的，又是持久的，他似乎一下就衰老了十岁，进取心迅速下降，以前还会想着在职务上更进一步，如今就算上级让他当所长，他都没有太大兴趣。听闻修配厂职工又闹起群体性事件，不禁面露难色。

所长戴克明快步走了过来，对钱刚道："这次你就别去了。修配厂的人都认得你，你在现场容易引起矛盾。你留在家里带班，不值班的人，都跟我走。"

侯大利道："戴所，晚上的事情就算了吧。"

"不能算，最多时间稍晚一些。派出所天天都有事，'见怪不怪，其怪必败'用在所里最恰当。我已经给李建伟和张小舒打过电话，晚上6点半到7点，不见不散。"戴克明说完，转身走出房间，带人到现场。

侯大利和江克扬没有回办公楼，又到老工人文化宫南门，查看猥亵案的现场。

晚上6点半，侯大利、江克扬探组、法医室李建伟和张小舒、勘查室小林和小杨等人来到郊区农家乐。

农家乐位于江州河的河湾处，依山傍水，景色幽雅。老板接到电话后，早就炖上了须须草鸡汤。须须草是江州河的特产，用来炖鸡，汤味格外鲜美。戴克明提前来到农家乐，坐在院里和老板聊天。

侯大利有些惊讶地道："戴所，事情处理完了？"

戴克明道："这次去的人少，处理得快。修配厂的工人还没有服气，估计还得闹事。"

"钱所还没有过来？"江克扬坐在椅子上，接过老板递来的烟。

戴克明道："钱刚刚刚出门，有人来报案，是一起失踪案。钱刚要处理这事，等一会儿再过来。"

农家乐房前约一百米就是江州河的一处回水坨，农家乐老板热情地拿了几支渔竿，道："这个回水坨是我们农家乐的老窝子，经常能出鱼。野生鱼比饲养的要好得多，谁钓归谁，可以现场加工，也可以带回家。"

戴克明道："吃饭还有些时间，甩几竿。"

江克扬、马小兵等人取了渔竿，兴致勃勃去钓鱼。张小舒也取了渔竿，对李建伟道："李主任，钓鱼去。"

李建伟道："我不喜欢钓鱼，有一次被人拉去钓鱼，坐了两个小时，动都不能动，算了。"张小舒道："这个河段长期喂了窝子的，应该很好钓。"李建伟道："你懂钓鱼？"张小舒道："小时候爸爸经常钓鱼，我就跟着去，帮他挖蚯蚓。我会带个罐头瓶子，有小鱼，就养在瓶子里。后来养死过几次，就不养了。”李建伟这才有了点兴趣，道："那我也去钓鱼。"

张小舒又道："大利不钓鱼？"

"大利"这个称呼非常亲切，侯大利却觉得十分刺耳，目光一直回避张小舒，道："我在这里喝茶。"

张小舒离开小院时，侯大利暗自舒了一口气。

今天张小舒在离开办公室时，特意换上了一条红色连衣裙。当侯大利猛然间看到这一身大红连衣裙时，一股血猛然冲向了头顶，往日情景如排山倒海的海啸一样朝他扑了过来，彻底淹没了他。他转过身，不敢再看红色连衣裙。

原105专案组里，老葛等人知道侯大利的心理隐疾，不能瞧大红连衣裙以及不能紧盯河面。到重案一组后，侯大利更加严密地封锁了内心，江克扬等人并不知道侯大利的心理隐疾。等到张小舒坐上了车后，侯大利面色苍白地将车钥匙交给江克扬，道："你开车。"江克扬接过车钥匙，道："你脸色不对，生病了？"侯大利道："没事，估计着了凉。"

来到农家乐后，侯大利目光一直躲避张小舒，也没有与张小舒说话。张小舒两次找侯大利说话，他仿佛没有听到。

河边，江克扬、伍强等人各自找好了自己想要的位置，在鱼钩上穿上新鲜蚯蚓，开始等鱼儿上钩。李建伟和张小舒走得稍远一些，寻了一块没有大树的地方，免得鱼线被树枝挂住。

张小舒道："李主任，大利是不是对我有意见，跟他说话，他眼皮都不抬，太傲慢了。"

李建伟望了张小舒一眼，道："他不是对你有意见，而是没有办法面对大红衣服。这是他的心理创伤，田甜曾经和我谈过。"

张小舒道："为什么大红衣服和大利的心理创伤有关？"

李建伟道："九年前，杨帆落水的时候，穿了一身大红连衣裙。大利那时还在读高一，租了一艘船，在河边找了两三天，才在下游几十公里处找到杨帆。"

张小舒"啊"了一声，道："原来是这样。我后备厢里有作训服，我去换。"

李建伟道："现在去换，太明显了。"

张小舒道："随便找个借口，就说衣服弄脏了。我穿这一身，大利看着不舒服，我也不自在。"

张小舒放下渔竿，回到农家乐换上了作训服。她走到院里，朝侯大利看了一眼。恰好侯大利也朝这边看了过来。两人目光在空中碰了碰，张小舒没有转移目光，侯大利则迅速掉转目光。

又一辆车开了过来。钱刚下车后，道："抱歉，抱歉，刚准备出门就有人来报案。"

农家乐老板端出一个搪瓷杯，里面泡的是老荫茶。钱刚接过来，喝了一大口。

侯大利随口问道："什么案？"

钱刚道："一对老夫妻，说是很长时间没有见过儿子，手机总是联系不上。"

天渐渐黑了下来，须须草鸡汤的香味随风飘散，惹得几个侦查员失去钓鱼的兴趣，纷纷收竿，回来吃饭。戴克明所长钓鱼技术最好，在短时间内居然钓起三条二指宽的鲫鱼，进院就招呼："马老板，有豆腐没有，煮鲫鱼豆腐汤。"

马老板接过鱼桶，道："有须须草鸡汤，鲫鱼豆腐汤就没味，我缸子里还有几条鲫鱼，我去做一盆黄焖鲫鱼，味道好得很。"

鸡汤、腊排陆续端上来，皆是农家土菜，戴克明端着酒杯讲了开场白后，大家开始喝鸡汤。侯大利在江州大酒店长期吃特级厨师做的饭菜，口味很刁，试着喝了一口鸡汤后，迅速被正宗的农家鸡汤征服，接连喝了三碗。

喝到第二瓶酒时，执法队办案民警打来电话。

通完话后，钱刚道："戴所，失踪案应该是真的。失踪者叫顾全清，手机一直处于关机状态。他开了一家康复中心，其父母说顾全清有一个月没有露面了。具体情况还有待进一步查实。"

重案一组主要负责全市大案要案，此案如果真是失踪案，按照江州市公安局案件管辖规则应当由江阳区刑警大队侦办，所以，江克扬等人都没有在意此事。唯独侯大利听到顾全清的名字后，警觉起来，问道："顾全清的父母报失踪？"

钱刚有些意外地道："侯组长知道顾全清？"

侯大利道："顾全清是康复中心医生，今天中午我还在那里做了治疗。"

钱刚道："我已经安排执法队调查。失踪了一个月才来报失踪，这些当父母的心太大。"

侯大利道："顾全清的父母平时不和儿子通电话？"

钱刚道："细节不清楚。"

顾全清和张冬梅是情人关系，两人都外出了一个月。如果顾全清是失踪，那么张冬梅多半也是失踪。侯大利准备明天向支队长汇报此事，晚上就没有再提起，与大家一起举杯，兴尽而归。

回到江州大酒店，侯大利洗澡之后，坐在窗前想张冬梅和顾全清的事，凭着他的直觉，顾全清和张冬梅大概率是出事了。张冬梅可以任性，长期关手机。顾全清作为康复中心负责人，不可能长期关手机。

到了凌晨，侯大利才上床睡觉。长久思考案情，让他有轻微的失眠症，所以不太敢太早上床。太早上床无法入睡，辗转反侧，不如晚些上床。在床上翻了无数次身后，侯大利终于迷迷糊糊地沉入梦乡。梦中出现穿红色连衣裙的背影，极似杨帆，侯大利努力飞奔而去，谁知双腿被无形绳索缠住，跑得极慢，非常用力，却迈不开脚步。

终于，他接近了红色连衣裙。红色连衣裙回头，面容却是张小舒。他停下脚步，红色连衣裙突然变成水中的那抹红色。

"啊，不要。"侯大利在梦中用尽全身力气大叫了一声。喊了这一声后，他翻身而起，额头和身体布满汗珠。

第七章
三社水库里的越野车

7月5日，早上。

侯大利来到刑警新楼之时，才基本消化晚上噩梦带来的消极情绪，径直来到支队长陈阳的办公室。

陈阳听到敲门声，抬头看到站在门口的侯大利，道："案子办到什么程度了？"

侯大利道："有两个问题。一是杨为民坚决不承认自己拍了照，咬定有人诬陷。二是经我们调查，邱宏兵有明确的不在场证明。"

"重案一组屡破大案，别在猥亵案这个小阴沟里翻了船。"邱宏兵不涉案，猥亵案在支队长陈阳眼里就是极为普通的案子。

"今天向支队长汇报的是另一件可能是大案的线索。我在调查猥亵案的时候，发现张冬梅有可能失踪。张冬梅是张大树的女儿，邱宏兵的妻子。"侯大利开门见山向支队长陈阳报告自己的疑惑。

陈阳吓了一跳，道："张大树还是邱宏兵报案？"

侯大利道："到目前为止，没有人报案。"

陈阳道："你发现了什么线索？"

侯大利详细谈了张冬梅手机长时间关机，QQ空间和微博最后更新分别在5月21日和5月23日，所有人都没有再联系上张冬梅以及顾全清父母报案等情况。

陈阳最初脸色凝重，听到6月17日张冬梅与其母亲通过电话后，眉毛慢慢松开，道："既然张冬梅的母亲没有任何疑问，说明没有大问题，有可能是年轻人来了一场说走就走的旅行，张冬梅和顾全清毕竟不是夫妻，而是出轨恋人，这是要受到道德谴责的，共同关手机也许是免得被打扰。年轻人嘛，就喜欢搞这些新鲜玩意。你过于敏感和多疑了，很多侦查员都有这毛病。"

侯大利道："顾全清是江州康复中心老板，做生意的人，一个多月不开手机，很蹊跷，绝对不正常。顾全清的父母已经报案。我建议在调查顾全清失踪案时，也要调查张冬梅的行踪。我有很强的预感，两人出事了。"

陈阳有一张圆脸，平时说话总带着笑，言谈温和，缺少前两任支队长锋利的目光和咄咄逼人的说话方式。实际上，陈阳是从一线侦查员做起，担任过重案大队副大队长、大队长，办案能力出众。他还有另外一个突出优点，协调能力强，听得进去意见。

他没有立刻对侯大利所言做出反应，靠在椅子上，看着天花板，想了一会儿，才道："两人失踪，这事重大，我要向宫局汇报，建议技侦支队帮助查找顾全清和张冬梅的行踪。在局里没有布置的情况下，你不要擅自行动。心急吃不了热豆腐，我们必须学会按程序办事。说得直白些，按程序办事，破不了案，责任不大，可以继续侦办。不按程序办事，就算破了案，也会被挑错。若是不按程序办事导致破不了案，不管目的是什么，你都得承担责任。程序正义从某种角度是保护我们的盾牌，我们必须得明白这一条。"

侯大利道："我明白。办案有时得忍，好事多磨，欲速则不达。"

"你明白就好。"陈阳看了侯大利一眼，道，"这一次联合调查组介入黄大森案，你做得很好，不急不躁。"

侯大利自嘲道："我那是没有办法，谁都不愿意被人追着屁股查。案子很简单，联合调查组什么时候撤走？"

"调查结果没有出来，我也不好多说，你安心办案。"陈阳屁股离开座椅，拿起笔记本，去找宫建民汇报。

侯大利跟在陈阳身后，等其进了电梯，这才转身下楼，回到办公室，把江克扬叫了过来。

遇到疑点与江克扬讨论，随后再与探组其他成员一起讨论，这是侯大利在近期形成的习惯。通过这种"三个臭皮匠顶个诸葛亮"的方式，案件便在浓浓迷雾中露出真相。

侯大利道："陈支交代，心急吃不了热豆腐。顾全清失踪案由派出所调查，张冬梅是否出事还是未知数，我们只能等待。但是，我们也不能被动等待。我想把猥亵案和失踪案结合在一起来思考，找出它们看似毫无关联实则密切联系的那一根隐藏起来的线。"

江克扬道："张冬梅长时间没有消息，邱宏兵难道不会怀疑妻子出问题？很大可能是他们夫妻感情破裂，新生活，各顾各。还有另一种情况，枕边人作案，因情生恨，这种情况在杀人案中相当突出。"

侯大利拉过白板，左边写下猥亵案，右边写下失踪案。

猥亵案：第一，受害人张英，手机机主是杨为民，裸照和相机的拥有者是杨为民，打电话者疑似邱宏兵；第二，杨为民和邱宏兵都没有拍裸照的动机，或许存在一个A，操纵猥亵案；第三，猥亵案后，修配厂职工两次围攻江州二建。

失踪案：第一，顾全清和张冬梅疑似同时失踪，邱宏兵是张冬梅的丈夫；第二，张冬梅的微博更新停止于5月24日，张冬梅与母亲通话是6月17日；顾全清的具体失踪时间另查。第三，邱宏兵与肖霄关系密切，肖霄不是省油的灯。

两案的唯一的联系点就是邱宏兵。侯大利用签字笔在邱宏兵名字后面加上一个大大的问号。

7月5日下午，侯大利接到电话后来到支队会议室。

这是一个参会人数不多的小会，参会人员有副局长宫建民、刑警支队长陈阳、技侦支队长赵刚以及东城派出所戴克明和钱刚等人。

"老戴，顾全清是什么情况？"宫建民坐在会议室正中位置，亲自主持会议。

戴克明翻开笔记本，戴上老花镜，道："我汇报六点。第一，经过我们调查，顾全清最后一次在康复中心上班是5月23日。5月23日下班之后，他对员工交代要出去几天，有事打手机。第二，5月24日，有熟客要求联系顾全清，手机没有打通。也就是说，从5月24日开始，顾全清的手机就关机了。我们调取了顾全清的手机通话记录，他的最后一个电话是与张冬梅通话，是在5月23日晚上8点21分。第三，我们搜查了顾全清的住房，房间打扫得很干净，最关键的是关掉了天然气和水电，看起来是有出去一段时间的打算。据顾全清父母讲，顾全清很细致，每次外出旅行，都要关闭水和气。第四，顾全清父母介绍，顾全清偶尔也会关手机，最长也就两三天。他们这段时间一直在拨打儿子的手机，总是希望儿子突然开机，过了一个月时间，他们越来越怕，终于过来报警。第五，顾全清父母不知道儿子的QQ号，我们是从康复中心员工那里拿到的，康复中心员工与顾全清最后的交流也是在5月23日，后来一直没有在线。第六，顾全清是开越野车出去的，车牌是南B××××。"

宫建民道："赵支，你谈一谈情况。"

技侦支队长赵刚道："我安排人查了查，张冬梅和顾全清的身份证在近期没有使用过，银行卡也没有使用过。无法追查到两人的手机信号。"

身份证、银行卡、手机是现代人必不可少的"身体组成部分"，离开江州这么长时间，这三样都"人间消失"，是极不正常的。再加上QQ号和微博同时停止使用，更不正常。

宫建民倒吸一口凉气，道："情况确实不妙啊，两人极有可能出事了。"

赵刚道："以我们的经验，凡是出现这种情况，当事人都出了状况，没有例外。"

宫建民道："存在另一种可能性，两人带着现金私奔，彻底隐居。

大利，你最先调查此案，有没有这种可能性？"

侯大利道："没有这种可能性。顾全清的康复中心经营状况良好，离开前没有任何异常，张冬梅生活潇洒，如果他们真是隐居了，那就失去了潇洒的条件。我们是在查猥亵案时，一路追踪到邱宏兵，又发现张冬梅有异常，她的微博停在5月24日，23日发了微博，24日没有发。QQ停在5月23日，但是，她在6月17日与其母亲通过话，通话时的地址在湖州。"

宫建民道："陈支，你是什么看法？"

陈阳道："我和赵支队的看法一致，张冬梅和顾全清出事的可能性极大。我建议顾全清失踪案移交给重案大队，由重案一组侦办。至于张冬梅是否失踪，不能轻易下结论，还得与张大树夫妻和邱宏兵再次确认。"

宫建民微微点头道："同意陈支的意见。张大树是我市甚至是山南省的著名企业家，其女儿失踪，肯定会引起广泛的社会反响，我和关局将向市委市政府汇报此事。"

东城派出所将顾全清失踪案移交给重案大队。移交完毕之后，接近下班时间。

走进小会议室，江克扬竖起大拇指，道："组长第六感超强，祖师爷赏了你这碗饭。"

"大家以后别叫我组长了，太见外，直接称呼名字，或者叫大利。"

目前，张小舒坚持称呼侯大利为"大利"，弄得他很不自在，就主动提出去掉组长这个称呼。这样一来，张小舒的称呼就变得不再特别。

"我们还得到顾家走一趟，眼见为实，耳听为虚。"江克扬又道，"联合调查组分别找大家谈了话，又去提审了相关犯罪嫌疑人，又查了卷宗，应该很快结案。宫局应该大致知道情况，否则不会把顾全清失踪案移交给我们。"

侯大利道："找我谈了两次，随便他们，多想无益。我和老克去顾家，马小兵和袁来安去调与邱宏兵、张冬梅和顾全清有关的视频，不管有用无用，能调来的全部调来。"

顾全清父母住在新城，接到电话后，便在家里等着即将登门的刑警支队警察。顾家是中医世家，顾全清不仅有家学，还是中医学院科班毕业，医术出色，是江州中医界的后起之秀。顾全清父亲顾樟林如热锅上的蚂蚁，在家里走来走去，不时看一看一家人的照片，目光停留在儿子脸上时，胸口总觉得被巨石压住，不祥之感从脊梁骨升起，让其如临深渊，战战兢兢。

侯大利和江克扬走进顾家后，顾樟林强忍惶恐，泡了两杯茶，端到桌前。他泡茶用的是传统茶杯，茶杯洗得很干净，洁白如新。

江克扬出示警察证，做了自我介绍，道："你到东城所报案，说儿子顾全清失踪了，具体是个什么情况？"

顾樟林似乎没有听清楚江克扬在说什么，道："你们不是派出所民警。是刑警支队的。难道我儿子真出事了？"说到后面，他语带恐惧，声音颤抖。

江克扬道："根据职责，此案由刑警支队管辖。我们是来了解情况的。"

顾樟林做过多年中医，一直以来都受人尊敬，颇为注重颜面。他强压恐惧，道："我有一儿一女，长女在阳州开中医诊所，儿子顾全清在江州开了一家康复中心。全清没有和我们住在一起，平时工作忙，经常十天半月不回家。平时我怕耽误他工作，也很少打电话。这一次，全清接近一个月没有回家，他妈要过生日，我给他打电话，接连几天都关机。我到康复中心找他，员工说全清已经外出三十多天了。我找遍了亲戚朋友，都不知道全清在哪里，这才到派出所报警。"

"我儿子是读书出来的娃儿，靠技术吃饭，从来不和社会上的人拉拉扯扯。他平时就算事情多不回家，也会打电话回来。"顾全清母亲双手紧紧抓住衣服角，不停扭动，指关节发白。

江克扬问道："你记得起顾全清最后一次回家或者最后一个电话的具体情况吗？"

顾樟林道："全清在一个多月前给我打过一次电话，说是要出去散心，三四天就回来。他在康复中心带了三个徒弟，招了五个员工。平时徒弟和员工会在康复中心轮班，他主要是做技术指导，只有一些比较严重的病人或者是比较重要的客人才亲自上手。全清隔一段时间就会到外面旅行，这是常事，我也没有太在意。这一次时间太长，手机也关机，我们担心得很。"

江克扬追问道："最后一个电话是哪一天？"

顾樟林道："我和他妈仔细回忆过，全清打的最后一个电话就是要出去旅行前，后来就没有打过电话。我们打电话过去，全清总是关机。他以前在忙事情的时候，不接电话，但是事情忙完了，总是会回电话的。"

江克扬道："顾全清有女朋友吗？"

顾樟林道："全清长得还算帅气，有文凭，还开了一家康复中心，经济条件不错，不少老朋友都张罗着给儿子介绍女朋友。全清眼光高，一直没有正式交女朋友。"

江克扬道："有没有关系比较好的女性朋友，请谈具体一些。"

顾樟林道："应该有一个，还没有带回家。"

在江克扬和顾全清父母说话时，侯大利仔细观察房间情况。这是一个经济宽裕又稍显保守的家庭，家用电器全是新牌子，家具则基本上是前些年流行的实木款式。阳台上晒着中药，中药味道在空中飘散，形成了中医之家的特殊味道。

江克扬道："顾全清平时开什么车？"

顾樟林道："全清以前有一部轿车，年初买了一辆越野车。这次离开，轿车还在，越野车没在车库，应该是开越野车出去玩的。"

侯大利在"越野车"上打上着重号。

江克扬问完之后，侯大利提出看一看顾全清房间的要求。

顾全清房间收拾得很整齐，最醒目的是书架上满满的书。顾樟林道："全清和全秀都单独居住，我们给他们保留了各自的房间，回来后，他们各住各的房间。"

侯大利根据以前得来的办案经验，道："顾全清平时有记日记的习惯吗？他的QQ号以及微博号，我们也需要。还有，我们还想要看一看他的影集。"

顾樟林道："听说你们可以定位手机，这样找人就更容易？"

侯大利道："有另一组民警在做这事，请你放心，我们很重视顾全清的事情，正在调集警力调查。我们需要你们配合，提供有用的线索。"

"我们会全力配合的，只要能找到儿子，做什么都行。"顾全清母亲拿出儿子的影集，道，"影集里的照片都是老照片，现在的年轻人都用数码相机，存在什么空间里。"

侯大利拿起影集，慢慢翻开。

每次翻开他人的影集，就如走进了另一个人的世界，从其婴儿、少年、青年时期到现在，整个过程是连续的，能清楚地看到生命在时间长河中绽放。从照片中人的穿着打扮和生活用品，包括照片本身，还能清楚地看到社会变迁的历程。顾全清出身于中医世家，其照片中经常会出现与中医有关的场景和物品。早期是在中医院里，有其父亲简陋却标志明显的办公室，还有中医院后院，更多是中医院的家属院。青年时期则有很多中医学院的照片，此刻的顾全清称得上风华正茂，青春飞扬。近两年照片明显减少，更多的是合影，比如毕业合影、培训合影等。

翻完了第二本影集，影集后面还有些没有装照片的册页。侯大利随手翻了翻，一张照片掉落出来。这是一张日出的照片：一个女人站在山顶，张开双臂，双臂之间是喷涌而出的太阳。太阳的光线落在了女人的头发上，将其头发染成金黄色。

侯大利问道："这个女人是谁？"

顾樟林看罢照片，递给妻子。顾全清母亲仔细看了照片，道："我没有见过这个女子，不知道她是谁。"

侯大利道："这个地方在哪里？"

顾樟林道："我看不出来。"

侯大利进屋之时背着一个双肩包，里面有相机。翻拍完照片后，他又重新翻看了一遍相册，重点看了顾全清青年时期的照片，并将自己代入进去，体会顾全清的人生。

"顾全清记日记吗？"完成拍摄后，侯大利问道。

顾樟林摇头，道："我只见过工作笔记，真没有见过他的日记。据我所知，他只在初中记过，后来再也没有记过了。"

顾全清父母年龄并不算大，却与数字化时代明显脱节，对儿子的QQ号、微博号以及其他社交软件账号一无所知。

从顾家出来，坐上车，侯大利没有立刻启动汽车，而是拿出照片查看那张"朝阳剪影"，道："这个女人就是张冬梅。这张照片虽然只是一张背影，透露的信息却不少。这是看朝阳，又是在山上，所以女人和照相的人应该共同外出，才能拍朝阳。照片放在影集里，这说明照相的人就是顾全清。在女人身体角落，有一个栏杆，说明这是风景区，一般的野山不会装护栏。从女人所穿的衣服和周边树木来看，这是春天。她的衣服应该是最流行的新款，查一查她所穿的裙子款式，就可能调查出来这是哪一年的照片。"

江克扬道："如果顾全清和张冬梅是情人关系，最有可能动杀机的就是邱宏兵。情杀，这是杀人案中最常见的一种。"

车至康复中心，侯大利和江克扬来到前台。前台那名穿着护士服的年轻女子，还记得鬓角有白发的帅哥，微笑着打招呼，道："今天做不做？还是梁医生？"

侯大利亮出证件后，说明来意，年轻女子脸上的笑容凝固下来，通知没有接诊的医生轮流和两位警察交谈。

络腮胡第一个进来，身体绷得有些紧，道："原来你是警察，上次过来是刺探情报。"

侯大利道："我们要了解顾全清的事，先谈话，谈话后还得做次按摩，上次做了，真舒服。这是正式的调查走访，我们要做笔录的。"

络腮胡身体慢慢放松，道："顾老板走得太久了，确实不正常。顾老板的爸爸妈妈都过来找了几次。"

闲聊了几句，对话气氛轻松下来，谈话才正式开始。

"平时顾全清来不来康复中心？"

"他几乎每天都要来，时间不定。有不少客人都是专程来找他的。"

"顾全清的水平怎么样？"

"很棒。我年龄比他大，也得喊他一声老师。"

"顾全清最后一次到康复中心是什么时候？"

"我记不清楚。前台有记录，每个人的出诊情况都有记录，拿出来一看就清楚。"

"平时顾全清不在的时候，你负责诊所。顾全清这次离开这么久，离开时，总会跟你交代吧？"

"他走的时候倒是说过要出去玩几天。他做事认真，也会玩，每个月都会出去几天。"

"以前出去关不关手机？"

"一般不会关手机，随时都会打电话联系。有些特殊病人过来治疗，我们还要向他征求治疗方案。"

"我要看一看诊所的记录。"

"我马上拿过来。"

…………

康复中心管理得很规范，每个来诊所的病人都单独记录，每次什么情况都记得明明白白。顾全清出诊的次数不算多，有二十来个固定客人，张冬梅是其中一个。从记录来看，张冬梅去年初第一次就诊，就诊的原因是腰伤。在2009年5月后，张冬梅就诊的主要原因是痛经。每次为其治疗的都是顾全清。

侯大利已经勾勒出张冬梅和顾全清交往的过程。两人多半是在治疗过程中发展成情人关系。看完诊所记录，他询问了顾全清与几个病人的交往情况，前面和后面都是烟幕弹，询问张冬梅的情况才是真正目的。

络腮胡道："张冬梅是我们中心的VIP客户，腰椎上有点问题，痛经也厉害。她每次来都指定顾老板服务。顾老板手法确实好，无人可比，几乎所有VIP客户都要求顾老板亲自服务。这一次顾老板玩得久了些，就只能由我上，好些客人还抱怨此事。最近这些天经常有电话打过来，开口就问老板回来没有。"

侯大利道："看来顾全清深得患者喜欢，这么长时间，估计和患者都会成为朋友。"

络腮胡道："一般来说，我们和患者的关系就是这样，他们付钱，我们为他们治疗。这些VIP客户有一部分算是例外，会和我们交朋友，出去吃吃饭，唱唱歌。"

侯大利道："顾全清技术精，医术好，长得也帅，肯定最受欢迎。"

络腮胡骄傲地道："那是当然。"

侯大利道："顾全清喜欢和谁一起去玩？"

络腮胡道："张冬梅为人豪爽，经常请我们吃饭。"

侯大利道："张冬梅就是张大树的女儿吧。她和顾全清是什么关系？"

络腮胡上次与侯大利就谈到这个问题，只不过，上次是男人之间的默契，这次是警察和被询问人的关系。他非常谨慎地道："他们确实是好朋友，至于其他关系，那只有当事人清楚。"

调查走访了顾全清父母家以及康复中心，侯大利和江克扬已经非常确定：顾全清作为康复中心老板，一个月没有任何音信，出事的可能性非常大。如果顾全清出事，那么张冬梅出事的可能性同样也非常大。

"张大树是全市有名的企业家，难道做人如此马虎大意，女儿长时间不出现，手机关机，他们都没有任何怀疑？妻子外出一个月，手机长期关机，邱宏兵还到外面唱歌跳舞，吃吃喝喝，居然完全没有当回事。"江克扬望了侯大利一眼，道，"除了大利以外，这些老板和富二代都不正常。"

侯大利道："其实你说反了，他们的生活才是正常的，我的生活不正常。"

江克扬道："失踪一个月，活不见人，死不见尸，这个案子的难点就是找到尸体。如果是凶杀案，凶手就是邱宏兵，简直就不用思考。当前最不可思议的就是张大树夫妻，他们到现在都没有报案。这说明父女、母女关系非常疏远。这些有钱人啊，金钱胜过亲情。还是那句话，大利除外啊，在我眼里你都不算富二代了。"

晚上7点，老克探组所有成员回到重案一组小会议室，汇集情况。

在没有案子的时候，侦查员们有些懒散，不时发发牢骚，说些怪话。上了案子后，大家顿时忘记了人间烦恼，如打了鸡血。

马小兵、袁来安和伍强调取了与顾全清有关的视频，时间主要集中在5月23日和5月24日这两天。

5月23日，顾全清驾驶越野车从小区来到康复中心。下午5点，越野车离开康复中心，回到顾全清所住小区；晚上8点，越野车来到邱宏兵小区，张冬梅上了车，仍然坐在副驾驶位置；晚上8点17分，越野车出现在南郊加油站前面不远处的监控探头中。

侯大利在白板上写下重点：5月23日晚8点17分，越野车出现在南郊加油站。

5月24日的视频，没有查到顾全清的车。

除了视频以外，马小兵和袁来安还顺便调查了顾全清的越野车。4S店记得很清楚，当初是一男一女来买车，女的挺漂亮，挑选了店里最贵的这款车作为礼物，送给男的。男店员面对警察叙述这个过程时，羡慕之情毫不遮掩。伍强则调取了邱宏兵、张冬梅和顾全清近三个月的通话记录。

讨论到晚上9点，侯大利作了结语："现在情况越来越清楚，顾全清和张冬梅最后露面的时间是5月23日，监控目前能查到的最晚时间是晚上8点17分。虽然还需要更深入调查，但是从前期收集到的情况来看，大体如此。现在看来，他们是准备出去度假，结果一去不回，是死是活都不知道。明天上午，我和老克去见邱宏兵。你们继续调视频，4月、5月和6月的视频，凡是与顾全清和张冬梅有关的，尽量多调一些回来。"

7月6日，上午。

侯大利和江克扬前往江州二建办公楼。到现在，张大树夫妻和邱宏兵都没有报案，要调查张冬梅的情况还得以调查顾全清为切入点。

江州二建办公楼经过老机矿厂工人的两次冲击，玻璃几乎都被砸毁，办公家具也多有毁坏。修配厂工人第一次冲击二建办公室时，邱宏兵见势不妙，跑得最快。其办公室在顶楼，没有任何标记，除了门被踢几脚外，没有更多损伤。如今办公楼前的伸缩门紧闭，每班有四个保安，除了工作人员，其他人一律不准入内。

江克扬和邱宏兵取得联系后，进入二建办公楼。在三楼办公室等了十来分钟，邱宏兵才露面。邱宏兵三十刚出头，风度翩翩，打扮得体，非常帅气。他见到侯大利，立刻转身训斥身边人，道："你这点眼力都没有，大利来了，都不给我讲清楚。大利也见外，到了这里，都不给我打个电话。"

邱宏兵的声音富有磁性，尽管在训人，仍然让人眼前一亮，耳中一爽。

侯大利记忆力超好，确定没有与邱宏兵见过面，道："邱总认识我？"

邱宏兵热情洋溢地道："当然认识，你还在山南政法读书的时候，有一次国龙集团搞庆典，我们见过面。大利是稀客啊，到我办公室来喝茶。你别叫我邱总，太见外了。我比你大几岁，你就叫我一声邱哥。"

侯大利道："平时叫邱哥，今天得叫邱总。"

邱宏兵笑道："这么严肃，有事情吗？"

侯大利道："有事。"

邱宏兵办公室装修豪华，十分宽大，阳台上栽有花卉，一角有茶台，而另一个角落放有钢琴。邱宏兵亲自坐在茶台前，道："大利过来了，我泡最好的单枞，这是我从产地直接采来的，产量非常低。香味来自天然，是老茶树汲取天地精华形成的。"

茶水确实有一股幽香，侯大利很久都没有静下心来欣赏这类细致的味道了。在泡江州毛峰时，他已经和其他侦查员一样，抓一大把毛峰，扔进茶杯，泡出来的茶汤味道浓醇，却失之细腻。他放下杯子，道："楼下好多办公室都被砸了，你这间办公室还行。"

"我是见势不妙，跑为上策，才没有吃哑巴亏。这间办公室在顶楼，又没有任何标记，不起眼，所以没有被砸。"邱宏兵愤愤不平地道，"都是些什么事啊。我们二建通过合法手段拿地，拆迁和三通一平是政府的事情，和我没有半毛钱关系，这些工人三番五次跑到我们这里打砸抢，没有任何道理。如今政府也不给个说法。"

侯大利客客气气地道："我今天过来有点公事，想了解邱总在5月27日上午的行踪。"

邱宏兵道："需要了解我的行踪，发生了什么事情？"

侯大利道："5月27日上午，修配厂老职工的女儿被猥亵，后来在杨为民办公室找到照片，这事你知道吧？"

"我以人格担保，杨为民绝不会做这事，这是有人陷害。"邱宏兵竖了竖眉毛，道，"拆迁是由龙泰公司负责，江州二建和新琪公司没有参加，这事和我没有任何关系，杨为民为什么要冒傻气做这事。"

侯大利微笑道："具体原因我们还在调查。照片是在杨为民的办公室搜出来的。所以，我们还得例行调查，请邱总理解。"

邱宏兵按了按茶台上隐蔽的按钮，几秒后，一个年轻人走了过来。邱宏兵吩咐道："你去查一查记录，5月27日，我在做什么？"

小李道："我记得那天的事，上午您在家里休息，中午在餐厅吃饭，下午开会。"

邱宏兵拍了拍额头，道："我记起来了，前天晚上喝醉了。"

侯大利端起茶水喝了一口，貌似随意地问道："冬梅姐没有在二建上班？"

邱宏兵道："冬梅从来没有在二建上过班，你要找她？"

侯大利道："找冬梅姐了解一些情况。顾全清医生失踪了一段时间，其家人报了案。他开了一家康复中心，冬梅姐定期会到他那里去做理疗，我们找她了解顾全清的情况。"

邱宏兵道："冬梅以前腰椎间盘突出，经常到康复中心理疗，效果不错。冬梅这几天不在江州，出去旅行了。"

侯大利谈话时不动声色地观察邱宏兵脸部的细微表情和身体语言。在邱宏兵谈到顾全清的时候，眼睛突然眯起，透露了其心中的消极情绪和厌恶感。这是人类在大自然中形成的保护机制，当看到不喜欢的东西或者感觉到自己受到威胁的时候，眼睛眯成一条缝，避免看到自己不想看到的事物，从而可以保护自己的大脑。

"邱总认识顾全清吗？"

"我知道这人，但不认识。"

"冬梅姐是在国内还是国外旅行？"

"国内。这些年她每年都要疯跑一两个月，没有目的地，走到哪里算哪里。我现在也不知道她在什么地方。"

"冬梅姐的电话是多少？我给她打一个电话。"

邱宏兵报了一串数字后，苦笑道："这段时间都是关机状态。冬梅挺任性，每次心血来潮都会玩点花样，这次是关机，都十来天了。"

侯大利眉毛挑了挑，道："啊，关机十来天，你不担心啊？"

邱宏兵道："她就是这种性格，喜欢玩，不受约束，自由自在。我要忙二建的事，也不可能陪着她四处乱跑。以前还行，现在真不行。这是她的名片。"

侯大利拿起名片，拨打了张冬梅的电话，果然是关机状态。他问道："冬梅姐没有给你打过电话？"

邱宏兵道："6月中旬打过一次，我在开会，没有接到，给她回过去，她又关机了。"

重案一组已经调取了邱宏兵、张冬梅、张大树夫妻的通话记录，在6月17日，张冬梅确实给邱宏兵拨打过电话，未接通。在同一天，张冬梅还和其母亲通过电话。侯大利核实了情况后，再问道："冬梅姐给你打电话的时候，她在哪里？"

邱宏兵摸了摸胸前的骨质项链，道："没有接通，我不知道她在哪里。我老婆喜欢自由自在的生活，讨厌受人约束。我确实不知道她在哪里，说起来好笑吧，但是实情。"

侯大利道："等到冬梅姐回来后，麻烦给我打电话。"

邱宏兵道："问完了？"

侯大利道："问完了。邱哥的单枞确实不错，真香。"

"她应该很快就会回来，到时我给你打电话。唉，有些事，一言难尽，大利你应该知道。"邱宏兵说这话时，情绪明显低落。

侯大利告辞之时，邱宏兵强作欢颜，道："给你装了半斤单枞。不是我舍不得，我只有一斤，是最好的单枞。"

"我们喝茶都是用大茶缸，再好的茶都喝不出味道。改天想喝单枞了，我直接到邱哥这边来。"侯大利在谈公事时，一直称呼"邱总"，办完公事，便改称"邱哥"。

上车后，侯大利和江克扬照例在车上讨论。

江克扬道："邱宏兵肯定知道妻子和顾全清的事，却假装不知情，掩耳盗铃。邱宏兵作为曾经的流浪歌手，能够攀上张冬梅这种高枝，肯定要忍受很多不能忍受的事。"

"我同意你的判断。提到张冬梅之时，他时不时抓一下脖子，说明他没有说真话。"撒谎会使得面部与颈部神经组织产生刺痒的感觉，通过摩擦和抓挠动作能消除不适。撒谎者担心谎言被质疑或者被识破，升高的血压还会使脖子冒汗，因此，人们在说谎时会用手指或者手掌摩擦位于耳垂下方的皮肤区域，通常来说就是抓脖子。在张小天影响下，侯大利深入研究肢体语言，如今小有成效，察言观色的水平提高得很快。

表面上看起来侯大利和江克扬的调查走访没有太大效果，实际上获得了很多有用的信息：第一，顾全清和张冬梅不再是一个符号，而是两个活生生有历史有家人有性格的人；第二，顾全清和张冬梅是情人关系，邱宏兵对此心知肚明；第三，张冬梅在6月17日曾经打电话回江州和阳州，她和母亲通了电话，邱宏兵没有接到妻子打来的电话。

邱宏兵所言与电话记录能够吻合。到目前为止，没有人知道顾全清和张冬梅是离家出走还是已遇害。活不见人，死不见尸。

在回刑警新楼的路途中，侯大利的手机猛地响了起来。

支队长陈阳道："大利，你赶紧到湖州。有人在湖州三社水库发现一辆越野车，车牌是南B××××，这是顾全清的车。三社水库的具体位置，在地图上查得到。"

侯大利整个神经系统和肌肉立刻绷紧，道："发现尸体没有？"

陈阳道："没有发现尸体，是一辆空车。我和老谭已经出发了，你赶紧过来。"

侯大利道："我去找顾全清的衣服和鞋子，作为嗅源，用警犬到周边林子搜一搜。"

陈阳道："好，赶紧去。湖州有警犬基地，我跟老周说，让他们带警犬。"

尽管没有发现尸体，在一个小水库里发现越野车，意味着顾全清遇害的可能性大增。一个半小时后，侯大利和老克探组来到距离湖州城郊约五公里的巴岳山。巴岳山是山南重要的山脉，横跨了几个地区，湖州境内的是巴岳山北麓，海拔在一千两百米左右。

三社水库位于巴岳山山脚，修建时占用了三个社的土地，所以命名为三社水库。水库面积不算大，周边全是松树。有一条公路从北面绕过水库，越野车从这条公路滑进水库。湖州刑警支队用警戒线将现场围了起来，准备打捞越野车。

湖州市刑警支队支队长周成钢和陈阳面对越野车，聊的却是爆炸案。周成钢道："动用了太多警力，这样下去不是办法，谁都受不了。"

陈阳搓了搓手，道："在市中心爆炸，性质太恶劣。江州矿山多，不能有一起爆炸后逃脱的先例。不管付出多大代价，我们都得抓住黄大森。"

周成钢道："撒拦天网的时机过了，只能办专案，组织精干力量抓捕。如今技术发展得快，只要有专案组盯着，黄大森露面就逃不了，除非他一辈子不露面。"

陈阳道："我们最怕他长期不露面，冷不丁再来一下。如果再炸响，谁都受不了。"

周成钢这才把话题转到了水中越野车，道："这辆车挺高级，一百万元左右吧。"

陈阳道："我们正在查一起失踪案，没有什么头绪，结果出现了这辆车。车主是一家康复中心的负责人。"

江州刑警支队众多骨干已经来到现场，有法医室李建伟主任和张小舒，勘查室小杨和小林，DNA室主任张晨等人。

老谭和湖州公安局技术部门商量之后，走到两位支队长身前，道：

"我们暂时不打捞车辆，等侯大利和江克扬过来。潜水拍视频是侯大利提出来的，江克扬主动申请潜水拍照，免得打捞车辆破坏一些最原始的证据。"

二十来分钟后，侯大利和老克探组来到了水库边。侯大利来到陈阳面前，道："我们回去拿潜水设备，还要找顾全清和张冬梅的物品作为嗅源，耽误了时间。"

陈阳道："老克行不行？不行就派专业潜水员。"

江克扬拿着潜水设备走了过来，道："潜水员不清楚该拍什么地方。我专门练过潜水，也搞过水下摄影，没有问题。"

陈阳惊讶地道："你会水下摄影，没听说过啊？"

江克扬道："我是铁路中学毕业的，那时铁路中学游泳队在全市称霸王，我是主力队员。读警校时，跟着分到水上分局的师兄练习过潜水和水下摄影。"

陈阳道："那要注意安全，如果不行就换专业潜水员。"

水库在山脚，没有网箱喂鱼，水质不错。江克扬换上潜水服，带着防水相机，踩入水中。侯大利站在水库边，问道："没有问题吧？要注意安全。"江克扬比画了一个胜利手势，一步一步走下水库。

在江克扬下水之时，侯大利没有看水面，微微仰着头，让目光瞄向山上的绿树，以免眩晕。

河水及胸，又到嘴、眼，江克扬潜入水中，划了数下水就来到越野车旁。

相机防水壳除了用于保护机身不会进水，还得保证相机能够正常使用。江克扬使用的防水壳可以操作机身上的所有按钮。除了相机防水壳以外，为了能在水中拍摄，还使用了镜头罩、延伸筒、闪光灯臂、球头、蝴蝶夹、闪光灯同步线、水下闪光灯等设备。

水库有一米多的缓坡，过了缓坡便立刻出现一个陡坡，坡底距离水面超过四米。越野车安静地停在水底，马达轰鸣成为往事。从水草进入车内的情况来判断，时间不短，若不是一群少年偷偷到水库游泳，也不知何年何月才会被人发现。

潜水来到车边后，江克扬检查了设备，开始拍照。他拍了越野车外观和周边环境后，将镜头伸进车窗，拍摄内部情况。

完成拍摄之后，江克扬上岸，换衣服休息。打捞人员开始打捞越野车，很快，四处冒水的越野车如死鱼一样被打捞上岸。

勘查室小杨和小林对全车进行仔细勘查。副驾驶位置有一只红色高跟鞋。驾驶位上遗落了一串珠子。小杨检查车内后，对站在身边的侯大利道："这里有两处擦痕，比较可疑。"

准确来说，越野车后排真皮座椅有一处破损，一处擦痕。小杨道："这车是新车，超过百万，车座是皮椅，车主应该会很爱惜，为什么会有这么醒目的两处损伤？是不是在后座发生过搏斗？"

侯大利观察两处伤痕，道："这种伤痕不是锐器伤，是刮伤，不应该是搏斗。你怀疑得有道理，这是一辆新车，顾全清应该很爱惜。如果真被刮伤，肯定会去修理的。除非就是出事当天被刮伤，根本来不及修理。"

湖州警犬中心带来了两条警犬，警犬闻了嗅源后，进入森林，两三分钟后，一条警犬激动起来。这是与史宾格类似的血液搜索犬，在距离沉车点不远处发现了血迹。

血迹出现在松树林。

松树密集，下方没有密集草丛，但是有大量松针。如果没有搜索犬，多半会错过这两块变成黑褐色的血痕。勘查室小杨和小林确定了血迹范围，拉上警戒线。勘查室拍照和作图之后，DNA室主任张晨提取了血迹，准备带回实验室检测，确定是不是人血，是否与顾全清和张冬梅有关。

侯大利如老僧入定一般站在血迹前，一直没有挪动脚步。

副支队长老谭走了过去，道："有什么疑问？"

侯大利道："现场血迹虽然千变万化，总体来说也就是喷溅、挥洒、滴落、冲撞、咯血、转移、流注、浸染、喷涌、擦拭、稀释等种类，或是单独存在，或是组合在一起，这个现场的血迹非常奇怪，我看不出来是哪一种类型。"

老谭蹲下来观察血迹，道："接近血泊。"

侯大利道："从地形来看，血泊应该从上方向下方流。这两块血迹的方向都是从下方向上方延伸，然后再往下回流。给我的感觉，这是泼上去的痕迹。"

老谭道："确实是这样，欲盖弥彰。如果是顾全清和张冬梅的血，为什么凶手会把血泼在这里？"

几名技术员在血迹处琢磨，更多的警察则深入松树林，寻找有可能存在的尸体。搜索了一个多小时，大家都累得够呛，还没有找到尸体。

侯大利脑中有"5月23日"和"6月17日"两个时间点，在第一个时间点后，顾全清就人间消失，张冬梅则在社交软件上消失；6月17日后，张冬梅和母亲通了话，从此人间消失，再无踪影。

李建伟和张小舒看血迹之时，侯大利道："我们的技术能不能判断这两块血迹形成于什么时间，比如是5月中下旬留下的，还是6月中旬留下的？"

新鲜血液呈鲜红色，流出体外后由于血红蛋白的变化而变成暗红色、暗褐色，陈旧或经过温热的血迹变成灰褐色，腐败血迹呈淡绿色。

李建伟道："江州七月天，又闷又热，水库四周空气湿度大，这两块血液发绿，已经腐败。血迹形成时间有可能是5月底，也有可能是6月中旬，我说不准。小舒，医学院有没有检验方法？"

张小舒道："我没有接触过这个课题。"

老谭道："样本充足，我们多提取一些，送到省厅检验。他们应该有办法。"

湖州警方调来更多警力，当地还调来治安积极分子进行增援，沿着水库搜索，天黑时，仍然一无所获。

与此同时，江州警方和湖州警方同时行动，查找顾全清越野车的行动轨迹。

下午4点，陈阳和侯大利等江州刑警深夜从湖州回到江州后，DNA室主任张晨已经给出了水库旁血液的检测结果：两块血迹皆是人血，其中一块血迹的DNA与顾全清的DNA比对成功；另一块血迹DNA不是顾全清的，在山南省DNA数据库中没有比对成功。

东城派出所在7月5日将顾全清失踪案移交给了重案大队。移交案件之时，顾全清和张冬梅是否失踪只能利用旁证来分析。7月6日，在湖州三社水库发现顾全清的越野车以及顾全清在森林里的血迹，顾全清遇害的可能性已经非常高。

7月7日清晨，邱宏兵来到刑警新楼办案区辨认红色高跟鞋。

驾驶位上的手串经过辨认，确定属于顾全清。从越野车、血液到手串，都指向顾全清已遭不测。越野车内的高跟鞋极大可能属于张冬梅，也有可能不是。DNA室张晨细查过高跟鞋内部，希望能够找到皮屑，这样就有可能提取到鞋主人的DNA。但因高跟鞋在水中浸泡时间长，无法找到可供提取DNA的皮屑。

邱宏兵头发稍有些凌乱，脸色苍白，看罢高跟鞋后，双手狠抓两把头皮，道："从哪里找到的高跟鞋？"

侯大利道："湖州三社水库里发现了顾全清的越野车，车内有这只高跟鞋。这是不是张冬梅的鞋？"

邱宏兵脸上全无血色，眼神有些游离，道："冬梅有类似的鞋，我不敢肯定是不是这双。她的鞋很多，鞋柜里有几十双高跟鞋，我无法肯定。"他用手抓住戴在胸前的项链，突然失态，吼道："这肯定不是冬梅的鞋。就算她有这种鞋，这也不一定就是她的鞋。"

侯大利道："我也希望不是张冬梅的。我们到你家查一查鞋柜，核实高跟鞋，还要找几根张冬梅的头发。"

邱宏兵神情沮丧，道："大利，为什么还要头发？"

侯大利道："三社水库附近树林里有血迹，我们要做DNA鉴定。"

邱宏兵用手撑着墙，道："不可能，冬梅不可能出事，你们搞错了，肯定搞错了。"

在回家的路上，侯大利坐上了邱宏兵的那辆商务车。从刑警新楼到邱家，邱宏兵有些像祥林嫂，一直在絮絮叨叨地说张冬梅不可能出事。

邱宏兵家，宽大鞋柜里的高跟鞋排列整齐，有几十双。邱宏兵无法确定高跟鞋是不是老婆的，这让江克扬深感怀疑。在他的生活经验中，妻子有几双鞋就是明摆着的事，根本不存在辨认不出的情况。看到鞋柜里的鞋阵后，他才明白是贫穷限制了想象，高跟鞋太多，邱宏兵还真有可能认不出妻子的高跟鞋。

勘查室小杨和DNA室张晨到卧室和卫生间去提取与张冬梅有关的生物检材，提取了二十七根带毛囊的头发以及牙刷、毛巾等检材。

"你们肯定弄错了，冬梅就是出去玩几天。"邱宏兵哭丧着脸，不肯相信妻子出事。

顾全清和张冬梅是情人关系，两人突然间失踪，嫌疑最大的就是站在面前的邱宏兵。侯大利公事公办地道："我们会继续调查。你如果有什么线索，请跟我联系。"

邱宏兵站在门口，失魂落魄地看着几位侦查员的背影。

DNA室张晨拿到检材后，抓紧时间比对。

与此同时，侦查五大队介入此案。侦查五大队是视频侦查大队，前一阶段主要精力在黄大森案。黄大森现由滕鹏飞率重案大队二组和三组进行抓捕，其他警力陆续撤回，侦查五大队因此有了人员和精力调查顾全清和张冬梅的行踪。

根据重案一组提供的线索，侦查五大队第一步调查的就是5月22日、5月23日、5月24日和5月25日的行踪。正所谓术业有专攻，经过一天多时间，7月7日下午，五大队已经将顾全清这几天的行踪调查得一清二楚。

5月22日，顾全清驾驶那辆南B×××××牌照的越野车多次出现在视频中。

上午，顾全清驾驶越野车从小区出发，停在康复中心。

中午，越野车来到邱宏兵所住小区，五分钟左右，张冬梅从小区出来，上车，坐在副驾驶位置。越野车来到金色天街，在停车场停了约两个小时。

下午3点，越野车将张冬梅送回小区，然后又出现在康复中心。

晚上7点，越野车回到顾全清所住小区。

晚上7点37分，一辆红色跑车来到顾全清所住小区。

晚上10点，红色跑车回到邱宏兵所住小区。

5月23日，上午9点07分，顾全清驾驶越野车来到康复中心。

下午5点，越野车离开康复中心，回到自己所住小区。

晚上8点，越野车来到邱宏兵所住小区，张冬梅上了车，仍然坐在副驾驶位置。

晚上8点17分，越野车出现在南郊加油站的一处监控探头中。

5月24日、5月25日，没有在视频中发现顾全清驾驶的越野车。

大半天时间，视频侦查大队集中力量，基本搞清楚了顾全清和张冬梅在5月22日、5月23日的行踪，判定顾全清和张冬梅在5月23日晚上8点17分离开江州。

这个结果与重案一组前期的调查完全吻合。视频侦查大队又集中力量，调查邱宏兵在5月22日、5月23日和5月24日的行踪。

与此同时，湖州视频侦查大队传来消息，5月23日晚、5月24日和5月25日，在湖州视频系统里没有发现顾全清驾驶越野车。

DNA室张晨传来最新比对结果。在邱宏兵处取到的检材中有四份与三社水库边的血迹比对成功，另有十三份检材与血迹没有比对成功。但是，这十三份检材与DNA库中的肖霄DNA比对成功。也就是说，邱宏兵家里不仅有张冬梅的生物检材，还有肖霄的生物检材，这与前期掌握的情况一致。

侦查到了这一步，尽管还没有找到顾全清和张冬梅的尸体，侦查员已经视两人遇害。

7月7日，下午。侯大利和江克扬来到阳州，与张大树见面。会见地点没有选在办公室，而是在张大树家里。

张大树手握烟斗，笑道："我还记得侯大利小时候的模样，拿起一根竹棍子，嘴里喊'吃俺老孙一棒'。你没事不会来找我老头子，啥事能让你这个小神探登门。丁晨光在我面前念叨了好几次，说侯国龙有福气，儿子是神探。"

侯大利对那些陈年往事记得不是太清楚，聊了几句后，步入正题，道："我负责一起失踪案，一个名叫顾全清的男子失踪。据我们调查，顾全清5月23日后就与家人以及同事失去联系。顾全清和张冬梅关系密切，准确地说两人是情人关系。"

张大树做了个手势，打断侯大利，道："等等，你的意思是冬梅与这人失踪有关。"

侯大利道："5月23日后，没有人见过顾全清和张冬梅。"

"你是什么意思，我女儿失踪了？你说的不准确，冬梅在6月中旬和她妈通了电话。"

张大树最初还面带笑容，渐渐地，笑容消失，双眉倒竖。他个子不高，变脸后，神情咄咄逼人。

"你确定？这很重要。"侯大利目光坚定地迎着发火中的张大树，冷静地道。

张大树控制住自己的情绪，道："我确定，那天是晚上10点左右，我和冬梅妈妈准备上床休息，冬梅妈妈接到她的电话，聊了有两三分钟。"

这是非常重要的细节，和通话记录符合，也和邱宏兵的自述一致。

侯大利道："张冬梅和许阿姨在电话里聊了什么？"

"应该是女人间的话题，我不知道。我让许秀莲回家，等会儿你自己问她。"张大树烦躁地将烟斗丢到一边，盯着侯大利，道，"我懂得公安办案规则，重案大队办的案子肯定是大案，有什么事情别瞒着我。"

侯大利简略讲了湖州三社水库发现的越野车、高跟鞋和腐败血迹。

张大树完全没有想到女儿也会突遭意外，头脑一片发蒙，坐在沙发上，全身发软，道："是不是有人绑架了我女儿，不管花多少钱，都无所谓，救人第一位。"

侯大利道："肯定不是绑架案，我们正在全力寻找顾全清和张冬梅，希望你们能多提供线索。"

许秀莲接到电话，回到家中，得知公安来调查自己和女儿通话之事，顿时火冒三丈，道："你们是什么意思？"她说话声音尖锐，如果不是给侯国龙几分薄面，肯定会下逐客令。

张大树控制情绪的能力极强，此刻已经冷静下来，道："你别闹，警察没有理由不会找过来。你是什么时间和女儿通话的，讲了什么？"

许秀莲拿出手机翻了翻，道："6月17日晚上10点，我和女儿讲了话。她没有具体说在哪里，只是说在外面旅行。"

张大树提高声音，道："到底说了什么？"

许秀莲道："她想和邱宏兵离婚，你坐在旁边，我不想多说。"

张大树道："你没有问她在什么地方？"

许秀莲道："我问了，她没有说。"

张大树将烟斗扔到一边，道："我女儿不会出事，她喜欢出去玩，也许手机掉了。许秀莲，你赶紧打电话，问问5月23日后，有谁见过冬梅。"

许秀莲这才反应过来，道："为什么找冬梅，她出了什么事情？"

张大树道："有可能和顾全清一起不见了，你赶紧打电话，别他妈啰唆。"

许秀莲和张大树分别打了几个电话，最初，张大树还能强作镇静，后来声音越来越急。许秀莲惊慌失措，带着哭腔，说话都不利索了。

夏季，透过落地窗能看到四合院繁花盛开，美景如画。室内，没来由出现一阵阴风。张大树把电话扔在一边，独坐在沙发上。沙发很柔软，他陷入沙发里，如一只孤独的小猫，没有了大老板的霸气。坐了几分钟，他的大拇指和中指按压着太阳穴，手掌捂着眼，摇了摇头，道："老都老了，女儿如果出事，那就是白发人送黑发人，人间惨事啊。你们没有在湖州那边水库的松树林找到人，我派人去，哪怕掘地三尺，也要知道女儿最终的下落。"

侯大利完全能够理解张大树此刻的心情，道："张叔，事情或许没有这么坏。我现在想知道冬梅姐的社会关系，除了亲戚以外，还有她的朋友关系，特别是关系密切的。"他原本是公事公办的态度，一直称呼张冬梅本名，见到张大树神态，于心不忍，将本名改称为"冬梅姐"。

张大树睁眼看了侯大利一眼，道："丁晨光女儿的案子，你办得好。我女儿如果有事，也交给你办，希望能抓到凶手。佳洪和他姐姐关系好，他马上就到，等会儿你问他。”

院外响起了刺耳的刹车声，随后就有人冲进房门。张佳洪红着眼，吼道："我姐在哪里？"

"吼什么吼？坐下。"张大树原本是疲劳至极的神情，面对失态的儿子，声音低沉又严厉，挺起腰。

张佳洪悻悻地坐了下来。

张大树的腰随即又软下来，道："大利有话问你，知道什么全部说出来。"

侯大利把录音笔放在张佳洪面前，道："我需要冬梅姐的所有社会关系，越详细越好。"

张佳洪道："我姐喜欢交朋友，朋友多，我就先谈几个印象最深的。第一个是梁永辉，梁永辉曾经和我姐好过，他是省话剧团演员，长得挺帅气。"

侯大利问道："梁永辉和你姐是哪一年好的，是认识邱宏兵之前还是之后？"

张佳洪看了父亲一眼，道："前年吧，我姐和邱宏兵已经结婚好几年了。我就不遮遮掩掩了，我姐为人豪爽，性格好，很讨男人喜欢，和好几个男人好过。他们交往几个月就分手，不会闹出什么事。只有梁永辉后来闹出不少事，还曾经到江州找邱宏兵谈判，让邱宏兵和我姐离婚。我姐其实和邱宏兵关系也不错，后来闹得很僵，就是从梁永辉过去闹事开始的。"

侯大利道："最近，梁永辉找过你姐吗？"

张佳洪道："梁永辉一直没有放弃，后来还去找过顾全清的麻烦。"

侯大利道："你知道顾全清？"

张佳洪道："我和我姐关系好，她有什么事情，都会和我说。梁永辉最初是找邱宏兵，后来发现找错了人，再去找顾全清。我姐还有一个关系特别好的闺蜜——蒙洁，是大学同学，在阳州工作，在报社搞摄影。遇到烦心事，我姐最喜欢找蒙洁倾诉，其次才是我。我姐的事，蒙洁知道得最多。"

记录了蒙洁的准确信息后，张佳洪又提供了八个与张冬梅关系密切的人，其中有三人保持过恋爱关系，两个是高中同学，还有三人曾是工作伙伴。

谈话结束之时，侯大利又道："你谈一谈对邱宏兵的印象，不用刻意组织语言，想到什么就说什么。"

张佳洪道："邱宏兵是真心喜欢我姐，我作为旁观者有时都会觉得他太窝囊。当初梁永辉拿着和我姐在一起的照片找到邱宏兵，要求他退出。邱宏兵坚决不肯离婚，从来没有因为这事骂过我姐。我姐曾经和我谈起过，邱宏兵是一个好男人。"

张大树听儿子讲述，皱了皱眉，打断儿子的话，道："邱宏兵的心机比你和你姐姐都要深，和你姐姐结婚，就是冲着大树集团来的，不要被表面现象迷惑。你姐以前拼死拼活要嫁给他，就是没有认清楚邱宏兵的本质。对我来说，冲着大树集团来反而正常，纯粹的爱情有没有？有，世上总有少数傻瓜。邱宏兵想要依靠大树集团，我反而放心。只要大树集团不垮，他们的婚姻就会保持。你姐过于依仗自己的优势地位，不好，这是教训。你姐和邱宏兵当初谈恋爱闹得轰轰烈烈，这更不是好事，当初闹得有多大，离婚时就会闹得有多大，这是血的经验。"

在侯大利和江克扬等人离开，邱宏兵接到岳父电话后，叫上司机小章，急急忙忙前往阳州。张家人已经成了热锅上的蚂蚁，许秀莲喘不上气，躺在床上吸氧。张大树和张佳洪父子俩在客厅里，不停接打电话。邱宏兵进门，立刻成为风暴的中心。

张大树双眼充血，用手指着女婿鼻子，道："到底怎么回事，你这个做丈夫的，老婆到哪里去了，你一点都不知道？"

邱宏兵稍稍退后一步，道："爸，冬梅走的时候，说是去旅行。"

张大树脖子上青筋暴露，吼道："她到哪里旅行？"

邱宏兵再往后退了一步，道："我不知道。她讨厌婆婆妈妈，所以我不问。"

张大树指着女婿，道："你他妈的，一问三不知。"

张佳洪道："我姐出去一个多月，你们一次都没有联系？"

邱宏兵道："她一直关机。只在6月中旬给我打过电话，我在开会，没有接到，给她回过去，又关机了。"

张大树坐在单人沙发上，阴沉着脸。邱宏兵坐在三人沙发中间。张佳洪坐在双人沙发上。三人都没有再开口，空气沉闷得如被无形的力量凝固。

张佳洪最先打破沉闷，道："这里没有外人，我就把话挑明了说。我姐是跟顾全清出去的吧？"

邱宏兵脸上一阵青又一阵白，用手摸了摸戴在胸前的骨质项链，道："你姐走的时候没有说，应该是的。"

张佳洪道："我姐是乘飞机、火车还是自己开车？"

邱宏兵道："家里的三辆车都在，冬梅这次外出没有开车。"

张佳洪道："我姐跟顾全清出去，你知道也不管？"

邱宏兵极为尴尬，拿了烟，想抽一支烟出来，抽了半天，始终没有把烟弄出来。好不容易弄出来，点火后，他深深吸了两口。

许秀莲出现在门口，骂道："耳朵聋了吗？我家客厅不准抽烟。"

邱宏兵想要摁灭香烟，又找不到烟灰缸，就到卫生间灭烟头。许秀莲用鄙视的眼光瞧着女婿，用手扇动空气，来到客厅，坐在儿子身边。

张大树、许秀莲和张佳洪坐在沙发上，三道目光形成一张网，紧紧锁住邱宏兵。

张大树道："有些事情，冬梅处理得不好。冬梅爱玩，也不至于一个月不回来，邱宏兵，你知道什么都得说，别藏着掖着。"

邱宏兵低垂着头，几乎要碰到茶几。过了良久，他缓缓地抬起头，道："我是窝囊废，不讨冬梅喜欢。她和梁永辉闹僵后，很长时间都在专心画画和摄影。后来开画展的画和那些照片，就是在那段时间弄出来的。她最近一段时间和顾全清关系比较好，说出来不怕你们笑话，她和顾全清打电话都不太避讳我。"

许秀莲勃然大怒，道："你的屁股上一堆屎尿，还来污蔑我女儿，我女儿不是那种人，你再乱说，小心我撕你的嘴。"

张大树不满地道："女儿是什么情况，难道你不知道。现在不是扯皮的时候，找到女儿才是正事。"

张佳洪道："姐夫，我不想管你和我姐的私生活。但是，如今涉及我姐，所以我也要说道说道。这段时间，你和肖霄打得火热，根本不回避你的手下，在公共场所出双入对，有没有这回事？"

邱宏兵尴尬地道："就是应付些场面，没有其他意思。而且，你姐前段时间要和我离婚，再三跟我提，我已经答应了。"

张佳洪哼了一声，道："不是应付场面这么简单吧，你已经把肖霄带回家滚床单。我再申明一次，我不想管你的私生活，但是我姐外出一个月没有回家，警察都找上门来了，我不得不管。如果是因为这个女的，让我姐出了什么事，到时别怪我不给你脸面。"

许秀莲走过去，站在邱宏兵面前，狠狠地给了女婿一个耳光，骂道："你吃着张家，穿着张家，娶了我女儿，还要在外面吃野食。你们男人，没有一个好东西，一个都没有。"

邱宏兵用手挡住脸，站了起来，道："这么多年，我彻底失望，这才和外面的女人逢场作戏。我没有对不起冬梅，是冬梅对不起我。"

许秀莲个子矮，不到一米六，邱宏兵足有一米八四。当邱宏兵站起来后，许秀莲挥动手臂，两次都没有打到。

张大树肝火上升，道："许秀莲，滚回去。张冬梅无法无天，就是你宠出来的。邱宏兵，张冬梅是你的老婆，赶紧回去找老婆，其他事情都放下，公司也不要管了。"

邱宏兵弯着腰，发狠道："找不到冬梅，我再也不回这个家了。"他走出张家四合院大门，在上车前又停住了脚步，回头望了望张家四合院。四合院犹如猛兽，大张着嘴，无声咆哮。

四合院内，张大树拨打了侯大利电话，道："大利啊，有啥新情况？"

侯大利道："我们还在调查之中，暂时没有新进展。"

张大树说话时尽量保持平静，可是内心已经非常焦灼，五脏似乎都要燃烧起来。说到这里，他深深地吸了口气，道："我反复想了，如果冬梅真出事，邱宏兵肯定是凶手。"

第八章
闺蜜蒙洁的讲述

张冬梅以前不过是一个抽象的名字，随着调查深入，其社会关系和行动轨迹如拼图一般一块又一块聚合起来。此刻只有一些大致图块，距离完整拼图尚远。

梁永辉在国外，还没有回国。侯大利和江克扬决定先与张冬梅的闺蜜蒙洁见面。

蒙洁是山南日报社的摄影记者，与张冬梅是大学同学。她接到江州警方电话后，把见面地点定在报社附近的一家茶室。这是蒙洁经常喝茶的地方，安静，幽雅。往常一样的新茶，现在喝到嘴里淡而无味，蒙洁烦躁不安，在茶室里走来走去。

十几分钟后，服务员推开房门，两名男子走了进来。走在前面的是气质独特的年轻男子，高大挺拔，鬓间霜白，举止干练，气质沉稳。

蒙洁眼光停在年轻男子脸上数秒，问道："请问你们是江州公安局哪个单位的？在电话里没有听清楚。"她接过年轻男子递过来的警察证，惊讶地道："刑警支队的？找我什么事？"作为经验丰富的记者，知道"刑警支队"意味着什么，心中的不安更为强烈。

侯大利道："我们想要了解与张冬梅有关的事情。"

蒙洁问道："你们是刑警，突然找我询问张冬梅的情况，肯定有原因，我能知道吗？"

侯大利道："顾全清有一个月没有出现，其父顾樟林报了案。如今张冬梅的父母和她的丈夫邱宏兵都联系不上她。我们在湖州一处水库发现了顾全清的车辆，在副驾驶位置上遗留了一只高跟鞋。这是高跟鞋的照片，你认识吗？"

看罢照片，蒙洁的脸顿时变得煞白，道："难怪最近我总是心神不安，眼皮总是乱跳。这是冬梅的鞋，我们一起买的。相同款式，我买了一双，她买了一双。"

"一般来说，女同志买衣服都避免撞车，你们怎么买一样的鞋子？"

"那是对一般人来说，我和冬梅是最好的闺蜜，经常买一样的衣服。你们确定冬梅出事了吗？"

"现在不能肯定出事了，只是她的父母和丈夫都与她联系不上。我们过来主要想了解张冬梅的生活细节，包括感情生活以及财产情况，越详细越好。"

"好，你们想问什么，我都会详细讲。"

"最近，你和张冬梅有过联系吗？"

"这段时间单位事情多，没有与张冬梅见过面。"

"电话、QQ或者其他方式有联系吗？"

"7月1日，我恰好空下来，给她打过电话，手机关机。QQ上也是灰色，我给她留了言，一直没有回。"

蒙洁面部表情还是挺镇静，可是倒茶之时，手一直在发抖。她双手紧握，强行让自己镇静下来。

"我和冬梅是山南大学新闻系的同学，同班同寝室，从大学到现在，一直走得很近，是能说真心话的闺蜜。我如今在报社做摄影记者。她在报社实习后，进入家族企业，最初在总部，应该是做人事方面的工作。她喜欢自由自在的生活，不能忍受办公室工作，很快就从公司出来，四处旅行，拍了很多精彩的照片。她还能画画，四处写生。她的照片水准很高，《中国国家地理》经常采用她的照片，画画水平也高，不比专业画家差。"

．．．．．．．．．．．

"我和她在一起的事情太多，你们让我谈她的情况，我不知道从什么时间点谈起。"

"那就从最新的事往前推，比如，她和顾全清的关系，你清楚吗？"

"我知道。她是在2010年年初认识顾全清的，应该是元旦过后几天。她有痛经的毛病，每次经期都痛苦不堪。顾全清的康复中心推出了针灸缓解痛经业务，冬梅最初抱着试一试的态度去扎了针灸，谁知效果出奇地好，大大缓解了病情。很多人认为痛经没有什么大不了，可是痛起来是真要命。冬梅成为康复中心的常客，除了治痛经以外，也做一些腰部的康复治疗。后来，冬梅就和顾全清好上了。"

"邱宏兵知道冬梅和顾全清好上了吗？"

"知道。冬梅已经不太在意邱宏兵的感受了，想要和他离婚。邱宏兵之所以能成为二建老板，大家都知道是靠着张家。邱宏兵不愿意失去现在的一切，不愿意离婚。冬梅毕竟和邱宏兵也曾经真正好过，约定互不干涉私生活，给邱宏兵一年时间，然后离婚。"

"邱宏兵和张冬梅的感情是什么时候破裂的？"

"实事求是地讲，邱宏兵长得帅，在唱歌方面也有才华。他的才华不能当饭吃，两人结婚后，邱宏兵进入了大树集团，成为一个普通商人。冬梅从小生活条件优越，没有吃过苦，喜欢看三毛、琼瑶之类的小说，对生活充满了幻想。她后来觉得邱宏兵身上充满了铜臭，在爸爸妈妈面前没有骨气，不是男人，便对其很失望。邱宏兵的主要精力在经营企业上，陪伴冬梅的时间越来越少，冬梅对婚姻非常失望。有一次，冬梅过生日，邱宏兵去参加投标，没有回家给她过生日。冬梅很生气，就独自出去旅行。在旅行的过程中遇到了一个阳州男人，酒醉之后，两人好上了。这就是他们婚姻破裂的起点。"

"这个男人是谁？"

"这个男人叫钱晋，当时在酒吧唱歌。这人后来想要纠缠冬梅，冬梅挺后悔，觉得不该有外遇。那个时候，她虽然对邱宏兵不满，却还没有到形同陌路的程度。"

"邱宏兵知道此事吗？"

"邱宏兵应该知道，钱晋纠缠过冬梅。冬梅不想和钱晋来往，因为钱晋是渣男，还要吸粉。后来此事不了了之。让冬梅生气的是邱宏兵对此事的态度，他不仅没有责怪冬梅，还装作什么事情都没有发生，甚至变着法子讨好冬梅。此事后，两人的感情其实存在裂痕。冬梅特别敏感，已经明白自己向往的真挚爱情不复存在。后来，冬梅遇到了梁永辉。你们应该知道梁永辉吧？"

"我们听张佳洪谈起过梁永辉，不知道钱晋。"

"知道钱晋的很少，我算是唯一的知情者。梁永辉和钱晋的情况不同，冬梅和钱晋没有感情，就是心情糟糕又喝醉酒后的糊涂行为。她和梁永辉好过一段。梁永辉曾经到江州找过邱宏兵，要求邱宏兵和张冬梅离婚。"

"这是哪一年的事情？"

"是2009年秋天的事情。邱宏兵断然拒绝了梁永辉的要求。尽管如此，他还是没有责怪冬梅。冬梅曾经直接问过邱宏兵，是男人就要发火，为什么他一句责怪的话都没有。邱宏兵当时很认真地说，他爱冬梅，不管冬梅做过什么，他对冬梅的爱都不会变。我为什么对这事记得很清楚，是因为冬梅听了这话，跑到阳州来找我喝酒，说她被感动了，开始检讨自己，承认自己过于任性。后来邱宏兵也来找过我，谈起当年他进入二建的情况。"

"你和邱宏兵很熟悉？"

"接触得挺多。"

"你对他的总体印象是什么？"

"我对邱宏兵的总体印象其实还行，第一次见面的时候，邱宏兵骑着一辆大摩托车，轰隆隆来到我和冬梅面前，取下头盔的那一刹那，我禁不住赞了一声帅哥。帅气且潇洒，这是他给我的第一印象。晚上我们去唱歌，他的声音很好，唱得非常专业，为人又很温柔，当时冬梅看邱宏兵的眼神全是小星星。冬梅当时特别爱邱宏兵，认为他们的爱情特别美好，与众不同，可以媲美琼瑶爱情故事中的爱情。她谈恋爱，我经常给他们当电灯泡。"

"邱宏兵和张冬梅的感情在什么时候出了问题？"

"具体来说是梁永辉到江州找邱宏兵谈判之后，邱宏兵找到我，长谈过一次。邱宏兵谈起进入二建的原因，确实是为了钱，他以前是歌手，日子逍遥自在，却不用负什么责任，没有存下钱。成婚后，他必须考虑家庭收入的问题，如果花冬梅的钱，那就是吃软饭。他进入家族企业，虽然走捷径，也是靠劳动吃饭，不丢人。我能理解邱宏兵，他当时家里遇到些困难，急需钱。他爸爸骑摩托车撞了人，要赔一大笔钱，母亲又需要做手术。后来靠着冬梅出的这笔钱，解决了他的家庭问题。这事给邱宏兵很大的刺激，促使其改变。也许是因为这些事情，邱宏兵对冬梅一直很容忍。"

"张冬梅和梁永辉是什么时间分手的？"

"梁永辉到江州找邱宏兵谈判之后，冬梅决定和梁永辉分手。分手之后，冬梅曾经试图和邱宏兵和好如初，她试过一阵后，多次感慨破镜难圆，每次看到邱宏兵表演夫妻恩爱，都会觉得尴尬。有一次，张冬梅突然跑到阳州，说是看到了邱宏兵的另一面，被吓着了，说是不敢和邱宏兵单独生活在一起。她说有一天晚上睡着了，半夜醒来，睁开眼睛，无意中看到了桌子上没有关的化妆盒，盒里有一面镜子，镜子里恰好有邱宏兵。邱宏兵在镜子里的表情非常奇怪，没有平时的温柔和笑脸，而是有一种特别的狰狞感，目露凶光，对，当时冬梅就是说的目露凶光。当时，邱宏兵应该是坐在床边，什么事都没有做，就是用那种吓人的表情坐在冬梅身边。冬梅被丈夫的表情吓惨了，一动不动，整夜都没有睡觉。第二天，邱宏兵又变成了温柔体贴的丈夫。冬梅很长一段时间都怕回家，也不愿意回父母家，就住在我这边。两三个月后，她才敢回家。回家不久，她就和顾全清好了。按照冬梅的说法，顾全清是她这辈子遇到过的真正体贴的男人。她已经下定决心和邱宏兵离婚，然后与顾全清结婚。我感觉这一次她是玩真的，冬梅从来没有说过要和梁永辉结婚，从来没有说过。"

"冬梅和邱宏兵商量过离婚的事情，邱宏兵已经答应，准备一年后和平分手。冬梅提起这事时，觉得对不起邱宏兵。邱宏兵后来虽然充满铜臭味，一个有趣的灵魂溃败了，但是，他也有不得已的地方，从另一个角度说算是对家庭负责任的男人。刚才那几句是冬梅的原话，基本上是原话吧。"

"冬梅曾经看到过丈夫目露凶光，就只有那么一次吗？"

"她后来又说，也不一定是目露凶光，还有可能是痛苦。她是通过化妆镜看到丈夫的神情，化妆镜挺小，灯光又不行。"

"还有一件很特别的事情。在今年3月，具体哪一天不清楚，冬梅从金色天街出来，她和朋友喝了几杯酒，不准备开车，站在路边等顾全清。有一辆面包车突然停在她的面前，跳下来几个人，据冬梅说，这几个人戴着帽子和墨镜，看不清楚面容。他们跳下来就要拉冬梅到车上。幸好顾全清及时开车过来，撞了面包车，这几个人才放了冬梅，跳上车，跑了。"

"顾全清没有追赶？"侯大利听到"面包车"三个字，每根毛孔都收缩了，精神顿时高度集中。

"他当时只顾去看冬梅，等到冬梅坐上车时，那辆面包车已经看不见了。"

"从面包车上跳下来几个人？"

"由于事情发生得太快，她没有看得很清楚，感觉有三四个吧。"

"面包车是哪里的牌照？"

"面包车就是江州的面包车，车牌没有看清楚。那天冬梅有些害怕，直接来到阳州，就在我家睡的。顾全清在客厅里特意分析过面包车，确实没有什么明显特征。"

"张冬梅没有报警？"

"没有受到实际伤害，时间又短，便没有报警。顾全清认为是梁永辉干的，梁永辉一直纠缠冬梅，还去砸过康复中心。"

"梁永辉为什么砸康复中心？"

"梁永辉把顾全清当成了情敌，没有把邱宏兵当成情敌，所以去砸康复中心。面包车事件，我个人认为邱宏兵也可能做这件事情，梁永辉只是话剧演员，不是江州人，在社会上没有什么势力，很难想象他会使用这种手段。邱宏兵是本地人，做这件事情是天时地利人和。而且，我不认为邱宏兵就是小白兔，况且兔子急了都要咬人。就是这次事件后，邱宏兵和冬梅之间的矛盾就公开化了，冬梅发现邱宏兵表情吓人就在这段时间。"

"这张照片是我、冬梅还有顾全清一起出去玩的照片，就是阳州的碧峰。冬梅和顾全清要去看碧峰的日出，我在睡懒觉。"

蒙洁非常理性，为了找到失踪的张冬梅，毫不掩饰地将自己认为比较重要的情况都详细讲了出来。

在茶室谈完，侯大利和江克扬来到蒙洁的房间。蒙洁所住的区域是省城阳州的富人区，距离侯家的住房也不远。来到三十四楼的房间，蒙洁拉开了鞋柜门。鞋柜里足有五排各类高跟鞋，排列得整整齐齐。江克扬面对整柜的高跟鞋，"神眼"变得迟钝，一时之间找不出与越野车副驾驶位上相似的红色高跟鞋。

侯大利在读大学时曾经参加过山南电视台主办的《超级找碴王》节目。这个节目中有一项特殊比赛：从四万五千块魔方色块中找出一块被调整过的魔方色块。他凭着出色到变态的空间能力成为山南电视台当期货真价实的超级找碴王。几年时间过去，他的空间能力依然出色，迅速从众多高跟鞋中瞧见了那双红色高跟鞋。

蒙洁熟悉每一双鞋，几乎没有寻找，准确取出一双高跟鞋，道："就是这双，我和冬梅一起买的，是去年初秋的时候，冬梅和梁永辉分手，心情郁闷，我们买了很多东西，这双鞋就是其中之一。"

侯大利道："我们能把这双鞋带回去吗？"

蒙洁找了一个袋子，装上红色高跟鞋，递给侯大利，郑重地道："如果冬梅出事了，希望你们能抓到凶手，让凶手吃枪子。能不能给我一张名片？"

侯大利有最简版名片，名字加电话加单位，再没有任何修饰。蒙洁拿到名片后，郑重地放在自己皮包里。在离开时，侯大利再次打量蒙洁的住房。住房客厅非常宽阔，在客厅正中的墙壁上挂了不少摄影作品，有三幅作品是蒙洁和张冬梅的大幅合影。

两个江州刑警离开后，蒙洁又取出那张名片，然后给江州日报社的一名摄影记者打去电话，道："你知不知道一名叫侯大利的刑警，气质很特别。啊，他是侯国龙的儿子，还是神探啊。我听说过，只是没有想到。"她快步走到窗边，伸头向下望去。过了一会儿，一辆越野车从车库开出，离开了小区。

闻名江州的年轻神探侦办此案，蒙洁心里很清楚张冬梅多半出事了。她回到客厅，不敢直视照片上张冬梅灿烂的笑容，扑到卧室床上，如鸵鸟一样把头埋在枕头下，开始号啕大哭。

"马儿，你去查一查顾全清越野车的车头是否有维修过的痕迹，今年3月，他的车撞过另一辆车。"打完电话，坐在副驾驶位置的江克扬取过笔记本，迅速浏览了一遍，道，"从蒙洁的叙述中，邱宏兵和梁永辉都有作案嫌疑。梁永辉欺人太甚，到江州居然是去纠缠顾全清，简直视邱宏兵这个正牌丈夫于无物。"

"那辆江州牌白色面包车出现了两次：一次是想要绑张冬梅，另一次想要绑张英。从这点来看，不应该是梁永辉，梁永辉和张英没有关系，而邱宏兵和这两个女人都有关系。"侯大利左手握着方向盘，右手打开音乐。吉他曲如水一般在车内流淌，形成了越野车内独有的氛围。

江克扬笑了起来，道："前几个案子我们都有不一致的地方，每次都是我错，这次，我和你终于有了共识。既然我们达成了共识，那凶手肯定跑不了，就是邱宏兵。梁永辉还有两天回国，到时再听一听他的说法。"

侯大利道："越野车何时进入水库，这是关键点。时间点不太对啊，5月24日起，张冬梅在微博、QQ上全面消失，顾全清也彻底没有了消息。为什么张冬梅又在6月17日给她母亲打了电话，从5月24日到6月17日这段时间到底发生了什么事？"

江克扬道："张冬梅母亲接到女儿电话是6月17日，说明越野车落入水库就是6月17日到7月6日之间，从车辆出现的锈迹以及血液腐败判断，应该就是6月中下旬出事，也就是6月17—25日是最有可能的。"

侯大利道："我不太赞同越野车是在6月中下旬入水的。以张冬梅的性格，在社交媒体上全面消失是一件很奇怪的事情。"

江克扬叹了一声，道："我们总会有不一致的地方，希望这次是我对。"

回到江州刑警新楼，侯大利第一时间来到视频侦查大队。视频侦查大队效率极高，已经把能够找到的与邱宏兵有关系的视频提取出来。

大队长姜华走过办公室时，见到侯大利正在和周涛聊天，便走了进来，道："大利来得正好，有件事情想和你聊一聊。"

侯大利将硬盘收到包里，来到大队长姜华办公室。

姜华泡了茶水，客客气气地道："视频大队是新单位，运行模式还在探索之中。这段时间我们的主要精力都放在黄大森案上，其他兄弟单位的案子介入得就少一些。为了这事，不少兄弟单位都有怨言。这也是没有办法的事情，我们只有五名民警、二十七名队员，要承担视频巡逻、案件侦破、打击街面盗抢违法犯罪行为等任务，就是三头六臂都忙不过来。大家长期面对电脑，每个队员的眼睛都会出现不适应的状况，海露成为必备品。"

重案一组在办案中颇为依赖视频侦查，侯大利极为了解视频大队的现状，感慨道："条条蛇都咬人，每一行都不容易。"

"如果所有单位都和大利一样内行，那我们的工作就好开展了。"姜华拿出一份《视频侦防工作指导规范（征求意见稿）》，道，"这是我们正在做的规范，涉及不同部门，上报前要征求各兄弟单位的意见。事前预防、事中发现、事后打击，这是视频侦查大队工作中的三个重要节点。具体来说，大队始终坚持案发现场必到、受害人必访、视频监控必调的原则。首先是与110指挥中心调度联动，视侦民警同步监听110报警系统，接警同时即锁定现场周围情况展开视频侦查。其次是与一线办案单位研判联动，实现信息共享。最后是与街面巡逻警力联动，及时提供案发现场情况及实时监控巡逻情况，发现嫌疑人可适时检查、盘查、查处。"

侯大利道："内容很丰富，我能不能拿回去认真研究？"

姜华道："这份就是送给你的。你本身就是视频专家，你的意见很重要。我们视频侦查大队准备分成五组，每名民警分包一组，落实一岗双责，实行24小时值班制度，遇有重大案情及时汇报并到达现场开展工作。重案大队就由第一组负责联系，第一组组长是周涛。周涛是科班出身，天生就是搞视频侦查的料。"

周涛被调到视频大队后，仍然在105专案组挂着名，姜华将视频大队第一组交给周涛，意味着周涛在105专案组的工作时间将越来越少，不过这对重案一组却有利。

侯大利抱了抱拳，道："周涛联系重案大队，热烈欢迎。"

聊了一会儿视频大队的工作情况，侯大利回到办公室，打开电脑，调出新拷贝的视频，集中精力研究邱宏兵的行踪。

一个关键时间点是5月23日，这天后，顾全清和张冬梅便不见踪影。

另一个重要时间点是6月17日。在这一天，张冬梅分别给邱宏兵和许秀莲打去电话，邱宏兵未接到电话，许秀莲则与女儿通过话。除了电话记录，还得到邱宏兵和许秀莲证实。

视频中，5月23日，邱宏兵上午在江州二建，下午在江州市人民政府开会。江州二建有5月23日的会议记录，市人民政府出了会议纪要。下午会议结束后，邱宏兵、杨为民等人到金色天街吃饭，中途，肖霄加入饭局。晚饭后，邱宏兵和肖霄乘坐商务车，来到罗马小区。

5月24日上午，商务车来到罗马小区，邱宏兵单独乘车而去。这两天时间，邱宏兵自己驾驶的奔驰车没有出现。

从视频以及其他旁证来看，邱宏兵和张冬梅在5月23日各自生活，互相不打扰。

侯大利打开了另一个重要时间点的视频。

视频中，6月17日，邱宏兵的行程与5月23日基本一致，上班，下班，到金色天街吃饭，再到罗马小区留宿。第二天上午，商务车来到罗马小区，邱宏兵乘车离开。

侯大利关掉电脑，下楼，来到法医室。由于田甜的原因，每次走进法医室总会让他堵得慌，没有特殊事，他不会轻易到法医室。

法医室是一个大办公区，张小舒在外面的办公区工作，李建伟在大办公区有一间独立的办公室。

张小舒坐在办公桌前翻书，见到侯大利，道："大利，有事吗？"

其他人称呼"大利"，侯大利就能接受，唯独"大利"这两个字由张小舒叫出来，让他别扭。他停下脚步，道："我找李主任。"

走进法医室主任李建伟办公室时，侯大利朝门外看了一眼。张小舒回到座位上，仍然在看那本厚书。

李建伟道："你那边有什么发现？"

侯大利道："狗咬乌龟，找不到地方下口。如果是凶案，难点在于找不到尸体，无法确定凶案发生时间和案发现场。湖州方面暂时没有找到顾全清越野车的行踪，顾全清和张冬梅的身份证、银行卡也没有在湖州使用过，落水时间不好确定。李主任这边能不能从技术上想想办法，确定越野车的落水时间？"

李建伟道："为了确定越野车的落水时间，老谭组织几个技术室开了会，重点就是研究如何准确推测出陈旧血迹的时间，这项工作交由我们法医室解决。另一个就是研究泡在水里的越野车，从锈迹以及水草来判断落水时间，这个交给勘查室。张小舒，你进来一下。"

张小舒抱着那本厚书走了进来，道："我正在查资料，还没有查到更好的方法。"

李建伟道："你的师兄师姐有没有回话？"

张小舒道："有一个师姐给我回了话，说是她的丈夫在岭西理工大学工作，受岭西省公安厅委托，正在进行用光谱分析技术来确定陈旧血迹形成时间的课题研究。师姐正在询问其丈夫，我在等她更详细的回复。"

命案现场中最常见的痕迹物证就是血迹。血迹作为诉讼证据具有客观、稳定的特点，通过判断血迹形成时间可以推断案发时间，而死亡时间与案发时间密切相关。这对缩小侦查领域、确定犯罪嫌疑人有无作案时间、重建案件现场等都有重要意义。而陈旧血迹形成时间分析是一个难题，寻常手段解决不了，必须借助特殊手段和方法。

QQ上，一个动画头像闪动起来："我问过我先生，他们的课题已经成功，可以帮助你们分析。等会儿他直接和你沟通。"

张小舒迅速答话："好，非常感谢师姐。"

师姐的QQ回应道："你是张小舒吗？我是你师姐的老公。当年我和你师姐谈恋爱的时候，在导师家里见过你，估计你没有印象了。"

张小舒道："有印象，师兄的厨艺很棒。"

师姐的QQ回道："现在天天吃食堂，厨艺严重倒退。言归正传，目前判断血迹形成时间的方法不多，根据氯离子扩散程度等几种方法的误差比较大。后来发现通过检测和分析血液的散射光谱、吸收光谱和发射光谱，能获得一些反映血液状态和内部物质构成情况的信息。我接受岭西省公安厅的课题后，使用光谱分析技术，对玻璃、白色书写纸、塑料膜三种介质上不同陈旧度血迹的吸光度进行分析，探讨其与死亡时间的关系。研究发现，三种介质上的血迹随时间推移，吸光度都呈上升趋势，与死亡时间密切，呈正相关。这是由于死后呼吸及血液循环停止而导致细胞能量代谢异常、膜结构异常、酶与蛋白质异常，加上细菌污染、血液渗透压和pH值变化、白细胞及补体成分的作用而导致溶血，致使血红蛋白从细胞内释入血浆引起吸光度增加。"

张小舒道："师兄，通过吸光度的增加能确定死亡时间吗？"

师姐的QQ回道："道理想透了就简单，没有想透就难上加难。你把材料送过来吧。"

看到这里，李建伟顿时兴奋起来，道："赶紧给你师兄说，我们马上带血迹过来。"

对话结束后，李建伟竖起大拇指，道："小舒，值得表扬啊。如果把血迹形成时间分析出来，我们要让重案一组请我们吃大餐。"

侯大利同样兴奋，道："那就一言为定，如果成功，吃大餐。"

离开法医室，侯大利来到位于停车场的检测室。这是勘查室专门用于检测大件物品的实验室，为了方便装卸，检测室设在停车场的角落里。顾全清的越野车停在场内，小林、江克扬和一个矮胖中年人蹲在车旁，拿着扳手敲敲打打。

"啥情况？"侯大利也蹲在小林和江克扬身边。

江克扬道："我琢磨着看能不能从越野车中推断落水时间，和小林想到了一块。"

小林道："老马在看生锈的地方。老马是蓝天修理厂的头把手，我请他来把把关。"

蓝天修理厂是市公安局车辆定点维修单位，老马与警察各单位都挺熟悉，又是自来熟的性格，跟侯大利打了招呼，介绍道："这车的底盘做过防锈处理，生锈不明显。拉开车门胶条，能清楚地看到焊接带有锈迹，这个位置由于长期包裹在内部，如果不沾水很难生锈。车门排水孔有泥沙。"打开车辆中控台骨架的盖板，"你看这儿，金属件也生锈了。这辆车肯定是水泡车。这么高级一台车，被水泡了，暴殄天物啊。林警官，以你的水平，不会认不出水泡车吧？"

小林道："我知道是水泡车，我想知道这辆车在水里泡了多久。"

"这个很难判断，我也没搞过。"老马在中控台、座椅等地方拆了些外装，趴到车底下观察，从车底出来后，手里拿着一种浅绿色的小水藻，道，"呵呵，找到这玩意，我估计得有一个多月。这是我们老家常见的绿水藻，在我的印象中，能在车底盘出现这种小水藻，时间不会太短。"

今天是7月7日，一个多月之前，大约就在5月下旬，这和5月24日这个时间点非常接近。侯大利和江克扬几乎是异口同声地道："你确定是一个多月？"

老马道："基本能确定，这种绿水藻特别灵。你们如果不信，可以在发现这辆车的水库中丢进一个铁箱子，到时就能验证。"

侯大利拿出小本子，记下这个情况，又问道："我听到一个情况，这辆车在今年3月撞过一次。"

正所谓术业有专攻，侯大利站在车头前完全没有看出什么地方补过，老马转了一圈，道："这车确实撞过，这边胶条有飞漆，右侧的油漆颜色不均匀。"他又打开发动机盖，道："机盖的边缘胶条不平整，偏软，这车确实撞过。可惜啊，这么好的新车，居然就撞了。真他妈的暴殄天物啊。"

看到一辆好车又被水泡又碰撞，老马是发自内心地生气。

离开停车场，江克扬有些不服地道："车辆是在5月下旬沉入水中，张冬梅在6月17日又打过电话，那就意味着越野车进入水库的时间与顾全清和张冬梅遇害时间不一致。难道我的判断又有问题？"

侯大利道："血迹形成时间很关键，希望张小舒到岭西理工能带回来好消息。"

江克扬得知法医室带着血迹前往岭西理工，双手合掌，道："希望能拿到准确的鉴定结论。这个案子悬在半空，我们有劲使不上。"

回到办公室，侯大利继续整理资料，将所有与顾全清和张冬梅有关的重要事件按时间线索进行了排列：

> 3月？日，面包车上跳下几个人，意图抓张冬梅，被顾全清及时解救；
>
> 5月24日，顾全清和张冬梅同时失去电话联系，张冬梅所有社交媒体软件停止更新；
>
> 5月26日晚，邱宏兵与朋友们在一起喝酒，又到金色酒吧；
>
> 5月27日上午，老工人文化宫南门，面包车上跳下四个人，将张英和她儿子抓上车猥亵；
>
> 6月17日，许秀莲接到女儿张冬梅的电话；
>
> 7月6日，在湖州三社水库发现了顾全清的越野车。

从顾全清的越野车上出现绿水藻来看，越野车沉入水库时间在一个多月前，这和5月24日这个时间点吻合。但是，6月17日，许秀莲接到女儿的电话，这与前面的时间点存在巨大的矛盾。

面包车出现了两次，每一次出现都有"江州牌照，三或四个人，戴帽子和墨镜，袭击对象是站在公路边的女子"等相同点，第一次或许与梁永辉有关联，第二次则完全与梁永辉没有任何关联，所以，侯大利基本上把梁永辉从犯罪嫌疑人名单中剔除，最大的嫌疑人是邱宏兵。邱宏兵具有第一次的动机，虽然第二次的动机很弱，但是在现场出现了杨为民的电话、铁皮柜中有张英照片和高度接近邱宏兵声音的电话声，让邱宏兵无法完全摆脱嫌疑。

侯大利开车从车库来到街道上时，天黑透，路灯亮起，夜市开张。

每当这个时候，他总会觉得无处可去，无事可做。他开车来到世安桥，在桥边待了一会儿，又来到高森别墅前。侯大利在高森别墅里度过这些年来最美好的岁月，幸福生活因为一场抓捕行动戛然而止，到今天他仍然经常怀疑这一切是不是梦境。幻想从梦中醒来后，田甜就会出现在餐厅，准备了简单又极具烟火气的早餐。白天忙案子，深夜则可以思考案件，傍晚后的两三个小时让侯大利变得忧伤和迷茫。黑暗真正来临后，他才会从软弱中走出，恢复成睿智理性的神探。

晚上9点，侯大利的手机响了起来。

张小舒兴奋的声音从手机里传了过来，道："师兄用光谱分析血迹的形成时间，结果出来了，血迹约形成于四十天前，也就是在5月下旬，20—25日这个区间。师兄说当前技术只能精确到此。"

侯大利长舒了一口气，道："这就意味着5月23日那个时间点最有价值，这是顾全清和张冬梅的遇害时间。只是，无法解释许秀莲在6月17日接到的电话。"

他在这个瞬间又想起了杨为民父亲接到的电话，5月27日上午9点，杨为民父亲接到了杨为民打来的电话。通话记录中有这个电话存在。但是，杨为民至今都不承认打过这个电话，更不承认猥亵了张英。6月17日的电话和5月27日的电话极为相似，都存在自相矛盾的情况。

话筒里传来李建伟的笑声："大利，这次小舒立了功，基本上确定了遇害时间，重案一组要请客啊，一定得请大餐。"

与侯大利通话之后，张小舒发自内心地高兴，道："幸不辱命，总算确定了血迹形成时间。我最初考法医的时候还认为法医工作简单，现在看来需要学习的东西很多。"

李建伟笑呵呵地道："这几年新技术层出不穷，不学习，知识老化得很快，我还真想去回炉。"

"明天我想到阳州去一趟，我大伯过生日。"大伯过生日，这不是请假理由，只是张小舒比较特殊，小时候在姑姑和大伯家里都住过，大伯过生日对于张小舒来说是大事。

李建伟知道张小舒的家庭状况，爽快地道："这段时间辛苦了，你去吧。回来后，我们要宰大利一顿，说好了，吃大餐。"

回到阔别三个多月的伯父的家，张小舒停下脚步。"对，就是阔别。"当她涌起"阔别"的想法之后，觉得到江州工作仅仅三个月，用这个词不恰当。但是，她实实在在涌起"阔别"之感，这种感觉还非常强烈。

大伯头发花白，提着菜篮子从小区外回来，见到侄女站在中庭，道："小舒，站在这里干吗？伯妈还在等你回来。"

"我姐回来没有？"张小舒赶紧接过大伯的菜篮子。菜篮子很沉，里面有一只煺了毛的鸡、一条大草鱼，还有蘑菇等小菜。这些菜都是张小舒喜欢吃的。大伯家平时吃不了这么多菜，是特意为了招待侄女准备的。

大伯道："她有接待，得吃了饭才回来。中午吃鱼，晚上吃鸡，好好给你补一补。"

张小舒笑道："大伯，我都参加工作了，单位伙食很不错。"

大伯双手撑着腰，道："你别骗我了。公安局这种大单位，伙食马马虎虎。那种大锅菜，与你伯妈的手艺比起来，差得太远。"

"我住在刑警老楼，小食堂伙食非常好。"张小舒如今已经搬到了江州刑警老楼，午饭在单位食堂，早餐和晚餐在常来餐厅解决。侦办了丁丽案后，105专案组成为晨光集团的贵客。常来餐厅为专案组提供的工作餐皆由大厨精心烹制，每一道家常菜都非常地道，色香味俱佳。张小舒搬到老楼没多久，腰围悄然增加。

上了楼，伯妈过来拥抱张小舒，心疼地道："小舒长瘦了，脸也晒黑了，今天中午要多吃点。"

"长瘦、晒黑"明显不符合事实，纯粹是伯妈的感情投影引起的偏差。张小舒点头道："今天中午我要吃两碗饭。"

上了楼，伯妈到厨房忙碌，大伯和张小舒在客厅聊天。

"你姑姑家现在是什么情况？"

"欣桐恢复得还行，白天能够独自出门，晚上出门必须有人陪同。"

"这怎么能行？欣桐马上要出去读大学，爸爸妈妈不能一直陪在身边。还得抓紧治疗，否则会严重影响生活。欣桐爷爷的病情怎么样？"

"爷爷的病情不太好，就是一两个月的时间。有时候，大家的心情很矛盾，既希望爷爷能够多活一些日子，哪怕多活一天也好。另一方面，看着爷爷痛苦，大家又于心不忍。"

伯妈在厨房忙碌，不时到客厅骂上许海几句。

中午吃的是红烧草鱼，草鱼裹了些淀粉，又过了油锅，外焦里嫩，鲜美无比。饭后，张小舒洗了碗，在客房睡午觉。客房是名义上的客房，实际上绝大多数时间都是张小舒在使用。衣柜里挂有张小舒读大学时的衣服。她躺在床上，望着天花板，习惯性地又想起了自己的妈妈。自从妈妈失踪后，她的幸福生活如瓷器一般被砸得粉碎。父亲长期外出寻找母亲，她要么住在姑姑家，要么住在大伯家。不幸中的万幸是姑姑和大伯都是真心欢迎她，让她少了寄人篱下之感。但是，张小舒还是能体会到客人与主人的区别，这种区别很微妙，外人或许不会注意，当事人往往会敏感地觉察。

张小舒从睡梦中醒来时，屋里又充满鸡汤的香味，还传来堂姐张小天的说话声音。她没有立刻起床，又在床上躺了一会儿，这才起床，来到客厅。

张小天看到睡眼蒙眬的妹妹，道："当法医的感觉怎么样？"

张小舒道："还行吧，能够对付。"

张小天笑道："很谦虚啊，李建伟到总队把你夸成了一朵花。说什么江州刑警支队有一个小神探，以后还要出一个小神医。"

张小舒脸上浮出两朵红晕，道："大利是真神探，我这个小神医是假冒伪劣。"

张小天听到"大利"两个字，心中一动，道："你别谦虚，杨主任也夸你是好苗子。他老人家目光如炬，能说你是好苗子，那就是充分肯定。今天晚上开瓶酒，我们姐妹整点。"

大伯道："小天是酒鬼，别把你妹弄成酒鬼。"

张小天打了个哈哈，道："这是家族遗传，解酒功能强大。小舒一直没有沾酒，今天我试一试她的酒量，看是否继承了我们张家的喝酒本事。土鸡汤、辣椒小炒肉、卤翅膀、花生米，几样家常小菜配上一瓶阳州特曲，快活似神仙。"

张小舒的爸爸戒酒多年，张小舒在父亲影响下，很少喝酒，今天在堂姐怂恿下，第一次正式喝起白酒。张小天举杯和妹妹碰了一下，道："希望我家的小舒能成为真正的女神医，干杯。"

大伯闻到酒味，回想起以前喝酒的美好时光，酒虫顺着喉咙往上爬。他戒酒倒不是肝脏的问题，而是血压高，被剥夺了喝酒的自由。

张小舒小心翼翼地喝了一口高度阳州特曲，一股辛辣顺着口腔进入肠胃，热辣辣的。

"怎么样？"

"还行吧，没有特别好喝，也不难喝。"

"那说明你遗传张家的解酒功能，今天我们姐妹好好喝一个。"

不知不觉中，一瓶酒已下肚。张小天神采奕奕，双眼清澈。张小舒是第一次喝这么多白酒，微醺。

等到爸爸妈妈离开后，张小天意味深长地道："你姐看上了一个男人。"

张小舒道："姐看上了谁，那个男人肯定很优秀。"

张小天道："当然优秀，是江州刑警支队的小神探。"

张小舒完全没有料到姐姐说出了这句话，脸上肌肉一下僵住，结结巴巴地道："你喜欢大利？"

张小天带着些意味深长的笑容，道："大利为了替女友报仇，改变了人生方向，这种深情男人打着灯笼都难找。他长得帅，能力强，品德好，我当然喜欢他。"

"那就要祝贺姐姐。"张小舒表情不由自己控制，想要表现得高兴，实则充满了沮丧。从小到大，她时常寄居于姑姑和大伯家里，从来不是家里的真正中心，姐姐小天和妹妹欣桐才是家里真正的中心。她努力保持微笑，有一个心思倔强地从内心升起："爱情是自私的，难道我就这样轻易放弃，不敢为了自己的爱去堂堂正正地争取？"另一个心思又浮现出来："小天是我姐，我姐喜欢的人，难道我要去抢吗？"

正在患得患失之时，张小天郑重地道："妹，我发现你似乎也喜欢大利，不会和我争吧？"

张小舒眼泪都差点出来了，挤出笑，道："姐，那祝你们幸福。"

张小天发出一阵爽朗的笑声，道："祝福个屁，我喜欢他，可是他不喜欢我啊。我已经看出来了，你是真看上了小神探，刚才笑得比哭还难看。你别否认，你姐是做什么的，瞒不过我，我家小公主看上了侯大利。"

在前几秒，张小舒觉得人生陷入了低谷，姐姐最后几句话，神清气爽，万里晴空飘起朵朵白云。她犹自嘴硬，道："谁看上了他啊，整天都绷着脸，面部神经麻痹症？"

张小天道："在姐面前说实话。"

张小舒羞红了脸，道："我也不知道怎么回事，只要他出现，就想偷偷看他。"

张小天道："我也想体会这种感觉，可惜还没有让我想要偷偷看的人。"

既然被姐姐说破了心事，张小舒也就不必藏着掖着，道："我当法医是受到大利的影响，他能为了女友当刑警，我妈失踪这些年，我也要为我妈做点实实在在的事情。当法医是寻找母亲最好的岗位，至少比当医生要方便许多。到了法医室后，我和侯大利接触很多，不知不觉被他吸引了。或许是因为我们都有共同的悲伤经历吧，每次看到他紧锁的眉头、鬓间的白发，我就很心疼，禁不住想要多看几眼。"

张小天给妹妹倒了一杯酒，道："这就是爱情，发生在不知不觉之间。"

张小舒苦恼地道："我这只是单相思，大利对我很警惕，在有意疏远我，是那种拒人于千里之外的态度。"

张小天笑呵呵地道："这其实不是坏事，至少说明大利看得起你，他本人都没有意识到这一点。如果对你完全无感，那就不会刻意疏远，而是视而不见，甚至还会变得热情。我在这方面就有深刻体会，遇到不少优秀的男人，我暗自喜欢，可是他们一点都不防范我，都当我是哥们儿。他们当我是哥们儿，弄得我只好把他们当哥们儿，这才是最悲伤的事情。"

张小舒忐忑不安地问道："大利对我真有感觉？"

"拒你于千里之外，就意味着把你当成了值得防范的女人。大利家庭环境那么好，却一直在走霉运，初恋情人遇害，未婚妻又牺牲，他封闭了自己的内心，不愿意轻易接受新的感情。但是，他终究是男人，男人天生会喜欢女人，这是自然法则。你要清楚地认识到这一点，大胆去爱，肯定会打开他封闭的内心。当他真正敞开心扉的时候，你就会品尝到最甜美的爱情。"

张小天随即自嘲地道："我说别人一套又一套的，目光奇准，自己的感情生活一塌糊涂，把很多优秀的男人都处成了哥们儿，看着他们谈恋爱到结婚生娃。我一如既往地还是他们的好哥们儿，成为刑侦系统有名的女汉子。这个定位很糟糕啊。你要吸取我的教训，千万不要成为女汉子。成了女汉子，身边一群哥们儿，后患无穷啊。"

张小舒道："姐，我能打开大利封闭的心扉吗？也许他对我完全没有感觉。"

张小天道："那我找机会去试探大利，听一听他对你的看法。"

张小舒急忙道："暂时不用，大利很敏感的。如果把话说透了，反而没有回旋余地。"

张小天笑道："那就润物细无声，用你的温柔打动他，让他爱上你。有一点我要告诫你，你千万不要显露你的酒量。如果因为喝酒豪爽，让大利把你当成了哥们儿，那就真糟糕了。这是我的切肤之痛，切记切记。"

两姐妹喝了不少，却都没有醉意，张小舒这才意识到自己还真遗传了张家特殊的解酒能力，酒量也不错。当天夜里，张小舒在睡梦中还在喝酒，只不过喝酒对象变成了侯大利。两人喝了一杯又一杯，然后她醉了，紧紧靠在侯大利怀中，道："还喝一杯。"侯大利道："我有些醉了。"张小舒道："我陪你喝，一起醉。大利，你爱我吗？"侯大利喝了这杯酒，道："我爱你。"

早上醒来，想起昨夜梦中场景，张小舒面红耳赤。

喝小米稀饭的时候，张小天妈妈在旁边发牢骚："小舒，你千万别跟你姐姐学，两个女孩子喝这么多酒，算什么事。昨天喝了酒，小天开车没有问题吧？"

张小天准备开车送妹妹回江州，到了江州还有两件事情：一是与欣桐见面，帮其做心理辅导；二是再去回访王永强，探究其心理变化。她听到妈妈例行啰唆，装傻道："我昨天喝酒了吗？应该没有吧。"她故意朝妈妈哈了口气，让妈妈闻酒气。

张小天妈妈一脸嫌弃地道："你爸爸当年和我谈恋爱的时候隐藏得好，如果知道他是酒鬼，我才不会嫁给他。"

张小舒低头喝稀饭，对母女俩的日常生活充满了羡慕。在大伯和姑姑家里，两家的大人对失去母亲的张小舒都很关照，从来没有骂过，更没有动过手。张小天小时候调皮，每年都要被揍几回，每次姐姐挨揍时，她总是充满羡慕，幻想自己闯了祸，母亲气急败坏揍人。

从小到大基本上没有被母亲揍过，对于张小舒来说是一件极其遗憾的事。

第九章
从月亮湖到三社水库

7月8日早晨，刚回到江州市郊，张小舒接到李建伟电话：上午9点在重案一组开案情分析会。

张小舒走进小会议室时，侯大利正站在白板前凝神细思，有人进屋，也没有回头。和姐姐张小天吐露心声后，张小舒再次看到侯大利时便有了"久别重逢"之感。她找了个靠边位置坐下，假装看白板，实则偷看心爱的人。

张小舒目光停在侯大利鬓间的白发上，直至李建伟打招呼才转移目光。

人到齐后，侯大利才从白板前离开，坐了下来，道："现在开会吧，还是按老规矩，大家谈各自工作进度。"

第一个发言的是勘查室小林。

小林在投影仪上调出越野车各个角度的高清照片，指出两个事实：一是越野车右前端发生过一次碰撞，有修补痕迹；二是通过锈迹以及本地绿水藻，推断越野车是在一个多月前落入水库，最有可能的时间是5月20—25日。目前已经向三社水库丢了铁箱子以及废轮胎，看绿水藻何时出现。

第二个发言的是法医室张小舒。

张小舒拿出岭西理工实验室作出的鉴定结论：血迹发现于7月6日，形成时间约在40天前，也就是在5月20—24日。

两人发言从不同方向将越野车落水时间确定为5月下旬。顾全清和张冬梅失踪案一直悬在半空，迷雾重重，如今基本上弄清楚越野车落水时间与失踪时间一致，算是重要成果。

第三个发言的是伍强。

伍强如今成为重案一组驻东城派出所的"特派员"，凡是与东城所有关的工作都由其牵头。他调出监控视频截图，图上能看到面包车驾驶员手臂上的刻字。

"找这个手臂上刻字的家伙就是大海捞针。我拉着社区民警跑了居委会、各单位保卫科、看守所、拘留所和戒毒所，又询问了市内三家刺青刻字的门店，目前只摸到两名手臂相关位置刻字或文身的人。"

在投影仪上显露出两人手臂上的特写：一人手背刻了一个"忠"字，另一人手背位置则刻了一只小龙。

"据我调查，刻'忠'字的人5月27日上午在戒毒所关着，没有作案时间。另一人为了掩饰文了一只小龙，并用烟头烫过，比较模糊。而且5月27日那天，他在茶馆打牌，也没有作案时间。"

第四个发言的是绰号铁嘴钢牙的周向阳。

周向阳喝了一杯浓茶水，慢条斯理地道："我到看守所两次提审杨为民，杨为民一直在喊冤。杨为民没有拍张英裸照的动机，更不会傻到长时间把裸照和相机锁在铁皮柜里。我建议调查二建职工，此事极有可能是里应外合栽赃诬陷杨为民。"

第五个发言的是马小兵。

马小兵道："我和老袁查过了邱宏兵的视频，根据视频又调查走访了相关人员，特别关注的是邱宏兵晚上的行踪。5月23日是周末，邱宏兵和杨为民等一帮人喝酒。喝酒之后，他跟着肖霄到了罗马小区。杨为民、小章、袁三等人都证实此事。回到罗马小区时，邱宏兵和肖霄还在小区对面的巴适餐馆吃了酸辣面。我们调查了巴适餐馆老板，餐馆老板记得此事，说这两人不时过来吃面。只要喝了酒，他们总是过来吃一碗酸辣面。那个男的特别喜欢吃酸的，每次都放很多醋。"

第六个发言的是江克扬。江克扬谈了与蒙洁见面的情况。

所有人发言完毕后，侯大利开门见山地道："大家的工作都有成效，每个人的情况汇集起来，渐渐开始还原案件真实样貌。下一步工作我们分为两个重点。第一，仍然从顾全清、张冬梅、邱宏兵和梁永辉的活动轨迹和社会关系入手，继续深挖细节。案件不能侦破，说明肯定存在我们没有掌握的细节。第二，活要见人，死要见尸，这是此案的关键，如果是凶杀案，还是那句老话，掘地三尺，也要找出尸体。而找到尸体就要从越野车的行踪入手。"

侯大利拉过白板，白板上画有江州市区简图，他在地图上用红色签字笔标示出南郊加油站的位置。

"在南郊加油站之后约一百米是事故多发点，交警在加油站有一个监控探头。这个监控探头是新近安装的，清晰度较高，能看清楚驾驶员和车牌号。正是这个监控探头留下顾全清越野车的视频。如果凶杀案是在5月20日到25日之间发生的，那么5月23日留在南郊的影像就是判断顾全清和张冬梅行踪最重要的依据。"

侯大利用红色签字笔标出顾全清越野车经过监控探头后有可能经过的三条公路。地图显示得非常清楚，经过了南郊监控点后，有一条正南的大道，还有一条朝长江方向的市级公路，另一条公路则进入了巴岳山。沿长江的市级公路远离了湖州，而进入巴岳山的公路则距离湖州越来越近。

"顾全清的车经过了监控点后，便失去踪迹。如果朝正南方向，会在郎道镇被监控探头再次拍到，郎道镇没有拍到顾全清的越野车，那就意味着越野车没有前往正南。如果走长江方向的市级公路，就能到秦州。另一条道路是转向北，进入巴岳山，最后到湖州。越野车是在湖州的三社水库发现的，张冬梅在6月17日是在湖州打的电话，如果有凶杀案发生，抛尸地点最有可能是月亮湖到三社水库沿线。这是我们探查的重点。"

侯大利标红了这条线，画上三个重点符号。

由于一直没有找到尸体，侯大利在发言中没有明言顾全清和张冬梅一定遇害，但是大家听得很明白，他倾向于两人遇害，所有工作措施都针对两人遇害。

重案大队和刑警支队领导没有参加案情分析会，全程由侯大利主导。参会人员中有老预审员周向阳、勘查室小林、法医室李建伟和张小舒，还有视频大队侦查员，多数同志都比侯大利资格老。侯大利在前几个案子中表现出色，指挥能力获得同志们认可。大家没有异议，接受任务后，匆匆离去，奔赴各自战场。

侯大利正准备出办公室时，接到了陈阳的电话。

来到四楼，走进陈阳办公室。陈阳笑呵呵地道："联合调查组向局党委通报了调查结果，具体细节就不说了，一句话，不存在玩忽职守的情况。等支队开大会的时候，由杨支队宣布此事。"

尽管侯大利面对联合调查组时非常平静，但内心还是起了波澜，此时终于有了正式的调查结果，他情绪反而低落起来，走出陈阳办公室时一直沉默不语。在办公室抽了支烟，这才叫上江克扬，驾车实地探察顾全清越野车离开监控探头后有可能经过的三条公路。

车行至南郊，停在留下最后影像的监控前。这是市交警的监控系统，属于传统的视频监控系统，主要是对道路黑点、繁忙路段交会点、隧道口、主要道路及公共大桥等位置进行监视，能看到某段道路小部分的实况，但对突发性较强的交通异常事件无法做到预测。正在推广的新型智能交通监控系统采用识别技术进行分析，有异常发生就会自动通知交通人员。

南郊监控点前方有三条道路。侯大利掉头向北，直奔巴岳山。

沿途又遇到几条支路，侯大利和江克扬坚定地选择最容易到达巴岳山的那条公路。行进了二十分钟，车至月亮湖。沿着月亮湖岸的公路开了约十分钟，盘山公路左侧出现一条很短的支路，视线所及，支路前方赫然出现一片别墅。侯大利猛地按了一下喇叭，道："我真蠢，忘记月亮湖尾部有一个别墅区。这个别墅区就是大树集团修的，张冬梅和顾全清应该是前往月亮湖了。"

江克扬赞同此观点，道："顾全清和张冬梅是在5月23日晚上8点23分才离开家，他们带着行李，但不是立刻远行，而是先到月亮湖。"

别墅群的保安懒洋洋地坐在保安亭里吹空调，看见一辆豪华越野车开了过来，眼睛都没有抬，顺手就扬起了杆。

侯大利原本还想要出示警察证，没有料到保安根本就没有询问的意思，他感叹一句："保安完全是形同虚设。"

江克扬笑道："我从另外一个方面理解这个问题，保安其实很精明，开豪车的人非富即贵，何必拦下来自讨没趣。"

别墅区靠山临湖，面积挺大，分有A、B、C、D四块区域。侯大利将车停在一名清洁工身边，道："请问大树老总的家在哪边？"

清洁工指了指，道："D区最角落的就是张大树的家，面积最大那家。今天应该没有人在家。"

越野车停在张大树的别墅门前，侯大利下车按了门铃，无人回应。

江克扬在别墅门前转了几圈，道："那天看到张冬梅的鞋柜，我就说贫穷限制了想象，张大树这个别墅就和城堡一样，我的贫穷还是限制了想象。"

侯大利无视别墅的豪华，道："这里有山有水，地处别墅最尾部，人迹罕至，正是杀人藏尸的绝佳之地。"

看罢别墅，两人掉转车头，开出别墅区，沿盘山公路开了约四十分钟后，手机收到湖州联通的欢迎短信。又开了十来分钟，越野车来到三社水库边。两人下车，站在顾全清越野车落水处。

侯大利道："顾全清越野车应该是沿着这条山路从江州到湖州，所以在湖州城区找不到顾全清越野车的踪迹。"

江克扬取了一支烟，递给侯大利，道："顾全清和张冬梅极有可能在别墅就遇害了，然后凶手开车到三社水库边，将车弄进水库。既然在三社水库找不到尸体，尸体就应该在月亮湖或者巴岳山。这条路线在山区，有太多可以藏尸的地方，很难找。有一个疑问，为什么会在三社水库边的森林里找到血迹？这个血迹出现得莫名其妙。"

侯大利沉吟片刻，道："现场勘查的时候，我就觉得血迹不对劲，以我的猜测，凶手杀人之后，取了顾全清和张冬梅的血，倒在树林里。凶手如此做的动机有两条。第一，他希望越野车不会被发现，如果越野车不被发现，那么树林里的血迹肯定也不会被发现。第二，他还做了另一手准备，如果沉入水底的越野车被发现，那么警察有可能会发现血迹，他想诱导我们，让我们认为顾全清和张冬梅是在湖州三社水库附近遇害。包括车内的高跟鞋和手串，也是故意留下的线索，想要误导我们。"

江克扬眉毛上扬，道："凶杀案中很大一部分是熟人作案，夫妻互杀也不罕见。邱宏兵熟悉月亮湖，又是湖州人，有可能知道三社水库。这就意味着，邱宏兵行凶的可能性最大。凶手作案的地点往往都在其舒适区，月亮湖是凶杀地的可能性最大。"

侯大利和江克扬再次把目光放在月亮湖别墅区。

月亮湖别墅有监控系统，且视频保存得比较好。在5月23日晚上9点12分，监控上出现了顾全清的越野车。在5月25日凌晨1点28分，顾全清的越野车开出别墅。快进之后，一直没有再出现顾全清的越野车。在5月23日晚到5月24日晚，没有其他车辆进入张大树别墅。

月亮湖别墅修建时间早，监控视频的清晰度不够，从镜头中看到的人和车都比较模糊。另外，监控安装得不专业，角度不好，还有树叶遮挡，在月亮湖别墅区入门处和张大树别墅入门处的监控探头中都看不清楚驾驶员。

"你们没有换过监控系统？"侯大利深觉遗憾，也觉得不解。

物业管理人员赔笑道："我们打过报告，说过监控的问题。物业也找过业委会，但是不知道怎么回事，一直都没有换。上面不出钱，我们打工的人没有办法。"

月亮湖别墅门前有一条进入巴岳山的公路，别墅入门处监控除了监控到进出大门车辆外，在夜间还能通过灯光显示进入盘山公路的汽车。这些车辆没有进入监控视频，但是灯光会出现在监控视频中。

看罢视频，侯大利打电话向陈阳作了汇报。

陈阳又向分管副局长汇报。

宫建民同意搜查月亮湖别墅。

张大树和张佳洪得知警方要搜查江州月亮湖别墅，从阳州赶了过来。进了别墅客厅，见到邱宏兵坐在沙发上，脑袋几乎垂在膝盖上。

张佳洪走了过去，用鞋尖轻轻碰了碰邱宏兵的小腿，道："喂，怎么回事？"

"我不知道。接到警方通知，我就过来了。"邱宏兵抬起头，哭丧着脸。

张佳洪居高临下，俯视着坐在沙发上的英俊男子，恶狠狠地道："邱宏兵，如果我姐真出事了，不管警方是否破案，我都会把这笔账记在你的头上。无毒不丈夫，你真以为我们张家好欺负。"

张大树正眼都没有瞧女婿，来到陈阳面前，道："支队长，什么情况？"

陈阳道："从别墅前的公路往后山走，有一条公路能够直通湖州的三社水库。我们怀疑顾全清和张冬梅在别墅遇害，然后被抛尸。抛尸地点在别墅和三社水库沿线。"

张大树尽管有心理准备，身体仍然摇晃了一下。

陈阳赶紧扶着张大树胳膊，道："张总，没事吧？"

"没事。"张大树深深地吸了一口气，又道，"我调人过来，沿公路两边搜索。"

陈阳道："如果有发现，千万不能破坏现场。"

别墅区，两只警犬在训犬员引导下，仔细搜索每一寸土地。

侯大利站在一块天然的大石头上，观察别墅的各个角落。看了一会儿，他跳下石头，来到湖边小码头。他蹲在湖边，观察小码头边上的小船。

江克扬走了过来，道："血迹犬没有找到血迹。另一条搜索犬找到了很多与张冬梅和顾全清有关的线索，这只能说明张冬梅和顾全清来过此地。"

侯大利道："一个多月时间，中间有大雨，找不到血迹很正常。老克，如果你是凶手，在别墅作案后，如何处理尸体？"

江克扬道："这里有山还有水，埋进山，丢进水，神不知，鬼不觉。"

侯大利回望巴岳山，道："凶手要把两具尸体埋进山里，得挖一个大坑，会出现明显痕迹。巴岳山有村民行走，还有护林员，凶手会顾忌这些情况。如果我是凶手，多半会把尸体丢进月亮湖。"

江克扬望着细长湖面，道："月亮湖沿山分布，约有十公里，找潜水员全面搜索，难度太大。如果要找潜水员，也得有一个大致位置。"

副支队长老谭和小林则把注意力集中到户外小屋，屋内放有用来烤羊的大型烧烤架，还有斧头、电锯等种类齐全的各种工具，角落堆有两包水泥，另有半箱烧烤用的木炭。

老谭道："这些工具用来肢解尸体，倒是顺手得很。如果有血迹，那就实锤了。"

小林用血迹勘查灯查看室内，没有收获，又用鲁米诺试剂再试，仍然没有发现血迹，室内没有血迹，电锯、斧头等工具上也没有血迹。

老谭走出小屋，在四周转了一圈，来到侯大利身边，低声道："前面是月亮湖，后面是巴岳山，都是天然的藏尸地。我们得缩小范围，否则无法找。"

"从南郊到月亮湖别墅，再到三社水库，这是最顺的线路。犯罪分子必然会选择在他的安全区内作案，抛尸也同样如此。"侯大利指了指湖面，道，"最有可能在湖里，没有痕迹。"

老谭四处观察，道："这么偏僻的别墅，居然没有在内部安装监控，张大树这家人的心也真大。"

小林从警车后备厢取出手持反窃听电子狗，准备到别墅内查找监控。老谭叫住小林，道："你为什么认为别墅内会有人安装隐形监控器？"

"例行检查。秦力案件后，我患上了监控恐惧症，每到一处案发现场，都得检测是否有隐藏的监控器。不检查，就会觉得少做了一件事。"

小林拿着反窃听电子狗检查了整个别墅区，没有发现监控设备。

侯大利和江克扬在整个别墅区转了一圈，摸清了整个月亮湖别墅的监控系统。别墅建有围墙，墙高三米。三面围墙，一面临湖，墙上有监控探头。除了月亮湖别墅大门以外，在各家的别墅门口以及围墙上都安装有监控探头。在监控室，能清晰看到张家别墅大门以及所有围墙，要想从围墙翻入别墅而不被发现，难度很大。出于保护隐私的目的，张家别墅内部没有再安装监控。

大队人马在张大树别墅内外搜索了三个小时，一无所获。

在别墅外，整整齐齐两车工人。张大树是做建筑起家，除了二建以外，还有江州大树建筑公司。屋外全是大树建筑公司的工人，刚刚从三社水库那边的山林返回，拿着工具，只等一声令下，便要挖开别墅区草坪。

支队长陈阳、副支队长老谭、法医室李建伟和张小舒、重案一组组长侯大利、探长江克扬以及张大树、张佳洪等来到别墅平台，商量下一步行动。

"我姐如果在月亮湖遇害，邱宏兵就是凶手。我饶不了他。"张佳洪用手指着站在院子里的邱宏兵，恶狠狠地道。

邱宏兵似乎感受到了楼顶平台上传来的恶意，眼睛余光朝上瞧了瞧，便不再注意楼上的人。他拖了一把椅子，坐在草坪边上，掏出一包皱巴巴的烟，抽出来一支，点燃打火机。

烟头亮光不时闪现，轻烟袅袅。邱宏兵目光穿过轻烟，视线所及之处，正是以前放烧烤架的位置。他和妻子热恋之时，每逢周末就来到月亮湖别墅，先去湖边钓几条鱼，再放置烧烤架，很快，烤鱼的鲜香就会飘荡在院子上空。这是令人迷醉的味道，就如他和冬梅的爱情。如今，院子还在，湖水清澈，游鱼无数，爱人却远离了自己。

两名戴着手套和脚套的年轻警察来到码头，跳上船，一人照相，另一人用小刷子在船体上刷来刷去。

邱宏兵此刻完全置身事外，望着严肃又忙碌的警察，如看一场老电影，与自己无关的老电影。

电话响起，显示是肖霄的号码。邱宏兵露出笑容，道："小霄，有事吗？"肖霄欢快的声音传了出来，道："晚上我做了白斩鸡，是我开车到乡场选的土鸡，你回来吃饭吗？"邱宏兵道："我肯定要回家吃饭，但是什么时间回来说不清楚，你不用等我。"肖霄撒娇道："我要等你，你不回来，我就不吃饭。这段时间吃得太油，现在肚子都长肉了，我趁机减肥。"

结束通话后，邱宏兵脸上的笑容随即消失。

一阵脚步声传了过来，张大树和张佳洪脸色难看到极点。张佳洪正要上前，被张大树拉了一把。张大树道："邱宏兵，冬梅出发之前，到底有没有异常？跟你说过什么？"

邱宏兵道："冬梅离开那天是5月23日，没有跟我提起过。后来我回家发现她经常用的皮箱已经不见了，应该是出去了。"

张佳洪道："5月23日晚上，你在做什么？"

"我那天在和二建同事喝酒，喝到晚上10点。后来回家，冬梅已经不在家里了。"邱宏兵充满痛苦地道，"冬梅和顾全清好上后，经常不在家。我回家后没有见到，也不会太在意。"

张佳洪道："5月23日，你回家没有？"

邱宏兵低声道："我到了一个女人家里，在她家里过夜。"

张佳洪怒视邱宏兵，道："女人叫什么名字？"

邱宏兵回避了张佳洪的目光，道："她和这些事无关。"

张佳洪道："你以为不说，我就不知道，是不是叫肖霄？"

邱宏兵道："冬梅要和我离婚，我已经同意了。所以我才在外面过夜。"

张大树目光阴沉，道："当初你和冬梅闹得轰轰烈烈，要死要活，怎么现在弄成这样？别光推责任给冬梅，你也不是什么好货。"

张大树个子不高，素来有威望，说一不二。邱宏兵比其高了大半个头，在其积威之下，下意识弯腰，低垂着头。

张佳洪与姐姐关系极好，此刻烦躁地在院里走来走去。张大树深深地望了邱宏兵一眼，又回到楼顶平台。

平台上，陈阳站在矮墙边，俯视别墅，问道："大利，挖地三尺，说起来容易，做起来太难。你判断凶杀案现场在此地的理由不太充分啊。"

侯大利道："一般来说，凶手会在自己熟悉的地域作案。杀人和抛尸，更会选择在熟悉的地方。三社水库、月亮湖别墅、南郊监控点，恰好能串成一条线。我建议召集水库管理方和红旗林场，扩大搜索范围，寻找蛛丝马迹。"

"事已至此，只能死马当成活马医，下定决心沿这条线查到底。"虽然侯大利年轻，但是敢于承担责任，能力又强，屡破大案，陈阳作为支队长已经将滕鹏飞和侯大利当成了自己最得力的左膀右臂。

张大树来到楼顶平台，直言不讳地道："邱宏兵就是凶手。他当初追求我女儿的时候，买了几千朵玫瑰，摆出心形，在公开场所下跪求婚，还写了些歌，玩出了很多花样，欺骗了我女儿。当初他追求的手段这样激烈，意味着分手时也会采用同样激烈的方式。这事都怪我，心不够狠，当初就不该心软。"说到这里，他哽咽起来，用手扇了自己一个巴掌。

陈阳过去，想要安慰张大树，话又不知从何说起，道："别墅地面暂时不要挖，我们明天还要勘查。"

张大树沉默了一会儿，道："那我让工人们继续上山，排成排，一个山头一个山头搜索。"

勘查室两名警官离开了小船。

案情分析会在月亮湖管理站的办公室召开。参会人员除了刑警支队以外，还有南郊派出所、月亮湖管理站工作人员和红旗林场保卫科。讲完案情后，侯大利安排由江克扬、伍强、南郊派出所民警跟随月亮湖管理站工作人员到月亮湖周边调查走访，由马小兵、袁来安和南郊派出所民警到红旗林场调查走访。勘查室则负责检验和分析在别墅区的房间、工具房和小船等处采集的指纹等现场痕迹。DNA室则负责检验采集到的生物检材。

警方暂时封闭了张大树别墅，派人24小时值守。

回到城区已经是黑夜，诸人忙了七八个小时，肚子早就饿瘪，部分参战民警聚于金色火锅馆。老板李晖过来点菜后，轻轻关上房门。毛肚、鸭肠、腰花等菜品陆续摆上桌，火锅翻腾，牛油飘香。大家不再闲谈，专心吃菜。

吃过饭，张小舒乘坐侯大利的车前往刑警老楼。

张小舒望着窗外一晃而过的街景，道："大利，你判断凶杀现场就在别墅，绝大多数警力都集中在这里。如果——我说的是如果——你判断失误怎么办？毕竟只是推论，没有过硬的线索。"

"在案情没有水落石出的时候，只能依靠现有线索选择最大的可能性，有可能对，那就继续深挖，也有可能错，错了就另想办法。"

张小舒又道："如果判断失误，耽误案情怎么办？联合调查组的事情刚结束，如果判断失误，会不会又要被调查？"

这是在没有外人的车内，张小舒说话就直接了许多。

侯大利道："联合调查组来查案，我自然很不痛快，但是从另一个角度提醒我们每一件案子都要打起十二分精神。我工作以来，参加了不少案件侦办。我可以实事求是地预测一件事，只要我继续办案，终究会有判断失误的那一天，只要是人，就会犯错。我们能做的事情就是尽量少犯错，尽量不犯致命错误。说到这个案子，凶杀现场和抛尸现场最有可能就是在月亮湖和三社水库这条线上，不会在荒郊野岭，最有可能就在月亮湖。我们肯定忽略了什么细节。晚上我再到刑警老楼，研究视频。"

张小舒道："视频大队已经调取了海量视频，他们更专业，效率更高。大利你别长期熬夜，心急也吃不了热豆腐。"

侯大利道："视频大队是图侦方面的专家，寻找明确目标绝对是行家，但是他们对案情研究不如办案人员，寻找非确定性的模糊目标就存在一定困难。我们还得看视频，寻找大家都忽视的细节。"

谈话间，来到刑警老楼。老楼只有楼梯处有一盏灯一直亮着，其余灯皆为声控。夜风袭来，树叶发出响声，不知名的小虫在黑暗角落鸣叫，墙角的茉莉发出阵阵幽香。三楼办公室里洒出灯光，给黑夜打开了一个缺口。

侯大利刚刚推开门，周涛就发出一阵尖叫声，道："想曹操，曹操到。我正准备给你打电话，我找到一处有趣的画面。"

侯大利道："什么有趣的画面？"

"这是一帮人打架，里面有梁永辉，还有顾全清，还有张冬梅，大部分主角都在场。"周涛头发依然乱得如鸡窝，双眼在屏幕前亮晶晶的。

视频是没有声音的黑白片，如果配一个名字，那就是：一个男人牵着女人的手。

张小舒指着画面，道："3月13日，这是顾全清和张冬梅？"

侯大利道："是的。"

张小舒道："看不清楚他们的表情，从身体语言来看，两人很亲密。"

视频继续播放：一辆小汽车停在了顾全清和张冬梅前面，从车上下来五个人。从副驾驶位置下来的正是梁永辉，后面跟着几个吊儿郎当的年轻人。梁永辉走路的姿势如电影中的斧头帮帮主，跩得不行。梁永辉叫住了顾全清和张冬梅。双方交谈了几句后，几个年轻人逼了过来。顾全清把张冬梅护在身后，挡住年轻人。

看到突然出现的小汽车以及跳下来的几个人，侯大利脸上肌肉顿时绷紧，目光如剑。

视频继续播放：顾全清和四个年轻人打了起来。顾全清动作敏捷，冲破了四个年轻人的包围，跑了几步，回头一拳，将最前面的那个年轻人打翻。又跑两步，再回头，又是一拳，再打翻一人。后面两个年轻人还往上冲，顾全清用正蹬腿踢开其中一人，又用一个直拳砸在最后一个年轻人脸上。顾全清飞快跑到梁永辉身边，左右开弓，足足给了梁永辉四个大巴掌。然后，顾全清牵着张冬梅的手，拦了路边一辆出租车。

所有人原本以为顾全清会挨揍，谁知事情发生了戏剧化翻转。顾全清不是文弱书生，身手敏捷，头脑好用，一打五，赢得非常轻松。

周涛不停地啧啧赞叹，道："顾全清平时看起来文文弱弱的，没想到打架这么厉害，真是叫的狗不咬人，咬人的狗不叫。"

张小舒道："涛哥的形容不恰当，顾全清是打狗人，那伙人才是狗。可惜啊，顾全清遇害了。"

侯大利升起一个大大的疑团：从视频上来看，顾全清应该是练家子，那么是谁杀了他，凶手是一人，还是几人？

随即又升起另一个疑问：由于梁永辉和张英没有关系，最初排除了梁永辉使用面包车作案的可能性。在这个视频中，梁永辉带人来围攻顾全清的手法与面包车猥亵案手法非常相似。不同之处在于梁永辉这伙人没有戴帽子和眼镜，行动也不算干净利索。

张小舒主动道："大利，晚上我没事，也可以看视频，分点任务给我。"

侯大利道："周涛主要跟踪梁永辉，你就跟踪肖霄。"

张小舒道："肖霄是谁？"

周涛调出几张照片，道："这是肖霄的生活照和大头像。"

肖霄的大头像是在吴煜案中所留。照片中，肖霄未施粉黛，穿上了江州看守所的"黄马褂"，面部看上去非常干净，神情忧郁，有一种楚楚可怜的味道。

生活照有一半是视频中的截图，在金色酒吧的截图里，肖霄面部妆容非常夸张，在灯光下如妖精一般，打扮性感，低胸、露脐、短裙，将年轻女人的身体优势展现得淋漓尽致。另外还有一些是吴煜案时收集到的生活照，在这种生活照中，肖霄打扮时髦，是典型的都市丽人形象。

张小舒接受任务后，到房间里用笔记本电脑看视频。她所住房间的设施设备按照星级标准配备，用起来相当舒服。最关键的这是单位住房，住在这里不再有寄人篱下之感。

第二天零点，易思华过来敲门，道："张小舒，出来吃烧烤。"

烧烤在周涛房间。一个漂亮的女孩惊讶地道："你是张小舒，我是朱朱啊，还记得我吗？"张小舒认出了对面的女孩，道："你是弹钢琴的朱朱？"朱朱道："对，是我。上一次学院搞校庆，我们还同台演出了。"

侯大利最后进来，道："谢谢朱朱，还能想到给我们送夜宵。"

周涛开了一瓶啤酒，递给张小舒，道："没有想到你和朱朱还认识，给你一瓶，随便喝多少都可以。朱朱酒量不行，半瓶就要倒。"

张小舒记住了姐姐的话，不愿意在侯大利面前显露出好酒量，道："我也就喝一杯吧。"

几个年轻人聚在一起，就着烧烤，喝点啤酒。周涛在女友面前特别勤快，跑上跑下，屁颠颠的。

张小舒轻轻喝了一小口啤酒，道："我在3月的视频中找到一段肖霄和邱宏兵在一起的视频。这对夫妻确实走到头了，张冬梅天天和顾全清在一起，邱宏兵和肖霄也是卿卿我我，无所顾忌。"

侯大利端着酒杯，有些走神。他最初和大家一样，认为邱宏兵具有重大犯罪嫌疑。可是今天看到顾全清和梁永辉一帮人打架的视频后，梁永辉的嫌疑上升，邱宏兵的嫌疑下降。当前最难的事情在于没有找到尸体，如果一直找不到尸体，那案子就会悬在半空，下一步的侦查工作很难展开，非常难受。

易思华伸手在侯大利眼前晃了晃，道："怎么，又神游九天？"

侯大利这才回过神来，道："想起案子了。"

易思华撇了撇嘴巴，道："顾全清应该练过，身手不错。另外还有一个张冬梅，凶手作案应该不止一个人。梁永辉带了一帮人找麻烦，作案的可能性比较大。"

张小舒作为法医有着不同的看法，道："顾全清就算会武功，但只要不是面对面，用暗算的方式，单人也可以打倒顾全清。如果用药，更能轻易解除顾全清战斗力。药的种类很多，药店里的非处方药就有很多能达到这个效果。最简单就是安眠药，如果凶手能够提前判断顾全清和张冬梅的去向，提前放入安眠药，就算顾全清是武林高手，一样会束手就擒。"她说这话时，想起了汪爷爷，从体力上来说，汪爷爷根本无法与许大光和许海对抗，使用了药物后，杀人于无形。

这是一句随口之言，张小舒并没有经过认真思考，只是觉得易思华的观点有些片面。可是这随口之言进入侯大利脑中，却很有"一语惊醒梦中人"之感。他打开一瓶啤酒，道："这杯酒要敬张小舒。"

张小舒有点惊讶，道："为什么？"

侯大利道："你不是刑侦科班出身，但是直觉很棒，刚才你的推论中有很重要的一点，凶手应该能够预判顾全清和张冬梅的行踪，这一点很重要。邱宏兵的作案嫌疑还是最大。你随便喝，我干了。"

张小舒很想喝完这一杯，想起不要留下"酒仙"的雅号，以免重蹈姐姐张小天的覆辙，便抿了一口。

朱朱积极主动地和侯大利碰了两杯。

一帮年轻人聚在一起谈天说地，气氛融洽。到了凌晨2点这才各归寝室。回到寝室，侯大利睡在床上，脑中全是案子，在床上翻来覆去，不知过了多久才迷迷糊糊睡去。

早上，天已大亮。

隔壁传来如泣如诉的吉他声，一个个忧伤音符钻进了沉睡中的侯大利耳中。他听了许久，才睁开眼。阳光从窗帘空隙射入，照在脸上，眼角处有一点点反光。

7月9日，上午。

重案一组第二次案情分析会刚刚开始，分管副局长宫建民和刑警支队长陈阳走进会议室。

黄大森爆炸案拖延至今，已经成为江州市公安局的一道深深的伤口。除了重案大队长滕鹏飞率重案大队二组和三组进行抓捕以外，其他警力已经回到各自单位。早上上班时，关鹏把宫建民叫到办公室，询问了张冬梅和顾全清失踪案的进展，传达了市委市政府的要求。

从关鹏办公室出来后，宫建民得知重案一组正要开案情分析会，便和陈阳一起过来听案子。

侯大利站了起来，问道："关局，有什么指示？"

宫建民摆了摆手，道："你们继续开会，我先听。"

侯大利坐下来，面对侦查员们，道："还是按照老规矩，各组先汇报。红旗林场那边是什么情况？"

马小兵道："我、老袁和南郊所的廖所一起去了红旗林场，没有发现异常情况。负责林场月亮湖片区的巡山工人每天都要巡视一次。巡视完毕后，他们还填有巡视记录。"

廖所长补充道："巡视工人非常熟悉区域内的一草一木，只要不是非常偏僻的区域，都在其视线范围之内。如果凶手抛尸林场，按规律会偏离小路，但是不会偏离太远。张大树派了上百人，一个山头一个山头搜索，昨天搜到天黑，今天天刚亮，又开始搜山了。"

宫建民问道："邱宏兵在不在搜山现场？"

马小兵道："在场，走在队伍最前面，我见了他一面，脸上被茅草拉了很多血印子。"

"你继续问。"宫建民不再问话，眉头打结。

侯大利道："湖边是什么情况？"

江克扬道："我们租了条船，沿湖走了一圈。距离别墅区约三公里的湖对岸有一家人，这家人把房子建在小河湾处，那家女人很生气地骂别墅区的人，说别墅里的有钱人都是神经病，半夜开船出来。她睡眠不好，马达声贴着湖面传过来，立刻就将她吵醒了。她记得最近一段时间有两次马达响：一次是一个多月前，准确时间记不清楚了；另一次就在前不久。"

侯大利道："你来画一下那家人和别墅的位置图。"

江克扬在白板上画出别墅和那家人的位置。停船位置离月亮湖别墅区有一段距离，恰好在湖中心位置。整个湖面呈长条形，湖中心位置离湖岸并不远。

在场的侦查员见识过人性的险恶和阴暗，明白顾全清和张冬梅遇害的可能性极大。顾全清和张冬梅失踪案最麻烦的就是"活不见人，死不见尸"，不管有多少旁证，只要没有找到尸体，杀人案都难以成立。夜晚行船，这是很异常的现象，引起了诸多侦查员的警惕。

"夜晚从湖面传来的马达声"，这如同一滴水落入高温的油中，在侯大利脑中溅出噼啪的声音。如果第一现场在别墅，那么抛尸现场只有两个地方：一是湖中，二是山上。以侯大利的判断，抛尸湖中的可能性更大。他将目光停在了勘查室小林身上，问道："从那条船上找到了什么？"

小林道："我们在船上找到了邱宏兵和肖霄的指纹，很多，满船都是。还在船舷内侧发现了两块可疑的斑状物，经检测，是精斑，从精斑中检测出邱宏兵的DNA。"

没有发现张冬梅和顾全清的生物信息，这让侯大利略感失望。他又问："指纹留在船上有多长时间？"

小林道："斑点留下的时间都不长，没有经历大雨。大雨是在7月1日，也就是说，这些指纹就是在7月1日后留下的。但是，邱宏兵的指纹有两种，第一种是新鲜的指纹，数量最多，另外，在船舷内侧发现了几枚指纹，都是邱宏兵的，我推算时间大约在一个月。这是我的推算，纯粹凭经验，上不得法庭。这是我写的汇报材料，昨天晚上写出来的，这和老克的汇报没有关系。"

侯大利道："这样看起来，别墅的那只小船在晚上出动过两次：一次是在近期，一次是在约一个月前。5月23日晚上，那正是在一个多月前。"

江克扬道："应该是这样。"

侯大利思索了一阵，道："船上有没有其他人的信息？"

小林道："我们检查得很仔细，没有留下其他人的信息。这条船停在小码头，小码头在张大树别墅范围内，除了别墅内的人，其他人接触不了。"

散会后，宫建民把侯大利和陈阳叫到身边，道："张大树到我办公室来过，他认为就是邱宏兵作案，他谈了当初邱宏兵追求张冬梅的事，认为追求时的手段有多激烈，分手时的手段同样有多激烈。这个说法很有道理，有参考价值。"

侯大利道："从视频来看，在几个关键节点上，邱宏兵都在和二建的人喝酒，晚上留宿于肖霄在罗马小区的房子里。这个肖霄就是在吴煜案中出现过的肖霄，我们马上就要通知肖霄到支队来接受询问。"

宫建民提醒道："我知道她。这人年龄不大，社会经验丰富，你要认真准备，不要轻视。"

在等待肖霄时，侯大利再次熟悉了肖霄的家庭背景、主要简历和性格特点等材料。约半个小时，肖霄来到了办案区。

肖霄是从家里被带到刑警新楼的，穿着居家服装，也没有化妆，脸色苍白，双眼略有些浮肿。她进入询问区后就打哈欠，不多言不多语，情绪稳定。

眼前这个年轻女子极为善于伪装，满口谎言，比起很多穷凶极恶的犯罪分子更难对付。侯大利没有绕弯子，首先言明是为了调查顾全清和张冬梅失踪案，要求肖霄实事求是地回答问题。

肖霄用无辜的眼神望着侯大利，道："好的。有什么你们问吧。"

侯大利道："你认识顾全清和张冬梅吗？"

肖霄道："我不认识顾全清。我知道张冬梅，张冬梅是邱宏兵的老婆，有一次，张冬梅到金色酒吧唱歌，有一个年轻男人陪着。我、邱宏兵、杨为民这群人也在酒吧。"

侯大利道："你和邱宏兵是什么关系？"

肖霄道："我也不知道是什么关系，论亲密程度，我们上过床，我现在住的房子也是邱宏兵提供的。你们不要鄙视我，我一个小女孩要在社会上生活，没有靠山就是一盘菜。我也不知道邱宏兵怎么看我们的关系，是小三，还是情人。"说到这里，她低垂着头，掉下几滴眼泪。

侯大利道："5月23日，你在哪里？"

肖霄道："5月23日，那天我没有到金色酒吧上班，和邱宏兵、杨为民、章老师还有袁三等人一起吃的晚饭，晚饭后我和邱宏兵就到罗马小区。罗马小区这个房子是邱宏兵给我住的，不是我的，算是暂住吧。"

侯大利道："晚饭后是几点回罗马小区的家？"

肖霄道："9点左右吧，回到家后，我还打开电视看了一集电视剧，看完10点多，洗了澡就上床睡觉。"

侯大利道："你是坐什么车回去的？"

肖霄道："章老师开车送我们回来的。"

侯大利道："你和邱宏兵一直在家吗？"

肖霄道："我们喝了不少酒，睡得很沉，整夜都没有出去。"

侯大利道："5月24日，你们什么时间起床？"

肖霄道："我们睡了一个大懒觉，起床的时候快要到12点了。我让楼下餐馆送餐到楼上。吃了饭，邱宏兵就叫章老师开车过来，他到公司上班。我在家里看了电视，又去做了美容，再到金色酒吧。"

…………

侯大利道："你今年到月亮湖别墅去过几次？"

肖霄道："我去过两次：第一次是在4月，第二次是在前几天。"

侯大利道："在月亮湖，你坐过船吗？别墅有个小码头，里面有一条小船。"

肖霄道："我坐过船，应该在7月2日，我记得挺清楚。"

侯大利道："坐船是晚上，还是夜里？"

肖霄道："我只坐过一次船，是在深夜。邱宏兵说在深夜到湖上特别有意思。到了湖面，四周黑黢黢的，我有点怕。"

侯大利道："在4月那次，你在夜晚坐过船没有？"

肖霄道："没有。我只坐过一次船，就是前几天。"

侯大利道："在6月17日那天晚上，你和谁在一起？"

肖霄道："侯警官，我真记不准6月17日晚上发生的事情了，那天是星期几？"

侯大利道："星期四，端午节后一天。"

肖霄想了一会儿，道："我想起来了，那天晚上我本来要到金色酒吧去唱歌。邱宏兵说没有在一起过端午节，就要和我单独过。我和邱宏兵去吃了西餐，然后回我家，聊了一会儿天，我们就睡觉了。"

侯大利道："这么早就睡觉，没有去唱歌，或者吃夜宵？"

肖霄道："我在酒吧唱歌是工作，休息的时间真没有兴趣找地方唱歌。说实话，两人在一起很少出去吃夜宵，吃夜宵要多几个人才有趣。我们在一起的时候，上床睡觉时间都很早。"

侯大利道："6月18日，也就是第二天什么时候起床？"

肖霄道："我们的工作日夜颠倒，通常都是起床吃中午饭。吃过中午饭后，邱宏兵要上班。我有时回家闲耍，有时就去美容院。"

侯大利道："邱宏兵在晚上中途离开没有？"

肖霄道："没有。我们一起上床，一起起床。"

侯大利道："你的睡眠怎么样？"

肖霄道："如果晚上熬夜，我反而睡不好，迟迟不能入睡。和邱宏兵在一起时都在10点以前睡觉，睡得很沉，经常是一觉到天亮。邱宏兵也说和我在一起最心安，晚上好睡觉。"

…………

侯大利道："你是否到过邱宏兵的家？"

肖霄道："到过。"

侯大利道："去过几次？"

肖霄道："很多次吧。"

侯大利道："你不怕遇到张冬梅？"

肖霄道："既然邱宏兵让我去，肯定知道张冬梅不在。他们夫妻早就同床异梦，不，应该是异床异梦。"

询问结束，参加询问的秦晓羽道："肖霄说的是不是真话，调出视频就一清二楚。"

侯大利仍然坐在椅子上，双手紧压太阳穴，道："查过视频，行程都对。我在问话中设了些陷阱，肖霄都没有跳进去，她说的应该是真话。"

秦晓羽道："你们原以为邱宏兵是凶手，如果肖霄说的是真话，那邱宏兵就不可能出去杀人。"

侯大利道："如今是一团乱麻，让人头疼。我等会儿要询问邱宏兵，马儿带人去检查肖霄在罗马小区的房子。"

几分钟后，邱宏兵被带到刑警支队办案区。由侯大利和江克扬负责询问。

邱宏兵作为二建总经理，在辖区内还是颇为受人尊敬，这一次被带到了办案区，虽然是进入询问室，可是办案民警没有笑容，完全公事公办的态度，还是让他深感憋屈。

侯大利和江克扬进屋后，邱宏兵故意装作满不在意的样子，道："大利，我不是犯人吧，怎么把我弄到这里来？"

侯大利看了看邱宏兵脸上被茅草割出来的伤痕，没有说话，又低头翻看笔记本。江克扬解释道："这是询问室，叫你过来是询问一些事情。如果是其他情况，那就得进讯问室，不在这里了。"

江克扬回答完这句话，开始摆弄电脑，也不再说话。邱宏兵原本在椅子上扭来扭去，后来逐渐安静下来，眼光盯着两名警察的上方。沉默了接近半个小时，侯大利道："邱总，我们请你过来询问张冬梅失踪案的有关情况，下面是例行程序，请你配合。"

邱宏兵无精打采地道："我当然配合，接到通知立刻就到你们这里来接受询问。不管怎么样，只要能找回冬梅，你们让我当狗，我也愿意。"

按照询问要求走了必要程序后，侯大利问道："5月23日晚，你在哪里？"

邱宏兵道："我和杨为民、小章、袁三、肖霄等人一起喝酒。"

侯大利道："晚上住在哪里？"

邱宏兵道："我住在肖霄家里，罗马小区，你们应该都知道这些烂事。"

侯大利道："为什么不住在家里？"

邱宏兵道："我知道冬梅要和顾全清出去旅行。冬梅走火入魔了，和顾全清打电话完全不回避我。眼不见心不烦，我约了杨为民、小章、袁三、张嵩喝酒。这些人都是我的手下，是我带出来的人。他们知道我和肖霄的关系，我不避他们。反正都要离婚了，我有追求幸福的自由和权利。"

侯大利道："你5月23日晚上都在肖霄家里？"

邱宏兵道："肖霄是很有才华的女孩，知书达礼，温柔贤淑，我在她那里才觉得回到了家。离婚后，我会考虑和肖霄成家。我每次喝了酒来到肖霄家里，都会住下来，享受真正的家的气氛。"

侯大利道："你和张冬梅没有产生过爱情？"

邱宏兵苦笑道："如果没有爱情，我们也不会结婚。只不过，谈恋爱和结婚不一样的，谈恋爱基本上不和家人发生关系，结婚就要接受所有社会关系。我家是普通家庭，与张冬梅结婚就等同于入赘。别人都说我靠着二建才发财，其实我接手二建的时候，二建人心涣散，两单业务都出了事，债台高筑。我接手二建后，二建这才起死回生，去年还得了市政府的奖。唉，不说这些，我希望冬梅没事，等到她回来，我们理性分手。我知道你们怀疑我，冬梅是我的妻子，我们曾经有过美好的爱情，而且已经谈好了分手事宜，我又有了肖霄，没有任何理由做歹事。"

侯大利道："除了到罗马小区，你还带肖霄到过哪些地方？"

邱宏兵道："张冬梅不在江州的时候，我偶尔会带肖霄到家里。"

侯大利道："你不担心被张冬梅遇到？"

邱宏兵道："遇到也无所谓。张冬梅是很特别的女人，真不在意我和肖霄的事。"

…………

侯大利道："6月17日，你在哪儿？6月17日就是端午的后一天。"

邱宏兵道："端午节，我召开西城绿园工地的会议，开了整整一天，晚上和绿园的管理层一起吃饭。原本答应了肖霄要一起过端午，结果没有过成。所以在6月17日，我又安排了一个局，还是那些人。"

…………

侯大利道："我看见在月亮湖别墅有一个小码头，还有一条船，这条船平时谁用？"

邱宏兵道："前些年我用得多，与冬梅生疏后，就很少用这条船。"

侯大利道："除了你，还有谁开这条船？"

邱宏兵道："冬梅以前喜欢晚上到湖中央，觉得很浪漫。她后来和顾全清来过，我不清楚他们开船出去没有。"

侯大利道："你最近用过这条船没有？"

邱宏兵道："用过一次，和肖霄在一起。"

侯大利道："具体是哪一天？"

邱宏兵道："就在前几天吧，那天晚上，我们一起到湖中央去玩了一圈。"

侯大利道："除了这一天，你还开过船没有？"

邱宏兵道:"没有。"

询问结束后,侯大利终于露出了笑脸,道:"邱总,我是例行公事,希望理解。"

邱宏兵叹息一声,道:"我希望早点破案,如今张家人都对我红眉毛绿眼睛。"

侯大利顺手拿了张纸巾,道:"擦擦汗水。"

邱宏兵接过纸巾,抹了抹额头,道:"空调制冷效果不太好。"

侯大利道:"统一采购的家电,质量不会太好。"

接连询问了肖霄和邱宏兵,两人讲述的内容高度一致,与调取到的视频完全相符。江克扬望着记录,有点发呆,道:"邱宏兵没有犯罪时间,我们的方向或许就错了。"侯大利闷了一会儿,一字一顿地道:"他应该在一个地方说了谎,在5月的夜晚开了一次船到湖中央。"

第十章
三袋速干水泥的去向

7月9日中午，阳州警方打来电话，梁永辉回到阳州。

一个半小时后，侯大利和江克扬来到阳州，出现在梁永辉面前。

梁永辉头发凌乱，面对两位江州刑警，哭丧着脸道："找不到张冬梅和顾全清，你们找我做什么。我这段时间都在外面，什么事都不知道。"他是话剧演员出身，表情沮丧，说起话仍然抑扬顿挫。

侯大利问道："你才回来，怎么知道这些事？"

梁永辉道："我一直在给冬梅打电话，她一直关机。我又给顾全清那个破卵子中心打电话，假装说我和顾全清那个衰人是朋友，问他什么时间有空。那几个搞按摩的都说顾全清走了有一个多月。难怪冬梅不接我的电话，肯定出事了。"

侯大利和江克扬对视一眼。

侯大利道："你怎么肯定张冬梅出事了？"

梁永辉道："我出国这段时间，天天看她的QQ，一直灰着，打电话也关机。冬梅是摄影师，喜欢拍照片，几乎每天都在微博和QQ发照片，我记得已经很长一段时间没有发照片了。如今顾全清失踪，你们又来找我，如果还猜不到冬梅出事，那我就是猪。"

侯大利道："你最后一次和张冬梅通话或者见面是在什么时间？"

梁永辉神情变得格外沮丧，道："我在3月12日到过江州，那天是冬梅生日，我准备和她一起过生日。谁知张冬梅不领情，和一个土鳖搞在一起。"

侯大利道："土鳖是谁？"

"搞按摩的江湖骗子顾全清。我气不过，找到那个康复中心，准备找顾全清算账。我也没做什么，就是骂了一阵。冬梅鬼迷心窍，居然站在顾全清那一边。如果冬梅出事，肯定是顾全清弄的。那人就是想吃软饭，攀上大树集团。我和冬梅不一样，我们是有真感情的。"

梁永辉望着虎视眈眈的警察，又道："你们别用这种眼光瞧我，这事和我没有半毛钱关系，我在江州做过唯一的事情就是到顾全清那个破中心吵架，顾全清那个衰人没有卵蛋，居然报警。我在江州就这么点屁事。我上次找顾全清的事，已经调解了，不劳你们刑警出面。"

江克扬望着梁永辉的漂亮脸蛋，暗道："大哥莫说二哥，两个都差不多，你也是想吃软饭。"

侯大利道："你是3月12日到江州，什么时候离开的？"

梁永辉想了想，道："我是3月14日离开的。"

侯大利道："你后来又做了什么事情？"

梁永辉道："我没有做什么事情。"

侯大利道："仔细想一想，你在江州还做过什么事情？"

梁永辉沉默了一会儿，道："这是一件丢丑的事，我找了几个人想去揍顾全清，没想到顾全清是练家子，我们几人被他反揍一顿。"

侯大利道："你们当时开的什么车？"

梁永辉道："是一辆老款桑塔纳，我朋友是江州人李彪，我们叫他彪子，和我一起演过话剧的。他找了三个兄弟去教训顾全清。"

侯大利道："车牌号是多少？"

…………

侯大利道："张冬梅的丈夫是邱宏兵，你为什么去找顾全清的麻烦？"

梁永辉道："冬梅和邱宏兵的爱情早就名存实亡，这是大家都知道的事情。我对这位老兄充满同情，怎么会去找他的麻烦。其实这样说不准确，以前找过，知道真相后就没再找过邱宏兵的麻烦。"

侯大利道："你最后一次见到张冬梅是什么时间？"

梁永辉道："这就是最后一次。后来我打电话给冬梅，她都不肯接。"

老克探组已经调出了梁永辉的通话记录，梁永辉和张冬梅最后一次通话确实是在3月12日，当天双方有七次通话。在这之后，梁永辉先后给张冬梅打过18次电话，都没有接通。此次与梁永辉见面，基本印证了蒙洁的说法。

在前往阳州之时，侯大利就对从梁永辉这里得到关键线索没有抱太大希望。见面之后，果然如此，没有得到关键性线索。当然也不是一无所获，通过梁永辉的经历，进一步丰富了邱宏兵、顾全清和张冬梅的关系。

侦查工作无小事，稍有差错就有可能影响案件最终的审判结果，在调查工作中发现的线索必须核实，非常烦琐。比如，梁永辉找朋友帮忙去揍顾全清的事，就得找到那辆桑塔纳，还得找到李彪等人逐一核实，取材料。

回到江州后正好是晚饭时间，侯大利和江克扬来到罗马小区，找到小区对面的巴适餐馆，点了三个菜。这个餐馆以泡椒味为特点，泡椒爆炒小肠是其招牌菜，脆、嫩、鲜、香，格外下饭。吃了两碗饭，侯大利浑身上下的毛孔都舒展开，拿起手机，拨打了肖霄的电话，道："我是侯大利，在罗马小区，还有几个问题想要问你。你在家吗？"

肖霄道："我在家。"

走进中庭，江克扬环顾小区，道："你对肖霄的观感很差劲，我觉得还行啊，通情达理的，很好接触。"

侯大利道："人有多面性，肖霄在最初给人的观感确实不错，这是面具，面具之后才是她的真面目，心如蛇蝎，这是我对她的认识。"

江克扬道："这是偏见。"

侯大利道："或许吧。"

许大光的情人住在罗马小区，邱宏兵的情人也住在罗马小区，罗马小区被称为"小三之家"，确实有几分道理。肖霄站在家门口，见到江克扬和侯大利后，道："我这边有鞋套，还请两位警察穿一穿，免得又拖地。"

室内整洁，布置得非常温馨和浪漫，带有浓浓的小资情调。客厅有钢琴，琴盖打开，上面有一本曲谱。

侯大利道："屋子还不错，房产证是邱宏兵的名字还是你的名字？"

"肯定不是我的名字，至于是谁的名字，我不清楚。我就是暂住，如果有一天和邱总关系走到尽头，自然就搬出这套房子。"肖霄作为女主人，谈吐与在办案区完全不一样，透着与年龄不相称的成熟和淡漠。

罗马小区是老城区的花园洋房，建成好几年了。侯大利在内心记了一小笔："要去查清楚这个房子是哪个人购买，用谁的名字购买。"

侯大利道："有几个问题想要问你，觉得又通知你到刑警支队太麻烦，我和江探长正好路过，就过来拜访。"

肖霄为两位警察泡了茶，然后安静地坐在沙发上，等待两人询问。

侯大利微微笑了笑，道："你和邱宏兵是在哪里认识的？"

肖霄习惯了侯大利冷冰冰的态度，见到他的笑容，顿时起了几个鸡皮疙瘩，道："是在金色酒吧，我在唱歌，他喝了酒也跳上台来唱。他是专业水平，唱得非常好，和他配合非常舒服。我们就这样认识的。"

侯大利道："你们是什么时间认识的？"

肖霄道："元旦前后吧，准确时间记不清楚了。"

侯大利道："问你一个私人问题，你平时睡觉起夜吗？"

肖霄低着头，脸微红，道："这是私人问题，我不想回答。"

又问了几个细节问题，侯大利和江克扬告辞而去。来到中庭，江克扬道："我觉得肖霄挺正常，她讲的事完全符合逻辑，即使邱宏兵涉案，也与她没有太大关系。"

侯大利道："你回去仔细研究吴煜案，就会对她保持警惕了。"

几个关键时间点，邱宏兵都住在罗马小区，形成了比较明确的不在场证明。两人在罗马小区步行，寻找可能忽略的细节。很多小区都有侧门或者与外界相通的管理房，成为监控盲点。这是江州市很多老式住宅小区的特点，在以前的案子中曾经遇到过，这是侦查员在工作中长期积累出来的经验，而犯罪嫌疑人并不知道侦查员已经拥有相关经验，极有可能自作聪明使用相同的犯罪手法。

罗马小区设计水平明显高于同时期江州其他住房，侧门有保安看守，还有监控。要想中途离开罗马小区，不管走正门和侧门，都会在视频中留下影像。

侧门附近是第七幢楼房，由于侧门向里凹进去，第七幢一单元实际位于左侧突出部。一楼是棋牌室，临街的窗被铁栏杆封死，二楼窗口没有铁栅栏，下面是盖有水泥板的下水道，下水道旁边是绿化带。此处是罗马小区安全工作的薄弱点，如果有人能够从二楼下来，那就可以做到离开小区时不被监控。

侯大利站在突出部观察了一会儿，又看了看时间，道："这是唯一能出来的地方。等会儿要开案情分析会，没时间调查。明天安排人调查七幢，摸清楚七幢住户是否与邱宏兵存在某种关系。"

走出罗马小区时，接近下班时间，一天的时间转眼就过去了。侯大利和江克扬匆匆吃了饭，回到刑警新楼参加例行的案情分析会。凡是遇到大案，早上布置当天工作，晚上汇总各组情况，分析案情，这是重案一组在侦办大案时的惯例。

第一个汇报的是伍强。

伍强道："我和老袁负责调查邱宏兵的社会关系。邱宏兵的父亲邱恒富在湖州市杨县尖山镇，是退休语文老师；母亲李红梅是退休音乐老师；姐姐邱宏敏毕业于山南师范大学音乐系，当过音乐老师，从学校离职后，曾经在一些音乐机构工作。姐弟俩遗传了母亲的音乐才能，都曾经从事与音乐有关的工作。邱宏敏现在居住在江州罗马小区，以小区住房为音乐工作室。"

侯大利插话道："邱宏敏住在几幢？"

伍强道："住在七幢，我拍了一些外观照片。"

七幢是临街的住房，邱宏敏住在七幢一单元二楼，恰好是侯大利和江克扬重点观察的楼层。重案一组侦查员有很强的自主工作能力，侯大利原本想安排人员明天调查七幢，没有想到伍强已经将七幢一单元二楼的住户情况摸了出来。

第二个汇报的是马小兵。

马小兵道："我和老袁一直跟随大树集团的员工在巴岳山沿线寻找有可能出现的线索，大树集团去了很多人，排成一排，向前推进，到现在还没有发现。以现在这个速度，两三天可以查完从月亮湖到公路沿线的区域。"

第三个汇报的是周涛。

周涛成为视频大队联系重案一组的负责人，指挥五名辅警全力跟进失踪案，对海量视频进行了分析研判。他调出投影仪，道："我们围绕月亮湖别墅区，查看了现存的所有视频，把进出张大树别墅车辆的视频单独提取了出来。别墅监控系统能保存半年，视频都是从2月初开始的。"

视频不长，总共二十七分钟。

进出月亮湖别墅区张大树别墅的车辆共有二十三趟次，其中，邱宏兵驾驶奔驰车进入别墅七次，张冬梅红色跑车进入别墅十二次，顾全清越野车在别墅出现了四次，还有一辆皮卡车在3月16日进入了别墅。

侯大利道："停，停，我再看一看皮卡车。"

周涛用遥控器调出皮卡车，暂停画面。侯大利走到投影仪幕布前，指着后车厢道："这是什么？"

"水泥。"周涛向前播放视频，道，"这是皮卡车开出的情景。"

皮卡车进入别墅到离开别墅用了半个小时，离开时，后车厢没有水泥。

"一、二、三、四、五，共有五袋水泥。"侯大利脑海中浮现出了户外小屋的情景，对进行现场勘查的小林道，"户外小屋距离别墅二十多米，里面有一个工作台，角落里放着电锯、斧头等工具，另一侧放有两袋水泥，旁边是一些木炭。"

小林知道侯大利对现场有惊人的记忆力，这是天赋，在江州刑警支队无人能比，他调出现场勘查照片，在屋角果然有两袋水泥。

侯大利道："大家都到过现场，有没有人记得别墅有修补的地方？在整个视频中，只有运送水泥进入，没有工人进入，这是奇怪的地方。从现场来看，有三袋水泥已经使用，谁使用了这三袋水泥？使用在什么地方？"

所有人努力回想别墅内部的情况，纷纷摇头。

侯大利道："这是一个很重要的信息。会后就要调查这辆车，询问是谁安排运送水泥。别墅每周四有阿姨进来打扫卫生，皮卡车进入的时间恰好就是星期四，说明有人安排。"

会议结束不久，为张大树别墅打扫卫生的柴阿姨被带到刑警支队办案区。柴阿姨住在距离月亮湖别墅不远的地方，骑自行车十分钟就能到别墅。她每周四为张大树别墅打扫卫生，已经持续了四年时间。

侯大利和江克扬走进询问区，与柴阿姨闲聊几句，按程序询问其基本情况。通过这种询问方式安抚柴阿姨的情绪，然后才开始发问。

"在3月16日，是不是有皮卡车进入张大树的别墅？"

"有一辆皮卡车进来，我开的门。"

"皮卡车运的是什么东西？"

"五袋水泥。"

"谁让你准备的水泥？"

"是张冬梅。她打电话给我，说是有水泥进来。"

"这些水泥用在什么地方？"

"我每周四去打扫卫生，其他的事情不知道。"

"你打扫卫生，难道没有发现别墅区用过水泥，用了三袋，又不是一点点。"

"我真不知道。"

"你收拾过水泥袋子没有，水泥用了，袋子总会留下来。"

"我没有收过水泥袋子，没印象。"

柴阿姨离开不久，皮卡车驾驶员来到询问区。

对于运送水泥这事，皮卡车驾驶员记得非常清楚，道："我是在3月中旬运了五袋速干水泥到邱总的别墅。这是邱总安排工程部，工程部又给建筑老板交代，直接从工地上运了五袋水泥到别墅。没有搬运工，我还帮着把水泥弄进了那个小屋子。"

询问完两个证人后，侯大利正在往楼上走，迎面遇到了宫建民、陈阳和滕鹏飞。滕鹏飞头发、胡子都乱七八糟，手臂缠着绷带，神情憔悴。

宫建民道："失踪案进展如何？"

侯大利道："我们刚开完案情分析会，询问了两个证人，明天我们又要到张大树别墅区。"

宫建民道："市政府开了会，海市长在闲聊时提出一个事，这些年我们市的企业家以及亲戚出事的不少，从早期的丁晨光，到现在的张大树的女儿，要求我们认真研究这个事，看一看是偶然情况，是个例，还是其他情况。"

侯大利迟疑了一下，道："确实值得研究。"

宫建民道："破了张冬梅案后，要把这事作为重大课题研究。"

侯大利很想问一问抓捕黄大森的情况，见几个领导没有提及，也就没有问。他回到办公室，把所有搜集到的与月亮湖别墅有关的线索写在纸上。

　　顾全清越野车在5月23日晚上8点17分出现在南郊监控点，这是江州和湖州所有视频中最后出现越野车的监控视频。5月23日后，顾全清再没有出现，张冬梅在6月17日和许秀莲有过一次通话。

　　在湖州三社水库边发现了顾全清的越野车和顾全清、张冬梅的血迹。

　　从视频中确定了在近六个月来只有邱宏兵、张冬梅、顾全清、皮卡车司机和清洁阿姨进过月亮湖别墅区的张大树别墅。

　　3月16日，皮卡车司机在邱宏兵安排下，朝别墅运送了五袋水泥。柴阿姨自述是张冬梅安排其开门，指挥皮卡车司机放水泥；别墅在今天还剩下了两袋水泥，另外三袋水泥不知用在何处。

月亮湖对面的居民提供了5月和7月各有一次夜晚行船的线索。邱宏兵承认了7月那一次，不承认5月那一次，在船上找到了邱宏兵、肖霄的指纹，还有邱宏兵的精液，没有找到顾全清和张冬梅的指纹。

张大树安排的工人沿着月亮湖到三社水库沿线进行搜索，没有发现。

线索写到这里，侯大利放下笔，用力抓了抓头发，一个可怕的想法浮现在脑海中。这个想法出现后，如毒蛇一般噬咬着他的心，让其感受到来自地狱的阴暗和残酷。

为了印证这个"恶毒"的想法，7月10日早上，重案一组侯大利和江克扬、法医室李建伟和张小舒、勘查室小林和小杨，一起前往月亮湖。

张大树别墅四周依然围着警戒线，有派出所民警在值班。

诸人检查了别墅以及户外，没有发现三个月内用过水泥的痕迹。侯大利心中的那团阴影越来越大，脸色变得越来越严肃，如裹着一团寒冰。

张小舒一直在观察侯大利，见其脸色越来越阴沉，忍不住靠近他，道："大利，有什么发现？"

侯大利想起昨夜设想过的场景，摇了摇头，再次来到户外小屋。户外小屋里的两袋水泥仍然静静地躺在角落里，在小屋另一个角落放置着烧烤架和木炭。

户外小屋地面使用了黄褐色地板砖，比较耐脏。侯大利使用了足迹灯，让照射到地面的灯光充足。等足迹灯亮起后，侯大利蹲在地面，一块砖一块砖寻找，几分钟后，他抬起头，道："你们看这是什么痕迹？"

他手指的那块地板砖有擦痕，在足迹灯下非常明显。

所有人轮流观察那块地板砖。勘查室小林道："地板砖比较硬，这样的刮痕肯定是硬度比较高的工具才能形成。"

"我们假设地板砖上有掉落的水泥块，用刮刀来刮，会不会留下这样的痕迹？"小屋里有各种工具，侯大利取过刮刀，模仿刮水泥的动作。

"大利的意思是那三袋水泥是在这里使用，然后运走，有人用刮刀铲除掉落的水泥痕迹。如果假设成立，张冬梅和顾全清的遭遇就很惨。"江克扬是除了侯大利以外最了解案情的侦查员，最先反应过来。

在场之人听得明白，全部倒吸了一口凉气。

"我不愿意把人想得太残酷和卑劣。我宁愿不破案，也不愿意被我不幸而言中。"侯大利叹息一声，道，"顾全清和张冬梅最有可能被封入水泥后，抛于湖中，联系潜水员，到那户人家发现马达声的水底去寻找。"

张小舒脸色苍白，低声对李建伟道："不可能吧。"

李建伟苦笑道："没有什么不可能，希望能抓住凶手。"

宫建民接到报告，反问道："侯大利，你确定在湖中？"

侯大利道："从现在的线索来看，在湖中的可能性比较大。"

宫建民道："有几成把握？"

侯大利道："五成吧。"

宫建民道："既然有五成把握，那我同意，调潜水员来找人。"

在等待潜水员到来之时，张大树、张佳洪、邱宏兵等人也来到了月亮湖别墅。邱宏兵脸上有许多道茅草割出来的血迹，身上的T恤脏兮兮的。在森林中排查时，他还被菜花蛇咬了一口。邱宏兵用柴刀砍死无毒的菜花蛇，继续在山上寻找。

如果凶杀现场在月亮湖的别墅，尸体要么在湖中，要么在山上。如今大树集团的工人已经沿着公路搜索了十公里，还没有发现。尸体在湖中的可能性就大大增加。许秀莲的心脏病已经发作，正在医院急救。张大树脸上的表情硬如石头，站在月亮湖码头，看着湖面一言不发。

副局长宫建民、支队长陈阳、副支队长老谭等人也来到了月亮湖别墅。

潜水员跟随月亮湖管理处的巡逻船进入月亮湖，在距离湖尾两公里处下水。月亮湖是人工水库，呈东西方向沿巴岳山展开，湖水最深处有七十多米，在湖尾中间部位，深度有六七米。

半个小时后，有潜水员浮了上来。稍稍休息后，他带着绳索潜入水底。两个小时后，潜水员打捞起两个大水泥块和一个残破的旧皮箱。旧皮箱角落有破损，不停往外流水。随后，潜水员又打捞出一个电锯。

两个水泥块约50厘米长、40厘米宽、20厘米高，裹有泥土，表面长有绿水藻。清理掉杂物后，能看到水泥块中裹着的骨头。李建伟研究了一会儿，道："尸体被水泥封住，这是大腿骨，上面有焚烧痕迹。骨骼表面是黑褐色，焚烧温度在400摄氏度左右。"

张佳洪如发疯一般，朝邱宏兵扑了过去。打捞出水泥块后，陈阳就安排两个民警注意邱宏兵，免得发生意外。两个民警拦住张佳洪时，邱宏兵非常冷漠地看着水泥块，还点起一支烟，深深地吸。

张佳洪被警察拦住，指着邱宏兵道："邱宏兵，你就等着吃枪子吧！你赔命还不够，你还有父母，还有姐姐，还有亲戚，全部要给我赔命！"

湖风吹来，邱宏兵的头发随风乱动。他不说话，冷眼瞧着张家父子，继续吸烟。

宫建民道："两个水泥块里肯定就是人骨。这个箱子在水里有很长时间了，里面装的是什么？"

小林小心翼翼地弄开箱子，箱子里还有些水，里面赫然是一具人骨。尸体泡在水中，已经变成了白骨，衣服也完全破碎，只剩下皮带扣、头饰和发黑的钱包。

张小舒跟随着李建伟一起观察尸体，当看到头饰后，便慢慢站了起来，身体抖动起来，如筛糠一般，摇摇欲坠。侯大利手快，一把抓住张小舒的胳膊，道："你怎么了？"张小舒已经说不出话，抬手指着箱子，眼泪不停往外冒，鼻涕也流了一堆。侯大利看了一眼皮箱，想起张小舒的家世，明白是怎么回事，心中一惊。

小林拿出发黑的钱包，打开后，道："里面有身份证，还看得清，是白玉梅。"

张小舒眼前一黑，向后倒去。侯大利抱住张小舒，将其带离小码头。

等到张小舒醒来，睁开眼，看到了侯大利和李建伟焦灼的脸。李建伟道："你大声哭，哭出来就好了。"

张小舒努力张了张嘴，只是呼气，哭不出来。

侯大利表情凶神恶煞，一字一句地道："哭出来吧，我在这里发誓，一定要为你母亲报仇，走遍天涯海角，也要抓住凶手。"

张小舒眼睛直直地望着侯大利，道："你发誓！"

侯大利道："我发誓。"

张小舒闭上眼睛，哇地哭了起来。她哭得撕心裂肺，声嘶力竭。在小码头的侦查员听到惨烈的哭声，都回头望着别墅。宫建伟狠狠地跺了下脚，道："这他妈的什么事啊。同志们，张小舒的哭声戳心窝子，不破此案，我们绝不收兵。"

7月10日中午，张小舒被送到了市人民医院，暂由其姑姑照顾。

支队长陈阳主持召开工作会，研究布置下一步工作。

陈阳讲话前，先拍了一下桌子，道："虽然现在还没有确认被封进水泥的人是不是顾全清和张冬梅，但不管是谁被封进水泥，案件的性质都相当恶劣，为江州历史上罕见。目前找到了水泥封住的人骨，还需要通过DNA验证其身份。张晨已经将焚烧过的人骨送往省厅，由省厅专家来提取DNA，把握更大。不出意外，人骨就是顾全清和张冬梅的。"

陈阳是脾气相对温和的支队长，开会时拍桌子的情况很少，今天因为水泥封住尸体而动了真火，道："通过视频显示，这半年来进入月亮湖张大树别墅的就只有区区几人，顾全清和张冬梅在别墅遇害，邱宏兵嫌疑最大。由于张大树别墅建设得早，使用得很少，所以别墅内部没有安装监控系统，这是最为可惜的地方。目前，张大树提供了邱宏兵侵吞江州二建公司财产的确切证据，我们以此刑拘邱宏兵。如果不对邱宏兵采取措施，有两种情况：一是邱宏兵逃跑或自杀，市公安局将会非常被动；二是张佳洪情绪非常激动，如果张佳洪采取了过激措施，事态将变得不可收拾。你们要明白一点，这次是以经济问题刑拘邱宏兵，如果找不到凶杀案的突破口，便只能以经济问题起诉邱宏兵，不管是对死者还是死者家属都难以交代。"

他抓起半截香烟，又狠狠抽了一口，道："重要性和紧迫性，我都交代了。侯大利，你是重案一组组长，负责侦办此案，案子能不能破，责任就落在你的头上。"

侯大利眉毛紧锁，形成一个"川"字，道："凶杀现场和抛尸现场基本确定，还有两个重要问题需要确定，凶手是如何进入别墅的？凶手是一人还是多人？从月亮湖视频来看，5月23日当天以及5月24日，只有顾全清的车辆进入月亮湖别墅，说明凶手另有进入别墅的路径。顾全清和张冬梅是两人，顾全清身手又不错，凶手如果只有一人，很难神不知鬼不觉杀害两人，除非是先用药。凶手在三社水库处理车辆后，他是如何离开的？如果有帮手，则相对容易。"

他停了停，又道："虽然众多线索指向了邱宏兵，但是邱宏兵有明确的不在场证明，不在场证明可以有两种解释。第一种解释是确实不在场，这种情况下，杀人者不一定就是邱宏兵，也有可能是我们没有掌握的人，我们把全部力量投在邱宏兵身上，侦查方向搞错了。第二种解释是邱宏兵通过某种方法制造了不在场证明。这种情况下，我们就要破解其不在场证明。另外还有一件让人疑惑不解的事情，6月17日张冬梅妈妈接到了女儿张冬梅的电话，邱宏兵也有一个未接电话，来自张冬梅。张冬梅手机从湖州打过来的电话，这与我们现场勘查得出的死亡结论是不相符的。我们相信刑事科学的正确性，那就意味着许秀莲接到的电话是伪造的。我们下一步的工作就围绕这两个方向来展开，深入调查邱宏兵是否在场。同时我们要调查6月17日电话的来源。我提出两个方向，大家有什么想法，都可以提出来。"

集思广益，先民主，再集中，这是侯大利侦办案件的重要方法。这其实是最普通的办法，看似平凡，但是坚持下去，坚决贯彻执行，最普通的办法便会发挥出巨大威力。

周涛率先发言，道："我列出了邱宏兵、张冬梅和顾全清到达月亮湖别墅和离开月亮湖别墅的时间，特别跟踪了5月23日顾全清驾驶越野车来到月亮湖的所有路线，大家看投影仪。顾全清前往月亮湖时，张冬梅坐在前排。在5月25日凌晨1点28分，越野车离开别墅，由于角度和绿化的原因，仍然看不清楚驾驶员，可是在拐弯的镜头里可以依稀看到副驾驶位。我通过降噪等措施，尽量让画面清楚。在副驾驶位置没有人。在我们调集的视频中，凡是顾全清和张冬梅乘车时，张冬梅都是坐在副驾驶位置上。而且，在5月24日当天，我查过所有交通要道的视频，皆没有发现这辆越野车。通过视频分析，顾全清和张冬梅在进入别墅后就遇害了，第二天晚上，有人驾驶这辆车出月亮湖别墅，进入巴岳山，沿着盘山公路到达三社水库，然后将车开进湖里，并自作聪明地在地上泼洒了顾全清和张冬梅的血液。我认为凶手非常熟悉月亮湖别墅的情况，了解整个别墅监控设施的现状，所以一直没有将脸部暴露出来。"

周涛喝了口水，道："我们团队这几天都在加班，把5月23日晚上、5月24日两天时间经过南郊加油站的车辆全部做了清理，除了顾全清的越野车以外，其他车辆皆没有在月亮湖别墅出现。另外，有一百多辆摩托车经过，绝大多数摩托车都看不清楚车牌，无法追查。"

这是相当大的工作量。周涛带领团队熬夜完成，面带黑眼圈，在谈话时不停打哈欠。

周涛刚刚说完，伍强立刻发言道："我和当地派出所同志到月亮湖镇、社区了解过物管的情况，月亮湖别墅区是大树集团开发的，最初物管是由大树集团自己做，后来才交给现在的月亮湖物管公司。当初物管公司的负责人就是邱宏兵，正是由他负责安装监控系统。邱宏兵应该非常了解月亮湖的监控系统。我到物管公司去了解情况时，物管公司透露邱总为人非常谦和，一点架子都没有，不时以业委会成员身份到物管公司聊天、谈事。如果凶手是邱宏兵，他是有充分的作案条件的。"

马小兵道："由于水泥封住的腿骨上有焚烧痕迹，我们沿着湖边调查，没有人记得在别墅区有火光。我个人认为邱宏兵是用电锯将尸体切割，然后在烧烤架上用木炭焚烧，没有明显的火光和烟雾。"

此案凶手的凶残手法让见惯了黑暗的侦查员都觉得难以接受。

江克扬如今成为侯大利的固定搭档，最了解整个案情的走向，针对侯大利提出的两个问题，道："我有一个想法，6月17日的电话有可能是合成的。邱宏兵是学音乐的，其姐姐邱宏敏至今还在江州制作音乐，还小有名气，我们可否设想，与许秀莲对话的不是张冬梅本人，而是语音合成。邱宏兵作为张冬梅的丈夫，最有条件拿到张冬梅的语音，也熟悉岳母。"

这是至今为止对6月17日通话最好的解释，侯大利在小笔记本上记下江克扬的观点，打了五个着重号。

勘查室小林道："我今天在写勘查现场报告时产生了一个想法，虽然经过我们检测，现在的别墅没有监控系统，但是，现在没有监控系统，不等于以前没有。顾全清是练家子，一般人对付不了，凶手要杀害顾全清和张冬梅，不管是下药还是暗算，都必须掌握顾全清和张冬梅的行踪，张小舒曾经提出过这个观点。我想起了电工高平顺悄悄安装的监控，正是由于有监控，秦力才能掌握唐山林的行踪。既然邱宏兵是当年监控系统负责人，他对监控系统应该不陌生。我准备再次去检查别墅区，看是否有装过监控的痕迹。"

诸位侦查员发言完毕后，侯大利做最后总结，道："大家的工作非常细致，有很强的主动精神。有一句俗话，再狡猾的狐狸也斗不过好猎手，再狡猾的犯罪分子也斗不过警察，绝大多数犯罪分子都是业余的，我们才是天天与犯罪打交道的人。他们作案时会精心设计，以为万无一失，实则错漏百出。在这个案子上，我们必然会一层一层剥去犯罪分子的伪装，最终水落石出。

"下面我谈五点。第一，小林提出在别墅内部可能有监控，这个想法非常有道理，散会后立刻到别墅去查，如果有安装监控器的痕迹，那么我们就要找控制台，查电脑，就算删除了视频，也可以找专业人员恢复。散会后，我、老克、马儿和老袁去查扣电脑，邱宏兵办公室的电脑、家里的电脑，包括邱宏敏的电脑，全部要扣下来。第二，老克提到的语音合成也很有道理，血迹形成时间、越野车落水时间、5月24日不再更新微博、5月下旬湖面出现的马达声，这些都指向张冬梅在24日就遇害，既然在24日遇害，那么6月17日的电话必然有问题，散会后要搜查邱宏敏工作室，查语音合成的可能性，同时调查是否可以从七幢二楼离开小区。第三，我们还要再查张大树别墅外围，查一查有没有不经过大门进入别墅的渠道。第四，如果凶手是邱宏兵，必然在6月17日离开过肖霄。我查过与肖霄的谈话记录，她对当晚的情况用了一个词，一觉到天亮。联想到顾全清的身手，我认为凶手或许使用了安眠药或其他药物。下一步要再次与肖霄核实，5月23日、6月17日，她是否都是一觉到天亮，还要查邱宏兵是否购买过安眠药。第五，周涛查一查5月23日至24日经过南郊加油站的车辆是否和邱宏兵有关。这几样工作后，我们就要准备审讯方案，力争一次审讯拿下邱宏兵，不吃夹生饭。"

散会后，勘查室人员再到月亮湖别墅，检查是否有曾经安装摄像头的痕迹。

伍强、袁来安调查邱宏兵是否曾经购买过安眠药。

侯大利、江克扬、马小兵和两位社区的同志来到罗马小区，搜查邱宏敏所住的七幢一单元二楼三号以及肖霄所住的一单元十四楼五号。

经市房地产交易中心出示的文件，罗马小区七幢一单元二楼三号和十四楼五号的产权人皆是邱宏敏，皆购于2008年12月。二楼三号由邱宏敏使用，是住房兼音乐制作室。十四楼五号很长一段时间无人居住，在2010年1月由肖霄使用。

江克扬向邱宏敏出示搜查证，马小兵对搜查进行全过程录像。

邱宏敏看到搜查证，没有太过慌张，道："你们有证件，搜查是你们的权力。我想知道，你们搜查我的房子的理由，总得给我一个理由。"

江克扬道："这事与你弟弟邱宏兵有关。"

邱宏敏愤愤地道："我知道张冬梅出了事，我弟弟对张冬梅是无条件宽容，平时心疼都来不及，从来没有碰过一根手指，没有说过一句重话，更别说做其他事情。说实话，我很看不惯我弟弟的行为，这不是娶媳妇，是侍候主子，侍候的姿势不对，主子还不满意。"

侯大利戴上手套，拿着相机，检查小阳台。邱宏兵有一米八四，只要双手吊在阳台边缘，就能够安全落在地面。阳台封有瓷砖，被清扫得很干净，看不出攀爬痕迹。尽管没有痕迹，侯大利也确定了一件事情，邱宏兵可以通过七幢二楼三号出小区，不会留下痕迹。

最大的卧室是一个音乐工作室，有电脑、调音台、监听音箱、电容话筒、耳机，以及一些不知名的专业设备。

江克扬刚要伸手摸话筒，邱宏敏阻止道："设备很贵，很娇气，最好别碰。"

江克扬缩回手，道："这些是什么设备？"

邱宏敏道："录音棚。江州市的市歌就是在这里录制的。"

江克扬道："哇，我听过市歌，很不错，原来就出自这里，失敬了。"

邱宏敏道："我们这个地方虽小，制作水平在江州算是顶尖的。"

江克扬道："这些应该很烧钱，如果不是真喜欢，肯定做不下去。"

邱宏敏道："那是。"

江克扬道："除了录制音乐，可否编辑声音？"

邱宏敏道："小菜一碟。"

听到这句回答，江克扬和侯大利对视一眼。这是事前两人商定好的调查内容，针对的是张冬梅在6月17日与其母亲的对话是否可能是语音合成。

江克扬又随口问道："邱宏兵学音乐出身，应该也经常到这里来玩。"

邱宏敏道："我弟的天赋比我强，在工作之余，最享受的还是做自己喜欢做的事情。他和张冬梅关系不好，到工作室来玩是他最大的人生乐趣。"

当得知公安人员要扣押音乐工作室主要设备时，邱宏敏眼泪哗地就出来了，道："这些是我的设备，和我弟弟无关，你们这是知法犯法。"

江克扬耐心地道："按照规定，在搜查过程中发现的可用以证明犯罪嫌疑人有罪或无罪的各种物品和文件，由现场指挥人员决定予以扣押。持有人拒绝交出应当扣押的物品和文件的，公安机关可以强行扣押。你放心，我们不会损坏音乐工作室的物品。"

制作了搜查笔录，填写了扣押物品、文件清单，对工作室主要设备进行扣押，搜查工作告一段落。侯大利刚刚走出邱宏敏房间，接到了小林打来的电话，小林兴奋地道："我们查到了监控安装过的痕迹，以前安装过监控设备，现在拆除了。家用监控器一般用电脑接收，就算删除了数据，也可以恢复。"

从罗马小区回到办公室，侯大利便与周向阳讨论审讯方案。

老预审周向阳一年四季都端着大茶缸子，道："我看了卷宗，仍然缺少致命一击。在张大树别墅发现的线索，从月亮湖捞出尸体，只能证明凶杀现场和抛尸现场在张大树别墅，而不能证明邱宏兵是凶手，反而是邱宏兵有明确的不在场证据。我们必须考虑凶手另有其人的可能性。还有另外几个问题没有解决：凶手是一人还是多人，如何进入月亮湖别墅的。"

预审有收集规范证据、深挖犯罪、监督侦查活动、保障人权、为公诉做准备等功能。周向阳是老预审，经验丰富，目光敏锐，看罢卷宗，立刻向侯大利提出了尖锐问题。

侯大利对这个问题甚为头疼，道："这些都还没有查清楚。所以审讯方案很重要，要利用已知的证据，虚虚实实，攻破邱宏兵心防。"

周向阳道："证据链不完善，如果不是邱宏兵所为，怎么办？我们要想到这种可能性。上一次没有审下来黄大森，惹来了联合调查组，现在我还心有余悸。"

侯大利沉默半晌，道："周哥提醒得对，还得尽量完善证据链。"

周向阳道："再抠一抠细节，完善证据链的过程就是调查过程。如果邱宏兵是凶手，他的心防就是自认为手段高超，天衣无缝，我们就一点一点打碎他的信心。"

与周向阳讨论了半个小时后，侯大利独自待在办公室，整理前一阶段得到的线索。他调出肖霄的询问笔录，逐句推敲。5月23日和6月17日是两个关键时间点，在这两个时间点，邱宏兵都在罗马小区，与肖霄睡在一起。

"肖霄倒是睡了，邱宏兵是否睡了还真是个问题。"

侯大利取过纸，写下一种可能：肖霄入睡，邱宏兵从七幢潜出了罗马小区。

"邱宏兵的奔驰没有动，他用的什么交通工具？到了月亮湖是如何躲过监控的？"

侯大利不停地翻看卷宗里的资料，翻到蒙洁的询问笔录时，脑中闪过当时蒙洁说过的话：邱宏兵骑着一辆大摩托车，轰隆隆来到我和冬梅面前。

想起这句话时，侯大利几乎跳了起来，道："摩托车，邱宏兵会骑摩托车。"

侯大利抓起手机，拨打了周涛的电话，道："你赶紧去看看5月23日和6月17日晚上，在南郊那个监控点上有没有一辆高档摩托车经过。如果邱宏兵骑摩托车，肯定是高档摩托车，还得戴头盔，在晚上9点后，你查具有这个特征的、反复出现的摩托车。"

二十分钟不到，周涛的电话回了过来，道："大利，你还真神了，在5月23日、5月24日和6月17日的晚上10点后，确实有这么一辆高档摩托车经过，车速快，看不清楚车牌。车手戴头盔，看不清楚面容。从身材来看，此人比较高大，接近邱宏兵。"

侯大利道："你把视频拿过来，我要看。"

周涛很快来到办公室，带来5月23日、5月24日和6月17日的视频。5月23日的视频是在晚上10点17分，5月24日是在晚上11点07分，6月17日是在10点57分，出现了一辆档次比较高的摩托车。骑乘者身材高大，从背影看，几乎与邱宏兵一模一样。在5月25日凌晨1点21分，顾全清的越野车出现在月亮湖监控器中。这是顾全清越野车最后一次出现在监控器中。

"邱宏兵真狡猾，肖霄就是一个幌子，用来放烟幕弹，证明自己不在场。"窥破了邱宏兵设下的局，侯大利发自内心地高兴。

伍强和社区民警一道来到邱宏兵所住小区，找到物管人员。物管人员接近六十岁，耳朵有点背，社区民警讲了两遍，才听清楚是找邱宏兵的摩托车，道："邱总偶尔要骑摩托车，他有两辆：一辆是外国的，另一辆是国产的。邱总真有钱，为了停这两辆摩托车，还在车库租了一个停车位。"

社区民警大声道："上次我们来看邱宏兵的车，你怎么不说摩托车的事？"

物管人员慢吞吞地道："这可怪不了我，那天你只是要看一看邱总的车，又没有问摩托车的事。"

按照侯大利的要求，伍强依法办理了手续，叫来一辆货车，将两辆摩托车拉到了刑警新楼附楼，附楼负一楼是涉案财物保管室，各单位都有专柜，大件物品则编号后用密封条封存。

顾全清的越野车停在负一楼车库，侯大利、江克扬和勘查室小林站在车前观察车内情况。

侯大利道："当时在越野车后座皮椅上发现了擦痕，没有想明白是怎样形成的。如果邱宏兵把摩托车放在后座，那就想通了。把顾全清的越野车弄进水库，再骑摩托车原路返回，这样神不知鬼不觉。"

货车来到附楼，卸下两辆摩托车，外国的摩托车体形大，国产的稍小。侯大利和江克扬将国产摩托车抬进越野车后座，摩托车脚踏板正好位于后座皮椅的擦痕处，严丝合缝，一点不差。

小林大笑道："邱宏兵是机关算尽太聪明，反而留下了铁证。还有一个问题，月亮湖别墅没有监控到摩托车。"

江克扬道："既然没有监控到，那就说明摩托车没有进别墅。"

小林道："摩托车没有进别墅，邱宏兵是怎么进的别墅？视频中没有邱宏兵步行进入别墅的画面。四周围墙又有监控，他不可能翻围墙进入。"

江克扬道："我有一个想法，邱宏兵可以把摩托车停在公路沿线的隐蔽地方，他步行到湖边，顺着湖边游进别墅。5月24日晚上，邱宏兵把顾全清的越野车开出来，再把公路边隐藏的摩托车装进越野车，那么一切顺理成章。"

这是一个极为合理的猜测，解决了所有不通的地方。

三人随即前往月亮湖别墅，侯大利将车停在别墅后面的盘山道路上。

三人沿着盘山道路来回走了几圈，找到了一条隐藏在草丛中的小路，拨开杂草，在两个路段隐约能看到摩托车的印迹。侯大利取下随车携带的勘查箱，三人配合，拍照取模后，再沿着小路往下走，穿过一段杂树林，来到湖边。

江克扬脱下衣服下水，两分钟不到就游至张大树别墅前的小码头。从湖边进入别墅，神不知鬼不觉，完全避开了月亮湖物业的监控系统。

邱宏兵的行动线已经被完美地串了起来，唯一致命缺陷便是邱宏兵不在场的明证。

马小兵和袁来安费尽心思，没能从安眠药这个方向打开缺口。

7月10日晚，省刑侦总队传来准确消息：第一，从水泥封住的人骨中提取到的DNA分别与顾全清和张冬梅比对成功。第二，在提取DNA时，总队技术员还检测了尸骨。水泥的标号不高，量也不算大，侦查员们细心地敲开水泥，顾全清和张冬梅的骨骼基本完整，只是张冬梅的大拇指有一段缺失，存在整齐的切口。

7月11日晨，侯大利和江克扬来到了长贵县一个送水门市。几分钟后，李友青开着三轮车出现在门市。与吴煜案时相比，李友青剪了短发，又黑又瘦，脸上隐隐透着沧桑感。

李友青带着侯大利和江克扬来到二楼出租房。出租房很简陋，除了床上用品之外，连电视都没有。

"这个门市是你开的？"

"嗯。"

"生意怎么样？"

"还行，能养活自己。侯警官，你找过来肯定不是闲聊的，有什么事直说，我等会儿还要送水。"

"我来问一问肖霄的事。"

听到"肖霄"两个字，李友青脸色变得很是难看，道："我很久都没有见过她了。"

"我想问一个生活细节，有关私人的问题。"

"可以。"

"肖霄睡眠怎么样？"

"具体指什么？"

"夜里是否容易惊醒？"

"肖霄以前家世挺好，是"大小姐"，后来家道败了，这事对她影响很大。她为人挺敏感，半夜有点响动就要惊醒。"

"肖霄晚上起夜吗？"

"她要起夜。起夜时又害怕，我要去卫生间守着。"

"是每晚都要起夜吗？"

"是的。我和她生活的时间很短，但我有这个印象。"

第十一章
杨永福和吴新生

7月11日上午11点，侯大利和江克扬从长贵县回来后，召开重案一组第三次案情分析会。陈阳支队长、老谭副支队长参会。

小林展示了从邱宏兵电脑中恢复的部分数据。这是张大树别墅的监控视频，主要是卧室和客厅两个部分。监控视频甚为清晰，客厅的镜头里出现了顾全清和张冬梅进入房间的场景。卧室的镜头里出现了顾全清和张冬梅在床上亲热的场景。监控视频结束于5月23日晚上11点。所有镜头中都没有出现邱宏兵。

陈阳感慨道："经常看妻子和其他男人在一起鬼混的视频，是个泥人也会有火气。邱宏兵的杀人动机非常明确，因爱生恨。"

江克扬在投影仪上展示了四组画面：一是顾全清越野车后座皮椅上的擦痕、邱宏兵摩托车踏板与擦痕的对应关系；二是月亮湖别墅后山小道上的摩托车印迹与邱宏兵摩托车印迹比对；三是从湖边进入张大树别墅的路线；四是从罗马小区七幢二楼离开小区的路线。

周涛以原始视频资料为基础制作了一个视频集，完整说明了5月23日夜顾全清和张冬梅驾驶越野车、邱宏兵驾驶摩托车分别前往月亮湖别墅的全过程。

············

侦查员、法医和现场勘查人员发言、展示完毕后，侯大利道："邱宏兵杀人抛尸的证据链逐渐完善，目前证据链中还有三个缺口。一是邱宏兵有可能对肖霄使用了安眠药或其他药物，肖霄喝入药物，陷入沉睡。邱宏兵利用肖霄入睡的时间实施犯罪，在肖霄醒来之前，他又驾乘摩托车回到肖霄身边，制造了肖霄本人都深信不疑的不在场证明。二是凶杀现场没有搏斗痕迹。邱宏兵有可能对顾全清和张冬梅使用了安眠药或其他药物，否则他很难对付身手不错的顾全清。但我们没有找到邱宏兵购买药物和使用药物的证据。三是我们从电脑中恢复了数据，找到了监控视频，但是，6月17日，合成语音的证据没有找到，很遗憾。这三处缺口只能在审讯中补齐。"

陈阳道："向阳是名提，大利也有经验，有了这么多线索，我相信你们能制订完善的审讯方案。审讯方案报宫局同意后实施。虽然我们有必胜的信心，但是你们不要小瞧了邱宏兵，他这人不是惯犯，也没有对付审讯的经验，可是相当顽固，自以为是，自视甚高。经侦支队同志提审他的时候，他嘴硬得很，到现在都没有承认，还不时出言讽刺审问他的侦查员。等会儿你们认真研究经侦审讯邱宏兵的录像，千万不要轻敌。"

散会后，侯大利和周向阳研究审讯视频。在视频中，邱宏兵高昂着头，侃侃而谈，时不时笑话审讯他的侦查员根本不懂经济。

"鸭子死了嘴壳还硬。"看到水泥封住的尸骨后，侯大利彻底失去了对邱宏兵的同情。

周向阳抱着茶水缸，道："我不怕这种口齿伶俐的人，就怕死不开口的哑巴。"

侯大利道："不仅证据链有缺口，而且我们还缺少一击必杀的证据。邱宏兵这个人相当自负，又深感自卑。他对自己的才能很自负，面对张家财富时自卑。明天审讯我们要去刺激他的自卑，打掉他的自信，让其情绪失控。"

周向阳道："英雄所见略同。你有特殊身份，主审，唱红脸。我配审，唱白脸，训斥、贬低、打击邱宏兵。"

侯大利道："邱宏兵是文化人，情感丰富，比较敏感，反侦查能力也不行，明天把他激怒后，我就摆出切实查清楚的事实，打破邱宏兵的自信，让其所有看似精密的布置成为笑话，重挫其信心。"

周向阳点了点头，道："就用这个思路。我抓紧时间再看资料，下午5点再碰头。"

商量了基本策略后，侯大利在办公室集中精力查看与邱宏兵有关的资料。翻完侦查卷宗后，他调出与邱宏兵有关的视频资料。

周涛工作非常得力，从海量视频中调出了与邱宏兵有关的视频，集中放在一个文件夹中，浏览起来非常方便。

侯大利先看2010年5月23日以前的视频，没有新发现。继续按照时间顺序看之后的视频。在6月17日的视频中，他无意间发现邱宏兵时不时会摸一摸胸前项链，项链非金非玉，材质不明。而在5月23日前，他从来没有出现这个动作。

"张冬梅的大拇指有一段缺失，存在整齐的切口。"这是省刑总传过来的消息，侯大利记得特别清楚。他原本没有深想这事，今天看到视频中邱宏兵的新动作，想到这段缺失的大拇指，顿时又出一头冷汗。他立刻给法医室李建伟主任等人打电话，准备检查邱宏兵胸前的项链。

侯大利、李建伟、张晨和周向阳来到看守所，出示手续，调出邱宏兵相关物品，其中就有那条项链。

李建伟戴上手套，拿起项链，道："虽然经过打磨，表面有所变化，但还是能看出是骨头，很接近人的大指骨。大利，你怎么想到查这条项链的？"

侯大利道："邱宏兵不时摸一摸这条项链，如果不是反复做这个动作，也不会引起我的注意。"

"邱宏兵疯了，杀了妻子，又把妻子的指骨做成项链，天天放在胸前。简直就是神经病，他妈的。"周向阳不停摇头，骂了一句脏话，又道，"邱宏兵爱他的妻子吗？我觉得爱，爱到深处就成了恨。这是我们刺激他的一个点。"

张晨接过项链，用放大镜仔细观察后，道："这块骨头的状态不错，能提取DNA。"

侯大利道："只要提取DNA成功，那就是对他的致命一击，审讯的难度会大大降低。"

周向阳点了点头，道："确实如此，我还以为会啃一块硬骨头，结果这块骨头不够硬，只要我们把邱宏兵引入伏击圈，他就必然要招供。谢天谢地，否则我又要失眠。"

深夜，DNA室张晨发来消息：从手指骨中提取到DNA，与张冬梅DNA比对成功。

7月12日上午，看守所提讯室，侯大利和周向阳坐在铁栅栏前，桌上摆着电脑、打印机、笔记本、水杯等物品。右手边墙上有一排字："讯问完毕请按按钮，通知看守所民警"。

邱宏兵身穿藏蓝色看守服，头发被剪成短发，神情有几分沮丧，却仍然称得上相貌堂堂。他被民警带进提讯室后，手和脚皆被固定在特制椅子上。等到看清楚铁栅栏对面坐着的警察，他脸上肌肉轻微颤动，咬紧牙齿，微微仰头，神情中透着强撑起来的傲慢。

侯大利轻言细语地作了自我介绍，出示证件，然后慢条斯理地询问邱宏兵的个人情况，包括姓名（曾用名）、性别、出生年月、民族、家庭住址、工作单位、妻子、社会关系、权利义务等。这是法定程序，也是心理战。在一问一答的过程中，邱宏兵的骄傲便一点点被消磨，被迫适应当前的地位。特别是侯大利作为国龙集团太子的独特身份，让邱宏兵很不自在，内心深处有深深的自卑，还有隐隐的不服。

走完基本程序，侯大利道："我们两人提审你，不是为了经济上的问题，我们找你什么事情，你心知肚明。"

邱宏兵没有回答，只是冷笑。

侯大利单刀直入，直指目标："我们在月亮湖发现了水泥封住的人骨，人骨属于张冬梅和顾全清，这是省刑侦总队做出的DNA鉴定。"

邱宏兵道："希望你们能够尽快抓住凶手，为我妻子报仇。"

周向阳猛地拍了桌子，声色俱厉，道："你不要装蒜，装疯卖傻过不了关。"

手掌和桌子发出一声巨响让邱宏兵下意识抖了抖，他望着周向阳，吼道："你们抓不到凶手，反而把受害人的丈夫关起来，你们想要屈打成招吗？"

审讯时，侦查员不怕对手狡辩，最怕对方一言不发。邱宏兵这些年当惯了老板，"阶下囚"的滋味让其心态失衡，不停反驳。

周向阳哼了一声，道："要想人不知，除非己莫为。你怎么当上二建老总，还不是吃软饭，靠着张家。如今不感恩，还要恩将仇报，你的良心被狗吃了！"

"吃软饭"的针对性很强，侮辱性爆表，直接打到邱宏兵软肋上，让他疼得撕心裂肺。如果不是手脚受到约束，他绝对会跳将起来。"靠着张家，那是笑话。江州二建是马上要破产的企业，负债累累，发不起工资，接连出安全事故。没有我，二建早就垮了。这是大家公认的事情，不管问谁，都明白得很。"

周向阳道："那也得把二建给你，你才有做事的机会。如果你不是张家女婿，也轮不到你来拯救二建。"

这又是一句真话，邱宏兵涨红了脸，道："你以为做企业这么容易，换个人，二建早就死了。"

侯大利开始打圆场，道："邱总说的倒是实话，做企业非常困难。我听夏晓宇谈起过，邱总现在执掌的二建和当年的二建完全是两回事，不可同日而语。"

邱宏兵朝周向阳哼了一声，瞬间对侯大利充满好感。

侯大利道："邱总做企业有功，但是在张冬梅这件事情上，你得认真回答我的问题，你是不是无辜，我们得看事实。"

邱宏兵又昂起头，表现出不屑一顾的神情。

侯大利道："你会不会骑摩托车？"

邱宏兵道："这和你们要问的事情有关吗？"

侯大利严肃地道："回答问题。"

邱宏兵道："我会骑摩托车。"

侯大利道："你有几辆摩托车？"

邱宏兵道："两辆。"

侯大利道："请说出摩托车车牌号。是什么牌子的摩托车？"

邱宏兵道："我记不清楚了。"

侯大利道："那我提醒你，你抬头看一看前面的屏幕，这两辆摩托车是不是你的。是就是，不是就不是。"

邱宏兵看着前面屏幕，道："是的。"

侯大利道："你的摩托车借给其他人开过吗？如果借过，是哪一天，借给谁？"

邱宏兵道："没有借过。"

侯大利道："你认识顾全清的越野车吗？张冬梅付钱买的。看屏幕，越野车皮椅上留了一大块擦痕。这么好的真皮，被擦成这样，太可惜了。"

邱宏兵盯着越野车，瞳孔收缩，眼皮不停跳动。

侯大利道："5月23日晚，你骑过摩托车吗？"

邱宏兵脱口而出，道："没有。"

这是明显说谎，侯大利没有揭穿，又道："6月17日晚，你骑过摩托车吗？"

邱宏兵迟疑了一下，道："没有。"

屏幕上播放了南郊加油站前的监控视频，正是一个戴头盔的男人骑着高档摩托车的画面。

侯大利道："这是你的摩托车。"

邱宏兵不知道对方掌握了多少情况，汗水已经涌了出来，不停摇头，道："我不知道是怎么回事。"

侯大利能够感受到邱宏兵的情绪波动，没有继续追问这个问题，道："你平时使用笔记本电脑吗？"

邱宏兵眯了眯眼，眼光有几分闪烁，道："我有一台笔记本电脑。"

侯大利拿起一支烟，慢慢抽了一口，只是盯着邱宏兵，没有继续发问。几分钟后，他随口说了一句："你不是玩电脑的人，不明白如今技术发展到了什么程度，删除的数据能够恢复，根本不是什么难事。"

邱宏兵脸色顿时变得苍白，大颗大颗的汗珠争先恐后地从毛孔中钻出来。

侯大利紧盯着邱宏兵的面部表情，道："邱宏兵，你把顾全清和张冬梅的血倒在草丛里，恰好让我们知道了顾全清越野车落水的时间，通过对血迹进行光谱分析，能得到准确时间，这是高科技，估计你不知道。"

邱宏兵整个脸上肌肉皱成一团，如打了结一样，漂亮的面容变得狰狞起来。

侯大利和周向阳商量审讯之时，皆认为邱宏兵不是惯犯，没有应对审讯的经验，本人有文艺气质，较为敏感，且不耐激，所以先由周向阳刺激他，再由侯大利摆出已经查证的事实，让邱宏兵心态失衡，失去对抗之力。到目前，审讯进行得相当顺利。

侯大利道："邱宏兵，你和张冬梅是自由恋爱，恋爱之时也曾发誓要白头偕老。为什么要做这样的事情？"

邱宏兵习惯性地准备摸一摸挂在胸前的项链，谁知手被固定住，没法抬起来。低头看胸，胸前空荡荡的，这才想起进入看守所之时，身上所有物品被上交。

周向阳提高声音，道："你说的都是假话，就是贪图张大树的财产，你的爱情都是假的，目标明确，谋财害命。"

邱宏兵道："你胡说，我和张冬梅是真心相爱的。"

周向阳道："相爱个狗屁。你这人没良心，图财就行了，为什么下狠手？"

邱宏兵咬着牙，喘粗气。

侯大利又唱起红脸，道："我倒是觉得你和张冬梅当年是真心相爱的，你和肖霄纯粹是游戏。肖霄有起夜的习惯，每天至少两次，邱宏兵，你知道吗？5月23日、6月17日，她一觉睡到天亮，根本没有醒过来。你以为神不知鬼不觉，实则破绽太多。你听说过一句话没有，再狡猾的狐狸也斗不过好猎手，何况，你也没有太狡猾。你再抬起头，看一看查封的音乐工作室。"

电视画面中出现了失魂落魄的姐姐，邱宏兵鼻子一酸，一股清泪就流了出来。

周向阳道："猫哭耗子，假慈悲。"

侯大利道："还用我继续展示吗？你再抬头，看一看曾经妻子的手指。这是拿画笔的手，这是拍出得奖照片的手，就这样丢失了。丢失在什么地方，你知道，我也知道。早知今日，何必当初。你如果是个男人，要勇敢面对现实，痛快点，从头到尾，不要隐瞒。"

电视画面出现了一只手骨的特写，大拇指缺失。电视画面又转换，正是邱宏兵摸项链的慢镜头。当五个摸项链的镜头出现后，邱宏兵浑身颤抖起来，闭着眼，尖叫道："关掉电视，你们想要知道什么，我都讲。"

"我和张冬梅当初是真心相爱，结婚那天，我发誓要白头偕老。这是真心的，我们谈恋爱时，我视张大树的家财为粪土，这不是矫情，确实如此。张冬梅也是爱我的，非常爱。当时我们到巴岳山最高的山峰，曾经准备一起跳下去，永远在一起。我们原来还准备多玩两年，没有这么快就要结婚。后来张大树准备把张冬梅嫁给一位大领导的公子，张冬梅找到我，说我们结婚吧，于是，我们结婚。

"我不是张家理想的女婿，张家理想的女婿是那位领导的公子，退而求其次，也得找一个门当户对的，就是侯大利这种。所以，我在张家不受待见。人不求人一般高，我当时还醉心于音乐，不在意张家的态度，自娱自乐，生活逍遥自在。结婚后，我和张冬梅四处旅行，我当流浪歌手，她摄影画画。转折点出现在那一年我爸出车祸，撞了人，除了医疗费以外，如果能多赔对方，我爸就可以免除牢狱之灾，我那时是月月光，一分钱急死英雄汉。被逼无奈，我还是让张冬梅开口，从她家里拿了七十万元。这件事很刺激我，但我还是坚持原来的生活方式。后来我妈又生了病，我爸出事，我家里确实已经没钱了，我妈生病又要花一大笔钱，还是张冬梅借的。从这以后，我就开始接手经营江州二建，那个即将倒闭的公司。我压根儿不懂公司经营，当时只是憋着一口气，把即将倒闭的江州二建慢慢经营起来。我接受了张家的职位，慢慢有了钱，张家人感觉赏了一碗饭给我，个个在我面前趾高气扬。我进入了大树集团，也慢慢身不由己。

"我的婚姻出问题就在这个阶段，张冬梅喜欢的是流浪歌手，不是成天泡在工地和商场的商人，和我争吵过多次。后来她的心就走了，再也没有回来过。不管张冬梅如何对我，我始终爱她，她在我心中的形象永远是那个爱摄影、爱画画的漂亮女孩，自由自在，潇潇洒洒。

"她的背叛是对我的极大伤害，伤在骨头里，伤在灵魂深处。我依然希望她能回来，直到顾全清出现。当看到顾全清和张冬梅亲昵的画面，我就知道我的冬梅永远离开我了。当梁永辉过来纠缠时，我没有起杀机。当顾全清出现后，我才起了杀心。

"我从顾全清出现就开始谋划。当张冬梅提出离婚时，我假装答应，同意和平分手。张冬梅是大大咧咧的性子，根本没有意识到我已经对顾全清嫉妒得疯狂了，她经常约顾全清到月亮湖，还不避讳我。我和冬梅曾经在月亮湖留下过无数难以忘记的夜晚，这是我人生中最美好的记忆，却被顾全清玷污了。我决定在月亮湖除掉他们，洗刷他们的罪恶。我趁着到省外出差的机会，购买了监控器，安在客厅和卧室，并用笔记本电脑接收信息。当我看到张冬梅和顾全清在客厅沙发、餐桌、地板上做爱的视频，我脑中只有一个疯狂的念头，杀了他们。我收集了张冬梅很多声音，在我姐的音乐台上进行了编辑。我熟悉张冬梅和许秀莲的对话风格，提前准备了一段对话，还用张冬梅的声音安排保洁阿姨把水泥搬进小木屋。

"我在酒吧认识了肖霄，迅速让她成为我的情人，一方面通过与肖霄在一起抵消内心的痛苦，另一方面我想利用肖霄设计不在场证明。5月23日，我得知顾全清和张冬梅又要到月亮湖，休整两天再去旅行，便叫上杨为民、肖霄等人，一起吃了晚饭。然后到肖霄家里过夜，我用尽全身本事，把肖霄折腾得很累。还在水杯中放了少许安眠药，让她喝下去。等到肖霄睡熟了后，我就守着电脑，看着我心爱的冬梅投入顾全清的怀抱。我知道张冬梅在做爱后会口渴，要喝水，就有意在卧室放了矿泉水，注入安眠药。在笔记本上看到两人睡熟后，我就离开房间，从二楼房间离开小区，戴头盔骑摩托车离开。

"骑摩托车到了月亮湖，我没有从正门进入。进门有监控，虽然不清晰，角度也差，但是毕竟有监控，会留下痕迹。我骑摩托车来到巴岳山的进山公路，将摩托推进草丛小路，再从湖边游到小码头，上岸，进屋，张冬梅和顾全清还在睡觉……等把他们烧成骨头后，我切下了冬梅的大拇指留念，再用速干水泥、黄沙、石子封掉他们乱七八糟的骨头。水泥是拉来的，黄沙和石子以前就剩着一些。开船到湖中，将水泥块扔了下去。做完这一切，我骑摩托车回城，天微亮，肖霄还没有醒。洗完澡，我上床，一直无法入睡。肖霄醒来时，我假装才醒来。5月24日晚上，我又是同样操作，骑摩托车到了月亮湖，又游进小码头，再开车出来。我是湖州人，熟悉地形，把越野车开到三社水库边上。三社水库是山边水库，水深，我以为很久都不会有人发现这辆车。"

"你为什么要把顾全清和张冬梅的血倾倒在树下？"

"我当时是考虑到如果有人发现了车辆，我把他们的血洒在这边，让人以为顾全清是在这边出事，不会把目光转向月亮湖。留下手串和高跟鞋也是同样的目的。我把摩托车放在越野车后座，或许就是那时擦伤了皮椅，当时我还是比较慌张的，没有注意到这个细节。越野车落水后，我骑摩托车回到江州。肖霄压根儿没有发现我出去了。

"在6月17日晚，我从盘山道进入湖州境内，用张冬梅的手机给许秀莲打了电话，许秀莲果然没有听出来是录音。我把手机放在家里，用张冬梅的手机也给我的手机打了电话。

"我把那截手指进行了打磨，钻了孔，做成了项链，挂在胸前，靠着心脏，永远陪伴我。我爱张冬梅，现在都爱。"

"在5月27日上午，发生了一起猥亵案？"

"这事和我没有任何关系，杀人都承认了，我没有必要否认这事。"

"你和肖霄是怎么认识的？是你主动，还是她主动？"

"除了张冬梅，一般来说，都是女人主动找我。肖霄家里曾经有过钱，所以不甘心做普通人吧，她是傍大款。我是贪图她的年轻，年轻女人，总是很美好。"

邱宏兵供述的作案事实和重案一组发现的所有线索完全重合。他自认为精心策划，天衣无缝，能逃脱法律的制裁。谁知其所设的局中留有无数破绽，被侯大利所带领的重案一组逐一找了出来，印证了"天网恢恢，疏而不漏"的老话。

由猥亵案带出来的失踪案顺利侦破，但是猥亵案本身却迷雾重重。邱宏兵承认杀害顾全清和张冬梅，实在没有必要在猥亵案中撒谎。

"破得了大案，倒是在猥亵案中阴沟里翻船。"陈阳心情不错，在听侯大利汇报之时，开了个玩笑。

侯大利道："排除了邱宏兵和二建，那以前的推断是正确的，确实存在一个A，在背后操控这一切，从利益关系来说，我倾向于新琪公司。新琪公司与黄大森有着错综复杂的纠葛，与二建也有密切联系。"

陈阳摆了摆手，道："猥亵案就交给手下侦查员去办，你要接着办白玉梅的案子。通过DNA比对，皮箱里的白骨确实是白玉梅的，也就是张小舒的妈妈。从失踪时间来看，此案是十几年前的旧案，那时老姜局长和朱支都在刑侦线上，他们了解当时的情况。案子交给重案一组，由105专案组配侦。白玉梅案隔的时间长，线索早就消失了，你要有打硬仗的心理准备。但是，如果长时间无法破案，最终还得交由105专案组。"

"交给重案一组的案子个个都是硬仗，我们会全力侦办。"皮箱里露出人骨的画面这两天始终在侯大利脑中闪现，他预感到此案会交由重案一组来办理，已经开始思考此案的侦查方向。

接受任务后，侯大利和江克扬前往江州学院家属区。

门铃响起，开门的是张勤。她看到提着花篮的侯大利，略为迟疑，还是道："请进。"汪建国轻声对一名短发男子道："这是小舒的同事，侯大利和江克扬。"

短发男子从沙发上起身，迎了过去，道："我是张志立，张小舒的爸爸，请坐。"

得知侯大利和江克扬来到家里，张小舒照了照镜子，换了件外衣，这才来到客厅，问道："案子破了吗？"

侯大利道："案子破了，邱宏兵就是凶手。"

张小舒道："他的手段太残忍了。"

发现母亲尸骨后，张小舒情绪激动，当场晕倒，被送进医院。张志立得到消息后，从阳州赶回江州。父女俩在医院抱头痛哭了一场。

江州刑警支队法医室做了尸检。白玉梅的衣服大部分腐烂，只剩下身份证、皮带扣、发夹等物品。经尸检：白玉梅生前小骨骨折，肋骨上有一条刀伤，是被人重伤之后装入皮箱，沉入水中。

除皮箱、衣物被作为物证保存以外，白玉梅尸骨火化后，已经安葬于江州陵园。从发现皮箱中的尸骨到警方尸检，再到火化安葬，用了两天时间。站在白玉梅坟前，张小舒和张志立又痛哭了一场。父女俩在漫长的寻找过程中，都有了妻子（母亲）不在人世的心理准备，如今，妻子（母亲）有了最终归宿，总算是不幸中的万幸。

从陵园回到家，见过人间黑暗面的张小舒将震惊和悲伤压在心底，愤怒变成了抓住杀害母亲凶手的决心和勇气。

侯大利道明来意："支队将侦办白玉梅案的任务交给了重案一组，由105专案组配侦。"

张小舒的眼泪瞬间就滚落出来，泪眼巴巴地望着侯大利，道："谢谢支队的安排，希望大利能把凶手找出来。"

侯大利有过相似的惨痛经历，对张小舒的痛苦感同身受。他控制了情绪，冷静地道："案发时间太久，很复杂，我们会尽力的。我们等会儿要做询问笔录，除了汪欣桐以外，都要做。我们希望提供细节，不管你们认为是否重要，越详细越好。"

"我第一个做笔录，我还知道些情况。"卧室传来汪远铭的声音。他病入膏肓，脸色蜡黄，骨瘦如柴，腹大如鼓，站在门口，手抚门框。

张勤赶紧过去，扶住汪远铭，道："爸，你别起来。"

"玉梅是个好孩子，侯公安一定要抓住凶手。我在卧室听到由侯公安来破案，很高兴，侯公安水平高，一定能抓到凶手。"汪远铭体力衰竭，思维却异常清醒。他自知生命之火即将熄灭，所以想抓紧时间把自己知道的事情全部讲出来。

侯大利和江克扬进入卧室，摆开录音笔，详细询问当年的情况。

客厅，张志立低声问道："侯公安很年轻啊，由他来侦办案子，行不行？"

汪建国道："许海的案子就是侯大利侦办的。他是重案大队的重案一组组长，水平很高。"

张志立道："小舒，你和这位熟悉吗？"

张小舒道："法医室和重案一组经常接触，我们很熟。"

卧室内，汪远铭把能够回忆起的与白玉梅有关的事情详细讲了出来，其间休息数次，完成谈话时，天近黄昏。

侯大利和江克扬回到客厅时，饭菜已经摆在桌上。张小舒道："你们辛苦了，就在家里吃晚饭吧。吃了晚饭，还要继续谈吗？"由于爸爸在家，张小舒没有称呼侯大利为"大利"。

侯大利道："继续谈。谈话时间会拖得很长，今天晚上估计只能谈一人。"

张勤手艺不错，其做菜风格接近粤菜，又汲取了山南菜的优点，色香味俱全。这一桌人坐在一起吃饭的气氛有点怪异，大家在席间聊天时都只谈国内外大事以及天气。

匆匆吃完饭，谈话继续进行，和张勤谈完已经晚上10点。

离开时，张小舒跟着来到门口。侯大利道："你别跟我们客气，不用送了。"

张小舒道："我不是送你们，我是跟你们一起走。我爸来了，还请了一个阿姨，家里住不下。等会儿还要麻烦你送我回刑警老楼。"

江克扬在中途下车后，两人一时都没有说话，吉他曲在空间里缓慢地流淌。到了刑警老楼，张小舒轻声道："谢谢你能侦办我妈的案子。我心里很乱，陪我喝杯酒。"侯大利爽快地道："好，我车尾厢有酒。"

住在刑警老楼的还有周涛和易思华，四个年轻人一起出去，找了一家烧烤摊。侯大利打开一瓶茅台，道："周涛是二两的酒量，易思华不能喝，张小舒能喝吗？"

张小舒道："大利，我能喝二两。"

菜上桌，酒倒满，张小舒道："你们不用小心翼翼地回避我妈的事，我妈失踪这么久，我和我爸对什么结果都能承受，现在我更强的念头就是抓住凶手。"

侯大利举了举杯，道："我们一定要抓住凶手，为白阿姨讨回公道。"

张小舒原本想要控制酒量，可是端起酒杯时，压抑的情绪又开始翻滚，她压住眼泪，喝了一大口酒。

易思华拉着张小舒胳膊，道："别喝得太多，小心醉了。"

侯大利道："让她喝吧，一醉解千愁。"

这是侯大利在张小舒面前说得最温柔体贴的一句话，张小舒积累了太多情绪，泪珠哗哗往下落，抓过酒瓶，又往杯里倒了些，仰头喝了。

三个年轻人陪着张小舒，喝了些酒，说了些往事。

7月13日上午，葛向东回到刑警老楼。侯大利接到电话后，和江克扬一起来到老楼。刚走进老楼大门，就听到楼上传来葛向东的笑声。

"葛教授，有什么成果？"侯大利进门，迫不及待地问道。

葛向东以前的绰号叫葛朗台，调到省公安厅后，绰号由葛朗台变成了葛教授。葛向东很享受葛教授的绰号，笑眯眯地道："前一段时间参加部里举办的人像重构培训班，收获很大。我重新画了几幅杨永福成年画像，比以前的水平高得多。"

侯大利暗自祈祷："希望杨永福还活着，希望画像接近成年后的杨永福。"

葛向东拿出画像，并没有立刻展开，道："我研究了杨永福和其父母的对比照，他的眉眼与母亲较为相似，眼型则与父亲更像。"

江克扬道："杨永福的眉毛是虎眉，眉头比较窄，眉尾宽，但是不散。"

"老克描述得非常准确。"葛向东和江克扬在不同部门工作，以前是点头之交，没有深入接触，葛向东并不知道江克扬这个神眼的本事，可是仅凭这一句话，便知道江克扬是行家。

江克扬谦虚地道："以前在火车站派出所工作，看的人多。"

听说江克扬来自火车站派出所，葛向东顿时肃然起敬，道："在公安部培训班给我们上课的一名老师的第一岗位就是火车站派出所，每天见这么多人，一双眼毒得很。"

三张"杨永福"的画像贴在白板上，旁边是杨国雄和其妻子的照片。杨永福眼睛、眉毛和嘴巴都像母亲，唯一像父亲的是朝天鼻。原本清秀的脸增加了一个格外粗壮的朝天鼻，顿时让人变得"穷凶极恶"。

大家围在画像前，与"杨永福"对视。

侯大利总觉得这幅画像似曾相识，闭着眼，一张张人脸不断出现在脑海之中，与画像上的人进行比对。

在杨帆出事不久，侯大利经历了一场车祸。车祸后，侯大利原本就非常出色的空间能力又得到强化。在山南政法读书时，每当模拟案件教学时，他闭上眼就能清晰地在头脑中还原和重建现场，甚至能在脑中发现在现场时没有注意到的异常情况。

此刻，他闭着眼，脑中出现了"杨永福"画像与近期见过面的人的对比图，"杨永福"画像不动，与其对比的人脸不断变化。几分钟后，吴新生的头像出现在脑海中。他在脑海中把吴新生的鼻子切换给杨永福，结果脑中出现的图像完完全全就是吴新生。

侯大利睁开眼，双眼闪着寒光，道："我是灯下黑，居然没有发现吴新生的五官和杨永福很接近，除了那个大鼻子。老克，你觉得吴新生和杨永福是不是一个人？"

朱林道："老克下楼了，到车里拿东西。"

一阵急促的脚步声传来，江克扬拿着另一张画像，气喘吁吁地跑了上来，道："你们看这张照片。"

这是一张放大的照片，江克扬用纸片贴住了照片中人的鼻子，道："这个虎眉，是不是和杨永福的一模一样？"

"捂鼻"照片和"杨永福"画像摆在一起,江克扬将杨永福的鼻子也用纸片贴住。照片和画像中人的眼睛、嘴巴、额头和整个脸型基本一致。江克扬把两张人像的鼻子拿掉,完全不同的鼻型顿时让两张人像截然不同,朝天鼻是杨永福的,悬胆鼻是吴新生的,前者因为鼻型显得粗俗,后者因为鼻型显得英俊。

葛向东精于人体面部辨识,肯定地道:"杨永福做过鼻部的整形手术。他很聪明,调整了鼻子,就重新变成一个人。"

江克扬道:"吴新生和当年的杜强类似,都动过脸。不仅相貌反差大,身材也完全不一样,杨永福少年时期瘦弱,吴新生身体健硕,是长期进健身房练出来的。在调查黄大森案时,禁毒支队筛查过吴新生,身份完全没有问题,说明他彻底换过身份。"

"吴新生就是杨永福,吴,是杨永福外婆的姓,新生的意思更明确。我是睁眼瞎啊,杨永福居然就一直在眼前。"侯大利用拳头捶墙,发出咚的一声响。

侯大利抓起包,冲出门。朱林一把抓住他,道:"你做什么?"

侯大利道:"找吴新生。"

朱林道:"你凭什么找吴新生?"

侯大利怒道:"吴新生就是杨永福。"

朱林用力抓住侯大利的胳膊,冷冷地道:"吴新生是杨永福又能怎么样,有杨永福杀人的证据吗?没有,我们一点都没有。"

侯大利如被点了穴道,顿时呆住。

"你要保持高度冷静,虽然现在还不能证明杨永福杀了人,但是我们至少找到了杨永福,这是巨大突破。现在光靠图像还不行,得弄到吴新生的生物检材,和杨永福的亲戚比对。还有,我们有杨永福的笔迹,也有吴新生的笔迹,可以比对。"朱林在这一刻,又由笑眯眯的退休老头恢复成刑警支队长,思维敏捷又缜密。

侯大利迅速冷静下来,道:"师父,我刚才冲动了。"

朱林点了点头,道:"我们盯死吴新生,只要他露出破绽,那就死定了。"

追踪多时的猎物终于露出了狐狸尾巴，在场的人都特别兴奋。

此刻，吴新生刚刚走出矿业大厦。他穿着短袖衬衫，提着一个公文包，踌躇满志。一辆汽车开过来，停在身前，司机下车，跑步到另一侧，为吴新生打开车门。

吴新生来到江州二建副总经理肖红办公室。

略作寒暄，吴新生道："我是代表朱老板过来谈合作，这事我们朱老板和洪佳老总提过，今天我过来进一步沟通。我就不绕弯子了，出了邱宏兵和杨为民这件事情，二建算是倒了八辈子大霉，在老机矿厂继续搞开发估计很难。老机矿厂两块地其实最适宜统一开发，开发区那几位脑袋蒙了猪油，这才分为东西两个标段。我们提出的方案是置换，你们这块地让给新琪公司，我们接过来。长盛矿业在新城区有块地，可以置换给洪佳老总。这对双方都有利。"

肖红热情地道："这个思路不错，这叫作强强联合，实现多赢。"

她说这话时，想起了张佳洪和自己昨夜的谈话。

昨夜，她和张佳洪单独见了面，谈朱琪提出的方案。张佳洪道："吴新生提出的置换方案还算合理，我们从老机矿厂这个烂泥坑中跳出来，还能拿到新城的地，不亏。"

肖红道："二建在老机矿厂算是栽了跟头，吴新生原本可以压低价格拿过去，为什么要搞置换？"

张佳洪冷笑两声，道："吴新生提出的这种置换方案，新琪公司实打实赢了，我们没有输，但是长盛矿业会吃暗亏。长盛矿业里面还有黄家很多股份，朱琪并不能完全掌控，这显然是挖长盛矿业的墙脚，用长盛的血肉养肥新琪公司。杨为民拍裸照的事很蹊跷吧，杨为民不是傻瓜，决不会拍拆迁户的裸照，现在看来，就是吴新生搞的鬼。公安办案讲证据，我们只讲感觉，我的感觉绝对不会错。吴新生脑瓜灵、胆子大、没规矩、手段狠，朱琪这个笨女人是其摇钱树。我姐的遭遇，百分之一百会出现在朱琪身上。"

肖红在与吴新生谈笑风生之时，想起邱宏兵弄死张冬梅的残酷手段以及张佳洪的预言，后背发冷，手臂冒起一串鸡皮疙瘩，吴新生的英俊五官在其眼中变成一头张着血盆大口的怪兽。

吴新生与肖红商谈完置换细节，开车来到金色酒吧。时间尚早，酒吧冷冷清清，音乐声在空间里游荡。吴新生推开二楼的一个隐蔽小门，进入办公室。小门设有隔音装置，屋内很安静。

这是属于吴新生的空间，外面最热闹的时候，里面也非常安静。他拿起一张报纸，随意翻了翻，在第四版有一个消息吸引了其注意力。第四版是文艺类新闻，在左上角有一条新闻，标题是《我市青年女画家张冬梅获山南省第四届画展金奖》。小门被推开，肖霄走了进来，坐在吴新生对面。

肖霄每次看到英俊的杨永福，总是会想起当年的那个丑小鸭。在肖霄的少年时代，杨家和肖家关系不错，互有走动。肖霄经常到杨家工厂里的游泳池游泳。她记得非常清楚，杨永福后腰有一个特殊胎记，很像福字，杨国雄为儿子取名杨永福，与特殊胎记有关系，也寄托了对儿子最美好的祝福。

在金色酒吧办公室内，肖霄看到吴新生后腰上的福字胎记，脱口叫出了其真名。女大十八变，越变越好看，再加上肖霄在金色酒吧驻唱用的是艺名，吴新生压根儿没有将驻唱歌手与肖霄联系起来。听到肖霄的招呼，他才知道身下的性感女人是儿时经常在一起的清纯少女。

两人在特殊环境下重逢，又有相同遭遇，迅速结盟。肖霄和杨永福结盟的最终目的不一样，肖霄是为了钱，想要翻身，重新过上衣食无忧的生活。杨永福则不一样，他心中有仇恨，钱很重要，但不是最重要的，最重要的是复仇。张冬梅只是其中的一名复仇对象，另外，还有侯大利这个大目标。

"你演得很出色，这是说好的数。你从邱宏兵那里拿到多少钱我不管，我该给的钱一分不少。"说话时，吴新生摸出一张卡，递给肖霄。

"我还在扮演贤妻良母，准备给邱宏兵制造一个完美的温柔乡。除此之外，我什么都还没有做，这钱拿得不好意思。"肖霄接过银行卡，放进钱包。

吴新生搂着肖霄，道："你在邱宏兵身边，透了好多信息给我，邱宏兵的一举一动都在掌控中，这很重要。我们要崛起，就得有几分狠劲，无毒不丈夫，要不然就要重蹈我爸和你爸的覆辙。邱宏兵杀老婆，这是他本人的问题，这是内因。你的出现就是外因，让他体会到什么是真正的女人。所以，这是你该得的。"

　　在吴新生的计划中，肖霄在前期的主要作用是"离间"，让邱宏兵坠入温柔乡后与张冬梅彻底翻脸，产生冲突。他再寻机做掉张冬梅，设局嫁祸给邱宏兵。肖霄只知道计划的一小部分，对最关键的计划则一无所知。计划实施得比预想的还要顺利，准确说是计划根本没有来得及实施，看上去软弱的邱宏兵便用极端凶残的手段杀害了自己的妻子和情敌。

　　"邱宏兵真是个狠人，杀妻子的手段太可怕。福哥，以后我们怎么办？"肖霄轻轻靠着吴新生肩膀，能看到其侧脸。侧脸的轮廓是如此帅气，再无小时候的粗鲁。

　　吴新生道："肯定有用到你的地方，我已经有了新计划。"

　　肖霄在幼时朋友面前说得很直白："福哥，我听你的。我不怕当小三，只要能赚钱。"

　　"凭什么我们要吃这些苦，这不公平。我们从哪里摔倒，就要从哪里爬起来。我喜欢曹操说过的话，'宁教我负天下人，休教天下人负我'。"

　　吴新生面无表情地深吸了一口烟，用力吐出一个大烟圈。他凶狠的目光穿过在空中缓慢上升的大烟圈，又刺透厚厚的墙壁，飞向天空，在空中演变成一只身躯庞大的恶龙，俯视天下。

（第六部　完）

《侯大利刑侦笔记7》即将出版，精彩预告：

侯大利调入省刑侦总队，担任省公安厅命案积案专案组第二组组长。专案二组侦办的第一个案件是湖州系列杀人案，湖州警方将几个案件串并案侦查后却陷入僵局。侯大利将如何领导专案二组打破湖州警方陷入的僵局？江州市发现的碎尸案与湖州系列杀人案又有什么联系？系列杀人案背后究竟有怎样的隐情？

与此同时，专案二组发现了杨永福与白玉梅案有牵连的线索，这与侯大利和关鹏局长商量的长线经营杨帆案和白玉梅案的思路不谋而合……

敬请期待《侯大利刑侦笔记7》！

· 读客®知识小说文库 ·

读小说 学知识

《侯大利刑侦笔记》

小桥老树 著

一部集侦查学、痕迹学、社会学、尸体解剖学、犯罪心理学之大成的
教科书式破案小说

《反骗案中案》

常书欣 著

64场精密骗局、58种设局手法、9种诈骗话术、5个连环套，全面揭秘网络诈骗，教你防范最新骗局。

· 读客® 知识小说文库 ·

读小说 学知识

《清明上河图密码》

1-6册大全集

冶文彪 著

隐藏在千古名画中的阴谋与杀局

珍藏版大全集

《藏地密码》

何马 著

一部关于西藏的百科全书式小说

《暗黑者》

周浩晖 著

中国高智商犯罪小说扛鼎之作

让所有自认为高智商的读者拍案叫绝

激发个人成长

多年以来，千千万万有经验的读者，都会定期查看熊猫君家的最新书目，挑选满足自己成长需求的新书。

读客图书以"激发个人成长"为使命，在以下三个方面为您精选优质图书：

1. 精神成长

熊猫君家精彩绝伦的小说文库和人文类图书，帮助你成为永远充满梦想、勇气和爱的人！

2. 知识结构成长

熊猫君家的历史类、社科类图书，帮助你了解从宇宙诞生、文明演变直至今日世界之形成的方方面面。

3. 工作技能成长

熊猫君家的经管类、家教类图书，指引你更好地工作、更有效率地生活，减少人生中的烦恼。

每一本读客图书都轻松好读，精彩绝伦，充满无穷阅读乐趣！

认准读客熊猫

读客所有图书，在书脊、腰封、封底和前后勒口都有"**读客熊猫**"标志。

两步帮你快速找到读客图书

1. 找读客熊猫

2. 找黑白格子

马上扫二维码，关注"**熊猫君**"

和千万读者一起成长吧！